안개

Niebla

세계문학전집 121

안개

Niebla

미겔 데 우나무노

조민현 옮김

민음사

차례

서문

　나의 좋은 친구 아우구스토 페레스와 그의 불가사의한
죽음에 대한 슬픈 이야기에 관한 이 책에서 미겔 데 우나
무노 선생님은 내게 서문을 부탁했고, 나로서는 그 부탁
을 받아들이는 것 외에 달리 도리가 없었다. 왜냐하면 우
나무노 선생님의 부탁은 그 낱말이 지니는 가장 순수한
의미에서, 내게 명령으로 다가왔기 때문이다. 나는 햄릿
처럼 존재에 대해 극단적 회의주의에 빠진 페레스 같지는
않지만, 심리학자들이 말하는 자유 의지라는 것이 내게 결
여되어 있음을 통감하고 있으며, 이 점에 있어서 우나무노
선생님 역시 나와 마찬가지라는 사실이 얼마간 위로가 될
뿐이다.

　독자들 중에는 스페인 문단에서 전혀 알려지지 않은 내
가 매우 저명한 우나무노 선생님의 책에 서문을 쓴다는 사
실을 약간 이상하게 느끼는 이들이 있을 것이다. 일반적으

로 잘 알려진 작가가 그렇지 못한 작가를 소개하기 위해서 서문을 쓰는 것이 관례이기 때문이다. 그러나 나와 우나무노 선생님은 이러한 유해한 관습을 바꾸자는 데 의견 일치를 보았다. 기존의 관례를 깨고 현재 이름 없는 사람이 이름 있는 사람을 소개하기로 말이다. 엄격히 말해서 책은 책 자체의 내용에 따라 팔리는 것이지 서문에 좌우되는 것이 아니기 때문이다. 그러므로 나 같은 젊은 견습 작가라면 이름을 알리기 위해 중견 작가에게 내 책의 추천 서문을 써달라고 부탁하기보다는 중견 작가의 저서에 들어갈 서문 하나를 쓰게 해달라고 부탁하는 것이 자연스러운 일일 것이다. 이를 통해 젊은 세대와 기성세대의 해묵은 갈등 중 하나 역시 단번에 해결할 수 있을 것이다.

그 밖에 나와 미겔 데 우나무노 선생님은 여러 면에서 관련이 있다는 점을 말하고 싶다. 선생님이 이 책(소설 혹은 소설*)에서 — 책의 본문에 나오는 소설이라는 말은 순전한 나의 발명품이다 — 일찍 작고한 친구 아우구스토 페레스와 내가 나눈 적잖은 대화를 기록하였고, 그 속에서 뒤늦게 태어난 내 아들 빅토르시토의 탄생 역시 서술한 것 외에도, 학계에서 저명한 친구 안톨린 S. 파파리고풀로스의 박식한 계보학적 연구에 의하면, 내 성이 우나무노 선생님 조상 중 한 분과 같은 이상 우리는 먼 친척 관계가 된다는 것이다.

★ 스페인어로 소설을 의미하는 '노벨라(novela)'의 개념을 전복하기 위해 작가가 만들어낸 신조어 '니볼라(nivola)'를 우리말로 옮긴 것이다.

나는 우나무노 선생님의 이 소설이 독자들에게 어떤 반응을 불러일으킬지 속단할 수 없다. 또한 우나무노 선생님을 어떻게 생각할지도 알 수 없는 노릇이다. 나는 얼마전부터 우나무노 선생님이 대중의 순진성에 대항하는 싸움을 벌여온 것에 주목해 왔는데, 실제로 대중의 순진성이라는 것이 얼마나 단순하며 뿌리 깊은지 깨달으며 놀라곤 했다. 우나무노 선생님은 《문도 그라피코》에 실은 글과 그와 비슷한 유의 다른 출판물들로 인해 편지 몇 장을 받았고, 우리 마을에서 아직도 보관 중인 지역 신문들에서 자신의 글에 대해 순백(純白)한 보물 같은 기사를 얻었다. 한번은 "세르반테스가 재능이 부족하지 않다."는 그의 말에 대한 기사가 있었는데, 그 문장의 불손함을 놓고 소동이 벌어진 듯했다. 또 한번은 나뭇잎이 떨어지는 것에 관한 우수에 젖은 성찰로 사람들을 감동시켰다. 비록 전쟁에서 다른 사람을 직접 죽이지는 않더라도 죽어가는 모습을 보는 고통이 그에게 "전쟁에 대한 전쟁!"을 외치게 했고 사람들의 관심을 이끌어냈다. 이제 사람들은 오랫동안 손길이 닿아 닳고 단 카페, 클럽, 숙박소 등 온갖 종류의 모임에서 수집한 후에 출간했던 우나무노의 진실 한 줌을 재생한다. 그렇게 해서 재생된 진실을 우나무노 선생님은 자신의 것으로 인정했다. 그런데 논쟁을 불러일으키기 좋아하는 우나무노 선생님이 가끔 'Cultura'(문화)를 'Kultura'로 쓴 것에 분노하는, 할 일 없는 독자가 있었다. 그는 우나무노 선생님이 유쾌한 것을 만들어내는 데에는 솜씨를 발휘했으나, 그것이 언어 유희를 통한 완성으로 나아가지는 못했다고 보았다. 이런 순진한 대중에게는 재능과 즐거움이 언어의 유희와 완성으로 연결되어야 하기 때문이다.

그런데 다행스럽게도 그 순진한 대중은 도가 지나친 우나무노 선생님의 다른 장난은 알아채지 못하고 있다. 그가 자주 하는 일인데, 글을 쓰다가 아무 데나 손 가는 곳에 밑줄을 그어 독자로 하여금 자신이 글을 통해 나타내려고 했던 것이 무엇인지 모르게 하는 것이다. 언젠가 그가 이 이야기를 했을 때 내가 그 이유를 묻자 그는 이렇게 말했다. "글쎄, 잘 모르겠는데…… 장난 삼아 한 거지! 아, 그 밖에 밑줄을 치고 이탤릭체로 쓴 낱말 등은 내게 유쾌하지 않을뿐더러 기분 상하는 일이지! 그것은 독자를 모독하고 바보 취급하는 짓이야. 독자에게 '이것 봐, 이 사람아, 여길 주목해 봐, 여기에 의미가 있는 거야!'라고 말하는 것과 다름없지. 그래서 나는 어떤 사람에게 글을 쓸 때 아예 모든 문장을 이탤릭체로 써서 독자로 하여금 그 글이 처음부터 끝까지 매우 의도된 것임을 깨닫게 하라고 했다네! 그것은 쓰인 글에서 나오는 무언극이야. 글 속에서 악센트나 억양으로 표현할 수 없는 것을 몸짓으로 대신해 보는 거지. 이봐, 빅토르, 인테그리스모*의 극우 이념을 표현하기 위해 극우 보수 신문에서 이탤릭체, 대문자, 느낌표 등모든 종류의 활자 수단을 얼마나 남용하고 있는지 알잖나. 무언극, 무언극, 무언극! 표현 수단의 단순성은 바로 그런 것이야. 아니, 그것은 순진한 독자들이 갖고 있는 의식의

★ 19세기 말 스페인 전통의 완전 유지를 바탕으로 창당된 정당.

단순성이지. 이러한 순진성은 이제 끝내야만 해."

　다른 기회에 나는 스페인에는 정착하지 못했고 앞으로도 상당 기간 뿌리내리기 힘들 유머 혹은 적법한 유머에 대해 우나무노 선생님이 지지하는 목소리를 들었다. 선생님은 여기서 유머리스트라고 불리는 사람들은 순전히 축제적인 의미가 아니면 어떤 때는 풍자적이 되고 또 어떤 때는 반어적이 된다고 말한다. 예컨대, 타보아다*를 유머리스트라고 부르는 것은 용어의 남용이다. 분명하고 투명하며 신랄한 풍자가 바로 유머가 되는 예는 케베도 이 비예가스*의 글에서 나타난다. 유머리스트로서 인정할 만한 사람은 세르반테스밖에 없다. 우나무노 선생님이 말하길, 그의 진면목이 드러나면, 내가 그를 어떤 제국과 동일시한 것에 대해 분개한 사람들을 어떻게 비웃을 수 있으며, 특히 세르반테스의 글 속에 미묘하게 감춰진 아이러니를 진지하게 받아들이는 순진한 사람들을 어떻게 비웃을 수 있단 말인가! 왜냐하면 그의 글 속에 기사 소설에 대한 조롱——그것도 매우 심각한 조롱——이 들어 있다는 것은 의심할 바 없는 사실이기 때문이다. 몇몇 순진한 세르반테스주의자들이 문체 모델로 제시하는 '불그레한 태양에 점차 사라지는 여명' 같은 표현은 바로크 문학이 표방하는 익살스러운 풍자에 지나지 않는다. 앞 장에서 시간이라는 말로 끝맺은 것을

★ Luis Taboada(1848~1906): 유머와 풍자가 담긴 글을 많이 쓴 스페인의 신문기자.
★ Francisco de Quevedo y Villegas(1580~1645): 스페인 황금 시대의 시인이자 소설가.

다음 장에서 받아 "여명의 그것[시간]이었다."*라고 쓰는 문체에 대해서는 언급하지 말자.

우리의 독자도 교육을 거의 받지 못한 여느 독자들처럼 의심이 많다. 이는 우리 민족에게도 해당되는 이야기다. 스페인에서는 아무도 다른 이를 야유하거나 바보로 만들지 않고는 어떤 것도 곧이곧대로 듣지 않는다. 그래서 누군가가 말을 하면 바로 어떻게 해서든 그 말이 농담인지 진담인지 알아보려고 한다. 나는 다른 나라 사람들도 조롱과 진실이 뒤섞인 말 때문에 애를 먹는지 의심스럽다. 우리 중 누가 어떤 일이 진실된지 아닌지 알아보려 하지 않고 앉아만 있겠는가? 의심 많은 보통의 스페인 사람이 진실과 농담이 같은 비중으로 동시에 말해졌다는 것을 알아채기란 훨씬 더 어려운 일이다.

우나무노 선생님은 비극적인 광대에 몰두해 있다. 그는 비극적인 광대 짓 또는 광대의 비극에 대해 쓰기 전에는 죽고 싶지 않다고 내게 몇 번이나 말한 바 있다. 그런데 이러한 글에서는 광대적이거나 기괴한 것과 비극적인 것이 단순히 섞이거나 나란히 놓인 것이 아니라 한데 어울려 하나로 용해된 것이라고 했다. 그래서 내가 그것은 가장 자유분방한 낭만주의라고 하자, 그는 다음과 같이 대답했다. "그걸 부정하진 않겠네. 하지만 사물에 이름을 붙이는 것만으로는 아무것도 해결되지 않아. 내가 고전을 가르친 지 이십 년이 넘었지만, 낭만주의에 반하는 고전주의는 결코

★『돈 키호테』 1부 4장의 첫 부분이다.

마음에 들지 않았네. 왜냐하면 사람들은 헬레니즘이 구별하고 정의하고 분리하는 것이라고 하는데, 나는 정의하지 않고 혼동시키기 때문일세."

그런데 이것의 핵심은 개념일 뿐이다. 아니면 개념보다 나은 것으로 굳이 염세적이라고 할 것까지는 없는 삶의 느낌이 될 것이다. 우나무노 선생님이 염세적이라는 말을 별로 좋아하지 않는다는 것을 난 알고 있기 때문이다. 그는 불멸에 관해서 외곬의 생각을 갖고 있는데, 자신의 영혼이 불멸하지 않다면, 그 밖의 모든 사람들의 영혼은 물론 나아가서 모든 사물 역시 유한할 뿐이라고 말한다. 그는 단지 중세 시대의 순진한 가톨릭교도들이 불멸의 존재를 믿었던 것과 같은 의미에서 불멸을 생각할 수 있을 뿐이라고 한다. 그런데 만일 불멸이 존재하지 않는다면 모든 것이 무의미해지고 가치 있는 행동도 없게 된다. 여기서 지아코모 레오파르디가 영원한 것을 믿는 자신의 잘못된 생각이 사라지고 난 후 언급한 권태의 원리가 나타난다.

나는 영원한 나를 믿었었다. (ch'io eterno mi credei.)

이것을 보면 우나무노 선생님이 가장 좋아하는 세 명의 작가가 세낭쿠르, 켄탈 그리고 레오파르디*라는 것을 알 수 있다.

★ 세낭쿠르는 『오베르만』을 쓴 19세기 프랑스의 낭만주의 작가, 켄탈은 19세기 포르투갈의 시인. 레오파르디는 삶에 대한 염세적인 시선을 표현한 19세기 이탈리아의 시인이다.

그러나 이처럼 암울하고 가혹한 혼동의 유머는 작가가 고민했던 것을 알고 싶어 하는 우리 독자들의 의구심에 상처를 입힐 뿐만 아니라 적잖은 사람들을 괴롭힌다. 독자들은 웃고 싶어 한다. 그러나 그것은 소화를 더 잘 되게 하고 근심 걱정을 잊기 위해서이지, 잘못 삼켜 소화불량에 걸릴 수 있는 것을 게워내기 위해서가 아니다. 고통을 참고 견디기 위한 것은 더더욱 아니다. 우나무노 선생님은 사람들을 웃게 해야 한다면, 그것은 횡경막을 수축시켜 소화를 돕는 것이 아니라 통째로 삼킨 음식물을 토하게 하는 것이 되어야 한다고 말한다. 왜냐하면 위장이 진수성찬과 과식에서 자유로울 때 오히려 삶과 우주의 의미가 더 명쾌하게 보이기 때문이다. 고뇌 없는 아이러니나 신중한 유머라는 것도 허용되지 않는다. 왜냐하면 고뇌 없이는 아이러니도 있을 수 없고 신중함은 유머와 다투기 마련이라는 것이 그의 의견이기 때문이다.

이 모든 것은 그에게 매우 불쾌하고 감사의 마음도 거의 들지 않는 일을 떠맡긴다. 이것은 그가 대중의 순진함을 치료할 생각으로 말한 일인데, 우리 민족의 집단적인 창의성이 점차적으로 활발해지고 섬세해지는 것을 보려는 것이다. 그는 우리 민족, 특히 남부 사람들이 재능 있다는 말을 들으면 참지 못한다. 그가 말하길 "투우를 즐기고, 그 가장 단순한 장면에서 다양성과 즐거움을 발견하는 민족은 그것으로 민족성을 판단할 수 있다."는 것이다. 그리고 광적인 애호가의 정신 상태보다 더 단순하고 강력한 정신 상태는 있을 수 없다고 덧붙인다. 결국 당신도 투우사 비센

테 파스토르의 찌르기에 열광하고 마는 유머러스한 역설을 보아라! 그리고 그는 언어유희와 온갖 종류의 쓰레기 같은 유치한 재치의 대가들인 투우 평론가들의 경쾌한 글쓰기를 증오한다.

여기에 그가 즐기는 형이상학적 개념 놀이를 덧붙이면 왜 많은 사람들이 그의 글에 만족하지 못하고 불쾌감을 느끼는지 이해하게 된다. 왜냐하면 어떤 사람들은 그러한 일에 두통을 일으키고, 'sancta sancte tractanda sunt,' 즉 신성한 것은 반드시 신성하게 다루어져야 한다고 믿는 또 다른 사람들은 성스러운 개념들이 조롱과 장난의 재료가 되어서는 안 된다고 생각하기 때문이다. 그러나 우나무노 선생님은 가장 성스러운 것들, 자신의 형제들에게 가장 위로와 희망이 되는 것을 조롱했던 사람들의 정신적인 후손이 왜 어떤 일에 대해서는 진지하게 다루길 바라는지 알 수 없다고 말한다. 신을 비웃은 사람들이 있었다면, 우리는 왜 이성, 과학, 나아가 진리까지 비웃어보지 않는가? 그들이 우리의 가장 귀하고 내적인 생명의 희망을 강탈했다면, 우리는 왜 시간과 영원성을 죽이고 복수하기 위해서 모든 것을 혼동 속에 몰아넣지 않는가?

이 책에는 위험한 장면, 말하자면 외설적인 부분이 나온다고 말하는 사람도 얼마든지 있을 것이다. 그러나 이미 우나무노 선생님은 이 소설의 과정에서 그 점에 관해 조심스럽게 말해 주었다. 그리고 외설 문학이라는 비난에 대해 항의할 준비가 되어 있었다. 여기에 나오는 노골적인 장면들은 육체적인 욕망을 자극하기 위한 것이 아니라 단지 다른 목적을 달성하기 위한 상상의 출발점일 뿐이라는 것이다.

그가 형식에 관계 없이 모든 외설물을 배격한다는 것은 그를 아는 사람들에게 잘 알려진 사실이다. 그것은 흔히 말하는 도덕적인 이유 때문이 아니라 음탕한 것에 마음을 쏟는 것이 가장 지성을 황폐화시키기 때문이다. 그가 보기에 외설 문학 또는 단순히 에로틱한 글을 쓰는 작가는 가장 지능이 떨어지고 창의력이 없는 바보라는 것이다. 나는 그가 여자, 도박, 술은 고전적 의미의 세 가지 악습이라고 말하는 것을 들은 적이 있다. 여기서 여자와 도박은 술보다 더 정신을 황폐화시킨다고 그는 믿고 있다. 사실 우나무노 선생님은 술은 입에도 대지 않는다. 언젠가 우나무노 선생님이 이렇게 말했다. "주정꾼과는 얘기가 통할 수 있네. 그는 여러 가지 얘기를 하거든. 그러나 도박꾼이나 카사노바 같은 이와 무슨 대화를 나눌 수 있단 말인가? 그보다 더 못한 것이 있다면 그것은 어리석음의 절정인 투우에 빠진 사람과의 대화일 것이야."

한편으로 형이상학적인 것과 에로틱한 것의 상호 관계는 내게 이상한 일이 아니다. 우리 문학이 잘 보여주고 있듯이, 우리 민족은 전투적이고 종교적인 것에서 시작하여 후에는 에로틱하고 형이상학적인 것으로 옮겨 갔다. 여성에 대한 숭배는 기지(機智)주의자들의 예리함에 대한 숭배와 일치했다. 사실 우리 민족의 정신적 여명기였던 중세 시대에 야만족 사회는 종교적이고 심지어는 신비로우며 전투적이기까지 한 열정을 느꼈다. (칼자루에 십자가가 새겨져 있었다.) 하지만 여성은 그 시대의 상상력 속에서 매우 미미하고 부차적인 위치를 차지했을 뿐이다. 엄밀한 의미에서의 철학적인 사고는 신학 속에 파묻혀 수도원에서 잠자고 있었다. 에로티시즘과 형이상학은 동시에 발전한다. 종교는 전투적이며, 형이상학은 에로틱하고 관능적이다.

인간을 전투적이고 호전적이게 만드는 것이 종교성이거나 아니면 인간을 종교적이게 만드는 것이 전투성이다. 다른 한편으로 우리에게 별 중요하지 않은 것을 알고 싶어 하는 호기심이 형이상학적 본능이다. 결국 이 원죄가 인간을 관능적이게 만들었고, 이브처럼 선악을 알려는 열망인 형이상학적 본능을 일깨운 것 또한 바로 이 관능성이다. 그 후에 전투성의 관능성에서 탄생한 종교의 형이상학, 즉 신비주의가 나타난다.

크세노폰이 『회상』에서 언급한 바에 따르면 소크라테스와 대화를 나누었던 저 아테네의 창녀 테오도타는 이것을 잘 알고 있었다. 그녀는 진리를 탄생시키는 산파술을 개발한 소크라테스의 진리 탐구 방법에 열광하여 그에게 자신의 중매쟁이가 되어 남자 사냥을 도와달라고 했다.(그리스어 교수인 우나무노 선생님에 따르면 테오도타의 남자는 사냥의 동반자인 **신테라테스**를 가리킨다고 한다. 이처럼 흥미롭고 교육적인 정보는 그에게 빚진 것이다.) 창녀 테오도타와 산파술의 철학자 소크라테스의 매우 흥미로운 대화를 통하여 우리는 어떻게 철학이 상당 부분에서 매춘업이며 매춘업 역시 철학이 될 수 있는가 하는, 두 직업 사이의 내적인 연관성을 분명히 알 수 있다.

이 모든 것이 내가 말한 그대로가 아니라 해도, 적어도 내 생각이 독창적이라는 점은 부정하지 못할 것이다. 나는 그것으로 충분하다.

우나무노 선생님이 자신의 소설, 아니 소설 『사랑과 교육』에서 아주 상세하게 소개한 바 있는 나의 친애하는 스승 풀헨시오 엔트람보스마레스 델 아킬론 선생님은 한편으로는 종교와 호전성을, 그리고 다른 한편으로는 철학과 에로티시즘을 구별한 나의 기준에 동의하지 않으리라는 것을 나는 알고 있다. 나는 『혼합 예술』의 저명한 저자가 전투적 종교와 에로틱한 종교, 전투적 형이상학과 에로틱한 형이상학, 종교적 에로티시즘과 형이상학적 에로티시즘, 형이상학적 호전성과 종교적 호전성을 수립할 것이라고 예상한다. 다른 한편으로는 형이상학적 종교, 종교적 형이상학, 전투적 에로티시즘, 에로틱한 호전성을 세울 것이다. 이 모든 것은 종교적 종교, 형이상학적 형이상학, 에로틱한 에로티시즘, 호전적 호전성과는 분리되는 것이다. 이렇게 하면 열여섯 개의 이분법적 조합이 된다. 나는 삼분법에 대해서는 할 말이 아무것도 없다! 예컨대 에로틱한 형이상학적 종교나 종교적 전투적 형이상학 같은 것 말이다! 그러나 나에게는 풀헨시오 선생님의 지칠 줄 모르는 결합의 재능이 없으며, 우나무노 선생님의 혼동스럽고 비결정적인 충동은 더더구나 없다.

이 이야기의 예기치 않은 결말과 나의 불행한 친구 아우구스토의 죽음에 관한 우나무노 선생님의 설명 — 나는 잘못됐다고 생각한다 — 은 내게 많은 관심을 불러일으킨다.

그러나 지금 이 서문에서 내가 작가와 토론할 일은 아니다. 아우구스토 페레스와 나누었던 마지막 대화에서 그가 이야기한 바를 상기해 볼 때, 그는 자살하려는 목적을 달성하면서 이상이나 욕망으로서뿐만 아니라 실제로 자살한 것임을 나는 일말의 양심의 가책 없이 확신하는 바이다. 나는 이러한 나의 의견을 뒷받침할 만한 증거들을 갖고 있는데, 너무 확실한 것들인지라 의견이 아니라 지식의 문제가 된다.

이것으로 서문을 끝맺는다.

빅토르 고티

고티의 서문에 관하여

이 책의 서문을 쓴 빅토르 고티가 언급한 내용 중 일부에 대해서 나는 꼭 논박을 하고 싶지만, 고티의 존재의 비밀 속에 내가 있는 것처럼, 나는 그가 서문에서 말한 것에 대해서 스스로 전적인 책임을 지게 하고 싶다. 더구나 그가 쓰고 싶은 대로 쓰는 것을 받아들이기로 사전에 약속하고 내 책의 서문을 써달라고 부탁했기에, 이제 와서 그것을 거절한다거나 내 손으로 수정할 수는 없는 노릇이다. 그러나 그의 의견을 그대로 존중하는 것과는 상관없이 나에게는 나의 의견이 있다.

가장 친밀한 우정의 심연에서 우러나는 나의 신뢰를 이용하여 그가 자신의 범위를 벗어나는 의견과 평가를 대중에게 공표한 일이 어느 정도까지 합당하게 받아들여질 수 있는지 모르겠다. 고티는 서문에서 내가 전혀 발표할 의사가 없었던 내 개인적인 의견을 대중에게 경솔히 발표하였다. 적어도 나는 사적으로 표명했던 견해를 정제하지 않고 적나라하게 발표하는 것을 결코 원치 않았다.

그리고 고티는 아우구스토 페레스에 대해 불운한 자라고 단언했는데…… 비록 불운했다 하더라도 무엇 때문에 그렇게 단정하는가? 좋다. 불운했다고 가정해 보자. 불운했던 아우구스토 페레스는 자살한 것이지, 내가 나의 자유의지와 결정으로 그의 죽음에 대해서 이야기한 대로 죽은 것이 아니라는 고티의 단정에 나는 미소를 짓게 된다. 실제로 그의 견해 중에는 웃음밖에 나오지 않는 것들이 있다. 서문을 쓴 나의 친구 고티는 내 결정을 논하는 데 있어서 매우 신중해야만 할 것이다. 왜냐하면 그가 정말 귀찮게 굴면, 나는 소설에서 그의 친구 페레스에게 한 것처럼 그에게도 똑같이 해줄 생각이다. 즉, 나는 의사로서 그를 죽이거나 아니면 죽도록 내버려둘 것이다. 의사들이 이러한 딜레마에 잘 빠진다는 것을 나의 독자들은 이미 잘 알고 있다. 말하자면 환자를 죽일까 봐 겁이 나서 죽게 내버려두든지, 아니면 환자가 죽을까 봐 겁이 나서 결국 그를 죽이는 것이다. 이처럼 나는 고티가 죽을 것 같으면 그를 죽일 수 있으며, 그를 죽여야 할까 봐 겁이 나면 스스로 죽게 내버려둘 수 있다.

내 친구 빅토르 고티에게 죽음에 대해 양자택일할 권리를 주는 것으로도 충분하므로 더 이상 서문 후기를 늘어놓고 싶지 않다. 서문을 써준 그에게 감사한다.

미겔 데 우나무노

22

안개

1장

　자신의 집 문 앞에 나타난 아우구스토는 오른팔을 앞으로 쭉 뻗고 손바닥을 아래로 하여 마치 동상처럼 장엄한 모습으로 잠시 멈추어 서서 하늘을 바라보았다. 그의 이런 모습은 바깥 세계를 정복해 보려는 의지의 표현이 아니라 단지 비가 오는지 확인하려는 것이었다. 그는 손등으로 천천히 떨어지는 가랑비의 한기를 느끼자 미간을 찌푸렸다. 가랑비가 싫어서라기보다는 우산을 펴야 하는 번거로움 때문이었다. 우산은 케이스 안에 있을 때는 잘 접힌 채 맵시 있고 우아한데, 펼치면 미워 보인다.

　아우구스토는 생각했다. '인간이 사물을 이용한다는 것, 즉 그것을 사용해야만 한다는 사실은 불행한 일이다. 사물의 가장 숭고한 기능은 단지 그것을 바라볼 때에 있다. 먹기 전의 오렌지는 얼마나 아름다운가! 이러한 문제는 우리 모두가 천국에서 진지하게 신을 명상하고 신 안에서 모든 사물을 바라볼 때 바뀔 것이다. 여기 이 가련한 인생에서 우리는 스스로를 보살피는 것이 아니라 신을 섬기는 것이다. 우리는 신을 이용하는 데 급급하여 우산을 펴듯 신을 펴서 모든 악으로부터 우리를 보호하려고 할 뿐이다.'

이렇게 혼잣말을 하고는 바지를 걷어 올리려고 몸을 굽혔다. 그리고 마침내 우산을 펴고, 잠시 멈추어 서서 생각했다. '이제 어디로 가야 할까? 오른쪽으로 아니면 왼쪽으로?' 왜냐하면 아우구스토는 보행자가 아니라 인생을 산책하는 자였기 때문이다. '개 한 마리가 지나갈 때까지 기다리자. 그리고 그 개가 가는 곳으로 방향을 정해야지.'

바로 그때 그 앞을 지나친 것은 개가 아니라 아름다운 아가씨였다. 아우구스토의 눈은 자신도 모르게 자석에 이끌리듯이 그녀의 뒤를 쫓았다.

그렇게 이 거리 저 거리를 따라서 그녀 뒤를 쫓았다.

'그런데 저 자그마한 아가씨는 저기서 땅에 엎드린 채 뭘 하는 걸까?' 아우구스토는 생각한다기보다는 자신과 대화하는 것 같았다. '틀림없이 어떤 개미를 바라보고 있는 거야! 개미란 놈은 정말이지 가장 위선적인 동물 중 하나다! 늘 건들거리면서도 우리에게는 쉴 새 없이 일하는 것처럼 믿게 하는 놈이지. 서둘러 길을 가며 지나치는 사람마다 팔꿈치로 떼밀지만 할 일은 아무것도 없는, 저기 가는 건달 놈과 다를 바가 없다. 인간은 무엇을 해야 하는가? 정녕 인간은 무엇을 해야만 하는가? 인간은 떠돌이, 부랑자일 뿐……. 아니다. 나는 떠돌이가 아니다! 나의 상상력은 쉬지 않는다. 떠돌이 인간들은 일한다고 하면서도 늘 혼미한 채 전혀 생각을 하지 않는 자들이다. 음, 저기 바보 같은 초콜릿 장수 좀 봐. 진열장 뒤에서 열심히 일하는 척하며 굉장한 일꾼이나 되는 것처럼 폼 잡고 있잖아. 건달일 뿐이지. 자기가 일을 하건 말건 우리에게 무슨 상관이야? 일! 일! 위선! 일이란 것은 저기 제 몸을 질질 끌고 가다시피 하는 저 가련한 중풍 환자가 하는 것이지⋯⋯. 그렇지만 내가 무엇을 안단 말인가? 용서하라, 형제여!――이 말을 그는 큰 소리로 했다――형제? 무슨 형제? 반신불수의 형제! 우리는 모두 아담의 후손이라고 한다. 그런데 이 호아키니토* 역시 아담의 자손이란 말인가? 안녕, 호아킨! 이런! 이제 우리는 소음과 먼지로 가득 찬, 피할 수 없는 자동차 시대를 맞게 되었다. 그런데 세상을 점점 가깝게 만드는 것은 무엇인가? 여행에 대한 편집증은 새로운 곳을 가보고 싶은 욕구가 아니라 누군가가 발견한 장소에 대한 혐오에서 유래한다. 수많은 곳을 여행하는 사람은 새로운 장소로 계속해서 옮겨 다니는 사람이 아니고 도착한 장소로부터 끊임없이 도망가려는 사람이다. 여행⋯⋯ 여행⋯⋯ 우산, 이 얼마나 귀찮은 물건이냐⋯⋯ 가만있어 봐, 이게 어떻게 된 일이지?'

아우구스토는 자신을 자석에 이끌리듯이 따라오게 했던 아름다운 아가씨가 들어간 집의 대문 앞에 멈추어 서고 말았다. 그제야 그는 자신이 그녀를 쫓아왔다는 사실을 깨달

★ '호아킨'의 축소사. 애칭으로 이르는 말이다.

았다. 그 건물의 여자 수위는 적의 어린 눈길로 그를 쳐다
보고 있었다. 그녀의 그런 눈초리는 그때 그가 무엇을 해
야만 하는지를 암시해 주고 있었다. '지옥을 지키는 이 암
캐 같은 여자는 내가 뒤쫓아온 아가씨의 이름과 환경을 묻
기만을 기다리고 있겠지. 그래, 확실히 지금 물어보는 거
야. 그렇지 않으면 목적도 이루지 못하고 미행을 그만두는
것이니 안 되지. 그것은 안 돼. 작업은 마땅히 끝내야 해.
나는 미완성인 것을 증오하니까!' 그는 주머니에 손을 넣
어 5페세타를 찾아냈다. 지금 그것을 잔돈으로 바꾸러 갈
입장이 아니었다. 자칫하면 시간과 기회를 잃을 것이다.

"아주머니, 말씀 좀 묻겠습니다." 그는 주머니에 엄지와
검지를 넣은 채 말했다. "우리끼리만 아는 얘기로 하고 방
금 들어간 아가씨의 이름을 알려주실 수 있습니까?"

"그것은 비밀도 아니고 나쁜 일도 아니에요, 선생님."

"네, 그렇지요."

"음, 그 아가씨 이름은 에우헤니아 도밍고 델 아르코예요."

"도밍고? 도밍가가 아닐까요?"

"아니에요, 선생님. 도밍고예요. 도밍고가 첫 번째 성이
에요."

"그런데 여자일 경우에는 도밍가로 바뀌어야만 합니다.
그렇지 않으면 스페인어에서 성수 일치가 무슨 의미가 있
겠습니까?"

"저는 그런 건 잘 몰라요, 선생님."

"말씀 좀 해주세요……." 그는 주머니에 계속 손을 넣은
채 말했다. "왜 혼자 다니나요? 결혼은 했습니까? 부모님

은 계시고요?”

“처녀이고 고아예요. 그 아가씨는 삼촌 집에 살아요.”

“아버지와 어머니 중 어느 쪽이죠?”

“삼촌이라는 것 빼고는 잘 몰라요.”

“됐어요. 그 정도면 충분해요.”

“피아노 선생이에요.”

“잘 치나요?”

“거기까진 잘 모르겠는데요.”

“됐어요. 충분히 도움이 됐습니다. 제가 귀찮게 해드렸군요.”

“별말씀을, 제가 오히려 감사해야죠. 더 물어볼 게 없으세요? 뭐 더 아시고 싶은 것이 있으시면 말씀하세요. 심부름 시키실 일은 없으세요?”

“아마 그럴 일이 있을지도…… 지금 당장은 아니고요……. 안녕히 계세요!”

“절 믿고 분부만 내려주세요. 선생님.”

‘그렇다면 아우구스토,’ 여자 수위와 헤어지자 아우구스토는 혼잣말을 하기 시작했다. ‘이 여자를 잘 사귀어놓았으니, 이제 이 일을 품위를 따지며 그만둘 수 없지. 포기한다면 그 여자 수위가 무슨 말을 할까? 그러니까…… 에우헤니아 도밍가, 아니 도밍고 델 아르코라고? 좋다. 잊어버리지는 않겠지만 그 이름을 적어두자. 주머니에 메모지를 가지고 다니는 것이 최상의 기억술이다. 나의 잊을 수 없는 친구 레온시오가 말한 적이 있지. 주머니에 들어가는 것을 머릿속에 넣지 마라! 덧붙여서 말하면, 머릿속에 들

어 있는 것을 주머니에 넣지 마라가 될 것이다. 그런데 그 여자 수위의 이름은 뭐였지?'

그는 다시 뒤로 몇 발자국을 돌아왔다.

"아주머니, 한 가지만 더 묻겠는데요."

"말씀하세요……."

"아주머니 이름이 어떻게 되십니까?"

"저요? 마르가리타예요."

"아, 그래요……. 감사합니다!"

"천만에요."

아우구스토는 다시 출발하여 이내 알라메다 거리에 접어들었다.

가랑비는 멎었다. 우산을 접고 케이스에 집어넣었다. 벤치에 다가갔다. 손으로 만져보니 아직 빗물에 젖어 있었다. 신문을 꺼내서 벤치 위에 깔고 그 위에 앉았다. 그리고 메모장을 꺼내 거기에 만년필로 써나가기 시작했다. '이거야말로 아주 유용한 물건이지. 그렇지 않으면 그 아가씨의 이름을 연필로 적어야만 할 테고, 그러면 곧 지워져 버릴 것 아닌가? 그녀의 이미지가 내 기억 속에서 지워져 버릴까? 그런데 어떻게 지워질 수 있단 말인가? 그토록 매력적인 에우헤니아의 모습이 지워질 수 있겠는가? 나는 그녀의 눈을 기억한다……. 나는 그 눈길의 감촉을 느꼈다……. 내가 한가하게 걷고 있는 동안 그 눈길은 나의 가슴속에 감미롭게 다가왔다. 어디 한번 보자! 에우헤니아 도밍고, 그래, 도밍고 델 아르코. 도밍고라고? 난 아직 여자 이름을 도밍고라고 부르는 것이 이상하다…… 그래, 그녀가 성을 바꾸게 할 거야. 도밍가로. 하지만 그러면 우리 아들들은 두 번째 성으로 도밍가를 갖게 되는 건가? 알파벳 P만 남겨놓고 나의 성 페레스를 지우면 우리의 장남은 아우구스토 P. 도밍가라고 불릴까? 그런데…… 이런 미친 공상의 나래가 날 어디까지 데려갈 것인가?' 그는 메모를 했다. 에우헤니아 도밍고 델 아르코. 알라메다 거리 58번 지. 이러한 메모 외에 11음절로 된 두 줄의 시가 있었다.

우리의 슬픔은 요람으로부터 오고
기쁨 또한 요람으로부터 오네…….

'이런,' 아우구스토가 혼잣말했다. '피아노 선생인 에우헤니타*가 환상적인 서정시의 흐름을 망쳐놓았어. 중단됐어, 중단됐다고……? 그래, 인간은 사건들 속에서, 운명의 변천 속에서 자신의 천성적 슬픔 또는 기쁨의 자양분을 찾는다. 같은 일을 두고 우리는 선천적 기질에 따라 슬프기도 하고 기쁘기도 한 것이다. 그런데 에우헤니아는? 그녀에게 편지를 써야만 한다. 그런데 여기서 말고 집에서 써야지. 차라리 카지노에 갈까? 아니다. 집에, 집으로 가자. 이러한 일은 집에서, 가정에서 생각해야 한다. 가정이라고? 우리 집은 가정이 아니다. 가정…… 가정이라…… 차라리 재떨이라고 하는 게 낫겠군! 아! 나의 에우헤니아여!'
아우구스토는 집으로 돌아갔다.

★ '에우헤니아'의 축소사.

2장

하인이 그에게 문을 열어주었다…….

이러한 중대한 사건들이 일어나기 육 개월 전에 노모가 죽었기 때문에 아우구스토는 부유한 독신으로 살고 있었다. 그는 하인 하나와 요리사 아주머니와 함께 살고 있었는데, 둘 다 그 집에서 일했던 하인들의 자식이었다. 하인과 요리사 아주머니는 결혼한 사이였으나 자식은 없었다.

하인이 문을 열어주자, 아우구스토는 자신이 없는 동안 누군가 다녀가지 않았느냐고 물었다.

"아무도 없었어요. 도련님."

상투적인 질문과 대답이었다. 이 집에는 방문객이 거의 없었기 때문이다.

그는 방으로 들어가서 봉투를 하나 집어 들고 그 위에 '에우헤니아 도밍고 델 아르코. E. P. M.'*이라고 썼다. 그리고 이내 백지 앞에서 책상에 팔꿈치를 대고 양손으로 머리를 지탱하면서 눈을 감았다. '먼저 그녀를 생각하자.' 그는 어둠 속에서 자신의 발걸음을 마구 이끌어가는 빛나는 그 눈들의 광채를 붙잡으려고 애를 썼다.

그는 그렇게 잠시 에우헤니아의 모습을 떠올리면서 있었다. 하지만 단 한 번밖에 본 적이 없었기 때문에 그 모습을 하나하나 떠올려야만 했다. 이러한 노력 덕분에 그의 환상 속에는 몽상으로 채운 그녀의 희미한 모습이 떠올랐다. 그리고 잠이 들었다. 지난밤 불면으로 밤잠을 설친 탓이었다.

"도런님!"

"왜?" 그는 깨면서 소리쳤다.

"점심 식사가 준비되었어요."

그를 깨운 것은 하인의 목소리인가 아니면 식욕으로 인한 환청인가? 사람의 심리는 얼마나 신비한지! 아우구스토는 이런 생각을 하며 식당으로 갔다. '오, 심리학!'

그는 매일 점심을 즐겁게 먹었다. 계란 프라이 두 개, 감자와 비스킷, 그뤼에르 치즈* 조각. 그리고 커피 한 잔을 마시고 흔들의자에 누웠다. 여송연 하나를 피워 물고, 혼잣말을 한다. '아! 나의 에우헤니아!' 다시 그녀를 생각하기 시작했다.

'나의 에우헤니아, 그래, 나의 여자야. 나 혼자서 생각하고 그리는 여자다. 그 여자는 우연히 나타나서 단지 내

★ En propia mano의 준말로 '자필로'라는 뜻.
★ 스위스에서 생산되는 단단한 치즈.

집 문 앞을 가로질러 간, 뼈와 살을 지닌 구체적 사람이 아니고, 수위가 말하던 사람도 아니다. 우연히 나타난 거라고? 어떤 출현이 그렇지 않은가? 출현의 논리는 어떤 것인가? 일련의 담배 연기 구름의 모습이 형성되는 논리. 우연이라고! 우연은 세계의 내적인 리듬이다. 우연은 시의 영혼이다. 아, 나의 알지 못할 에우헤니아! 이제까지 특별한 일이 없었던 내 일상의 평온한 삶은 수많은 일상의 조각들로 짜인 핀다로스* 풍의 송가다. 일상적인 것! 매일 우리에게 다가오는 일상의 일! 주님, 매일 매일의 무수한 사물들을 저에게 주옵소서. 인간은 심한 고통이나 큰 기쁨에는 굴하지 않습니다. 그러한 고통과 기쁨은 사소한 사건들로 구성된 거대한 안개 속에 감추어진 채 닥치기 때문입니다. 인생이란 이런 것이다. 안개 같은 것. 인생은 구름같이 모호한 것이다. 이제 그 구름 속에서 에우헤니아가 떠오른다. 그런데 에우헤니아가 누구인가? 아! 이제야 나는 아주 오래전부터 그녀를 찾아 헤맸다는 사실을 알았다. 내가 그녀를 찾는 동안, 그녀는 내 앞에 나타난 것이다. 이것은 우연한 만남이 아닐 것이다. 누군가 그토록 찾고자 열망하던 것이 출현했을 때, 그 출현은 열망을 동정해서 맞으러 나온 것은 아닌가? 아메리카가 콜럼버스를 찾으러 나온 것은 아닌가? 에우헤니아가 나를 찾으러 나온 것은 아닌가? 에우헤니아! 에우헤니아! 에우헤니아!'

아우구스토는 에우헤니아의 이름을 큰 소리로 불렀다.

★ Pindaros(B.C. 518 ~ 438): 고대 그리스의 서정 시인.

그때 마침 식당 옆을 지나가고 있던 하인이 들어왔다.

"부르셨습니까? 도련님."

"아니야, 너를 부른 게 아니야. 그런데 가만있어 봐, 네 이름이 도밍고지?"

"네, 도련님." 그는 별다른 생각 없이 대답했다.

"왜 너를 도밍고라고 부르지?"

"사람들이 그냥 그렇게 부르니까요."

'그래,' 아우구스토는 생각했다. '우리는 남들이 부르는 대로 불리지. 호메로스 시대에는 사람과 사물이 각각 두 개의 이름을 가지고 있었지. 사람이 준 이름과 신이 내려 준 이름을. 그런데 신은 나를 뭐라고 부를까? 나는 왜 남들이 나를 부르는 것과 다른 방식으로 날 부르지 못할까? 나는 왜 수위 마르가리타 같은 다른 사람들이 에우헤니아를 지칭하는 이름과는 다르게 그녀를 부르지 못할까? 그녀를 어떻게 부를까?'

"나가봐." 아우구스토는 하인에게 말했다.

그리고 흔들의자에서 일어나 서재로 가서 펜을 집어 들고 편지를 쓰기 시작했다.

에우헤니아, 바로 오늘 아침 하늘에서 내리는 부드러운 가랑비 아래서 아직 짝을 찾지 못한 제 집 문 앞에 우연히 당신이 나타났습니다. 정신을 차렸을 때, 난 아직 당신에게 가정이 있는지 없는지 잘 모르지만 당신 집의 문 앞에 이르렀습니다. 반짝반짝 빛나는 쌍둥이별 같은 당신의 두 눈이 안개 속에 갇혀 있던 저를 그곳으로 데려갔던 것입니다. 용서하세요, 에우헤니아. 당신의 감미로운 이름을 친숙하게 부르도록 허락해 주세요. 이 사랑의 서정시를 이해해 주세요. 나는 영원토록 무한한 서정시의 세계에 살고 있습니다.

무슨 말을 해야 할지 잘 모르겠군요. 아니, 아닙니다. 알고 있습니다. 당신에게 하고 싶은 말이 참으로 많으나, 우리가 만나서 대화를 나눌 때까지 남겨놓도록 하겠습니다. 지금으로선 우리가 서로 만나서 대화하고 편지를 교환하면서 친해지기를 바랄 뿐입니다. 그 후엔…… 후엔…… 신과 우리의 마음이 말해 줄 겁니다.

그럼 제게 답장을 주시겠지요? 제 일상을 깨뜨리고 감미롭게 나타난 에우헤니아! 제 말에 귀를 기울여 주시겠지요?

당신의 대답을 기다리며, 당신 삶의 안개 속에 잠긴,

아우구스토 페레스

그는 '별 의미 없이 서명을 하는 이러한 관습이 마음에 드는군.'이라고 혼잣말하며 서명을 했다.

그리고 편지를 봉하고는 다시 거리로 나섰다.

'신의 가호로, 신의 가호로 지금 나는 어디로 가야 할지를 알고 갈 곳이 있는 것이다!' 알라메다 거리로 가는 길에서 그는 혼잣말을 했다. '에우헤니아는 신의 축복이다. 그녀는 이미 하나의 목표를 주었다. 길거리를 헤매는 방랑자에게 삶의 이정표를 주었다. 이제 나는 찾을 집이 생겼고 신뢰할 만한 여자 수위가 있다……'

이렇게 혼잣말을 하면서 걸을 때 그는 에우헤니아와 마주쳤는데도 그 눈의 광채를 느끼지 못하고 지나갔다. 그의 정신이 안개로 지나치게 자욱했기 때문이다. 그러나 에우헤니아 편에서는 아우구스토를 주목했다. '이 남자는 누구일까? 괜찮아 보이네. 유복한 가정 출신 같은걸.' 그때 에우헤니아는 이 사람인지는 확실히 모르지만, 오전에 자신을 따라왔던 남자가 있었음을 기억해 냈다. 여자들은 누군가가 자신을 바라보는 것을 직감적으로 안다. 심지어 바로 쳐다보지 않고 슬쩍 곁눈질만 해도 그것을 느낀다. 두 사람은 거리에 뒤엉킨 정신적 거미줄을 자신들의 영혼으로 자르면서 서로 반대 방향으로 갔다. 거리는 욕망과 질투, 경멸과 동정, 사랑과 증오의 눈길들로 교차된 결을 형성하기 때문이다. 오래된 말들의 정신은 결정체를 이루고, 생각과 열망 같은 모든 것들은 지나가는 영혼들을 감싸는 신비스러운 망을 형성한다.

마침내 아우구스토는 미소 짓고 있는 수위 마르가리타 앞에 다시 한 번 나타났다. 그를 보자 마르가리타는 얼른 앞치마 주머니에 넣고 있던 손을 뺐다.

"안녕하세요? 마르가리타."

"안녕하세요? 선생님."

"저는 아우구스토입니다, 아주머니. 아우구스토."

"돈 아우구스토." 그녀는 덧붙였다.

"모든 사람 이름에 '돈'을 붙이는 것은 아니죠." 아우구스토는 주위를 환기시켰다. "'후안'이라고 부르는 것과 '돈 후안'이라고 부르는 것 사이에 심연이 놓여 있듯이, '아우구스토'와 '돈 아우구스토' 사이에도 큰 차이가 있어요. 그런데…… 에우헤니아 아가씨는 나갔습니까?"

"예, 조금 전에 외출했습니다."

"어느 쪽으로 갔죠?"

"저쪽으로요."

아우구스토는 그 방향으로 몇 발자국 가다가 다시 돌아왔다. 편지 전하는 일을 깜박 잊은 것이다.

"마르가리타, 부탁이 있는데요. 이 편지를 에우헤니아 아가씨의 그 하얀 손에 전해 주시겠습니까?"

"그럼요. 기꺼이 그렇게 하지요."

"바로 그 하얀 손에 직접 전해 줘야 해요. 알았죠? 애무 받는 피아노 건반 같은 상앗빛 두 손에."

"네, 알아요. 걱정 마세요."

"안다고요? 그게 무슨 뜻이지요?"

"그러면 선생님은 그녀에게 이런 편지가 처음이라고 생각하세요?"

"이런 편지라뇨? 그럼 당신은 제 편지가 어떤 것인지 안단 말입니까?"

"물론이죠. 다른 편지들 같은 것이겠죠."

"다른 편지들 같다뇨? 무슨 편지 말이죠?"

"아가씨 마음을 얻으려는 구애자들이 있었죠."

"아! 그런데 지금은 아무도 없나요?"

"지금요? 아니요. 아니요. 그 아가씨에게 애인 같은 사람이 한 명 있긴 한데…… . 제가 보기엔 그저 애인 지망자인 것 같아요…… . 아마 알아봐야겠지만…… 잠시 만나는 사람일 거예요…… ."

"왜 전에는 그 말을 하지 않았지요?"

"그런 것은 묻지 않았기에⋯⋯."

"그건 그렇죠. 아무튼 이 편지를 그녀에게 전해 줘요. 직접이요. 알겠죠? 싸워볼 겁니다. 여기, 5페세타 더 있소."

"고맙습니다, 선생님. 고맙습니다."

아우구스토는 힘들게 그 자리를 떠났다. 마르가리타와 나눈 일상적이고 안개 같은 대화는 그를 즐겁게 해주었다. 시간은 바로 이렇게 보내는 것이 아닐까?

'싸울 것이다!' 아우구스토는 거리로 내려가면서 중얼거렸다. '그래! 싸울 것이다! 그녀에게 애인이 있다면, 아니면 애인이 되려는 다른 놈이 있다면⋯⋯? 싸울 것이다. 지상에서 인간의 삶은 전쟁이다. 이제 나는 인생의 목표가 있다. 이제 나는 이루어야 할 사랑이 있다. 오! 에우헤니아, 나의 에우헤니아, 너는 내 사랑이 될 것이다! 적어도 나의 에우헤니아, 내 마음의 안개 속에 나타난 한 쌍의 별과 같이 달아나는 듯한 두 눈의 시선 위에 내가 그려놓은 이 에우헤니아는 내 사랑이 될 것이다. 다른 에우헤니아, 수위가 말하는 에우헤니아가 누구의 것이 되든지 나는 맞서 싸울 것이다! 싸워서 이길 것이다. 나는 승리의 비밀을 알고 있다. 아! 에우헤니아, 나의 에우헤니아!'

어느덧 아우구스토는 카지노의 문 앞에 도달했다. 그곳에는 이미 여느 때처럼 장기 한판을 두려고 빅토르가 그를 기다리고 있었다.

3장

　"이봐, 오늘은 좀 늦었네." 빅토르는 아우구스토에게 말
했다. "항상 시간을 잘 지키더니 오늘은 웬일이야!"

　"일이 좀 있었어."

　"자네한테 무슨 일이?"

　"이런! 자네는 주식 중개인들에게만 일이 있다고 생각하
나? 인생은 자네 생각보다 훨씬 더 복잡한 거야."

　"그러니까 내가 자네 생각보다 단순하다는 얘긴데……."

　"그럴 수도 있지."

　"됐어, 장기나 두자!"

　아우구스토는 졸을 두 칸 전진시켰다. 그리고 여느 때처
럼 오페라 한 구절을 흥얼거리는 대신 혼자 생각에 잠겼
다. '에우헤니아, 에우헤니아, 에우헤니아, 나의 에우헤니
아, 내 인생의 목표, 안개 속에서 쌍둥이별처럼 빛나는 감
미로운 광채, 싸울 것이다! 그렇다. 여기 이 장기에는 논

리가 있다. 그렇지만 세상일은 얼마나 안개가 자욱하고 얼마나 우연적인가! 뜻밖인 것, 우연적인 것 또한 논리적인 것이 아닌가? 나의 에우헤니아가 나타난 것 또한 어떤 논리 속에 있는 것이 아닌가? 신이 세워놓은 어떤 장기 놀이 같은 것이 아닌가?'

"그런데 이 사람이." 빅토르가 아우구스토의 상념을 중단시켰다. "뒤로 물리는 것은 안 된다고 약속하지 않았나? 한 번 둔 것은 이미 물릴 수 없는 거야!"

"그렇지, 그렇게 하기로 했지."

"자네가 그렇게 두면 난 그 말을 거저 잡는 거야."

"그렇구나. 사실 딴생각을 조금 했어."

"이젠 정신 팔지 마. 장기 두는 사람이 정신을 딴 데 두면 안 되지. 자네도 알잖아. 한 번 두면 물릴 수 없다는 거."

"그래, 돌이킬 수 없지."

"그렇지. 바로 그 속에 장기의 교육적인 면이 있어."

'그런데 왜 경기에서 한눈을 팔면 안 되는가?' 아우구스토는 생각했다. '인생은 하나의 경기인가 아닌가? 경기를 왜 뒤로 돌리면 안 되는가? 이것은 논리다! 만일 에우헤니아의 손에 이미 편지가 전해졌다면. 주사위는 이미 던져졌다! 일단 행한 일에 대한 결과는 받아들여야 한다. 내일은? 내일은 신의 영역이다. 그럼 어제는 누구의 것인가? 어제는 누구의 것인가? 오! 어제는 강한 자들의 보물이다! 성스러운 어제는 매일 매일의 안개라는 실체다!'

"장군!" 빅토르는 다시 아우구스토의 생각을 중단시켰다.

"어, 그러네. 어디 한번 보자…… 그런데 이렇게 될 때까지 나는 뭘 했지?"

"여느 때처럼 딴 데 정신을 팔고 있었잖아. 네가 그렇게 한눈만 팔지 않는다면, 우리 사이에서 최고로 장기를 잘 두는 사람 중 하나가 될 텐데."

"그런데 빅토르, 인생이 경기야 아니면 오락이야?"

"그 둘이 별개야? 경기가 바로 오락이지."

"그렇다면 어디에 정신을 팔든 무슨 상관이야?"

"허! 이 사람! 장기를 두려면 잘 두라고."

"왜, 잘못하면 어때서? 무엇이 장기를 잘 두는 거고, 무엇이 잘못 두는 거지? 왜 우리는 지금 두는 것과 다르게 말을 움직여서는 안 되는 거지?"

"저명한 철학자인 친구 아우구스토, 자네가 가르쳐준 바에 의하면 이것은 증명되어야 할 하나의 논제야."

"음, 그런데 자네에게 얘기할 굉장한 소식이 있어."

"그래! 어디 한번 들어보자."

"놀라지 마."

"난 미리 놀라는 그런 사람은 아니야."

"그렇다면 자네 내게 무슨 일이 일어났는지 알아?"

"점점 더 정신이 딴 데로 빠지는구나."

"사실 나 사랑에 빠졌거든."

"어렵쇼! 그건 이미 알고 있는 얘기잖아."

"어떻게 자네가 그걸 알아……?"

"태어날 때부터 너는 사랑에 빠져 있어. 너에겐 선천적인 사랑이 있어."

"그래, 사랑은 우리가 태어날 때 함께 태어나지."

"아냐. 난 그런 사랑이 아니라 연애 사건을 말한 거야. 나는 자네가 그 말을 하기 전에 이미 사랑에 빠졌다는 것을 알았어. 아니, 짝사랑하고 있다는 것을. 난 빅토르 자네 자신보다 더 잘 알고 있었지."

"그럼 상대가 누군지 알아? 말해 봐, 누구지?"

"그건 자네가 나보다 잘 알지."

"그렇다면 입 다물어라. 어쩌면 네 말대로겠지만……."

"말해 봐. 그 여자가 금발이야 흑발이야?"

"사실은 잘 몰라. 금발도 흑발도 아닌 것 같은데…… 밤색 머리인가."

"키는 커?"

"역시 기억이 잘 안 나. 그러나 보통 정도는 될 거야. 그런데 어떤 눈을 가졌던가, 나의 에우헤니아가 어떤 눈을 가졌던가?"

"에우헤니아?"

"그래, 에우헤니아 도밍고 델 아르코, 알라메다 거리 58번지."

"피아노 선생인가?"

"맞아. 그런데……."

"응, 나도 그녀를 알아. 자 이제…… 다시 장군."

"그런데……."

"장군 불렀잖아!"

"그래……."

아우구스토는 말로 왕을 엄호했다. 그러나 결국 지고 말았다.

헤어질 때, 빅토르는 오른손으로 아우구스토의 목을 감싸며 귓속말을 했다.

　"에우헤니타가 그 피아니스트라면, 좋아, 아우구스토. 좋아, 자넨 세상을 소유하게 될 거야."

　'그런데, 그 축소사.' 아우구스토는 생각했다. '그 가공할 축소사!' 아우구스토는 거리로 나왔다.

4장

'왜 축소사는 애정의 표시일까?' 아우구스토는 집으로 돌아가는 길에 혼자 중얼거렸다. '사랑이 사랑하는 대상을 작게 하기 때문이 아닐까? 내가 사랑에 빠졌다고! 내가 사랑에 빠졌다고! 누가 그것을 말하려 했었는가……! 그런데 빅토르 말이 맞는 건가? 나는 태어날 때부터 사랑에 빠진 자인가? 아마 나의 사랑은 그 대상보다 앞서 있었나 보다. 아니, 그 이상이다. 대상을 선동하고, 창조의 안개로부터 그것을 뽑아낸 것도 이 사랑이다. 그런데 내가 말을 먼저 움직였다면, 난 왕을 잡을 수 있었을 것이다. 그랬을 것이다. 사랑이란 무엇인가? 누가 사랑을 정의했는가? 이미 정의된 사랑은 사랑이 아니다. 그러나 오, 하느님! 왜 시장(市長)이란 사람은 물건에 보기 흉한 글자로 상표를 붙이도록 내버려두는가? 그 말은 잘못 둔 것이었다. 그런데 내가 그녀를 안다고 말할 수 없는데 어떻게 그녀에게 사랑에 빠졌다고 말할 수 있는가? 이런, 지식은 나중에 오는 거야. 사랑은 지식보다 앞서고, 지식은 사랑을 죽게 하는 거야. 사라미요 신부님은 미리 알지 못하는 것은 좋아하게 되지 않는다고 내게 가르쳐주었다. 그러나 나는 정반대되는 결론에 도달했다. 먼저 좋아하지 않은 것에 대해선 아무것도 알지 못한다는 것을. 사람들은 아는 것이 용서하는 것이라고 말한다. 아니다, 용서하는 것이 아는 것이다. 첫 번째가 사랑이고 아는 것은 나중 일이다. 그런데 드러내놓고 장군을 부르는 것을 어째서 못 보았단 말인가? 사랑하기 위해서는 무엇이 필요한가? 대상을 어슴푸레하게나마 보는 것! 어슴푸레함, 여기 안개 속에 어슴푸레하게 빛나는 사랑의 직감이 있다. 그 후에 완벽한 시선 속에 분명한 것이 온다. 안개는 물방울, 우박, 눈으로 결정(結晶)된다. 과학은 체계 있는 결정체를 만드는 것이다. 아니, 아니, 안개, 안개다! 누가 구름 한복판을 가르며 산책할 독수리가 될 것인가! 누가 구름 사이에 비치는 빛과 구름 너머에 있는 태양을 볼 수 있을까!

오, 독수리여! 태양을 똑바로 쳐다볼 수는 있으나 밤의 어둠 속에서는 보지 못하는 밧모 섬의 독수리가 성 요한으로부터 달아나, 밤의 어둠 속에서는 볼 수 있으나 태양은 쳐다볼 수 없어 올림포스로부터 도망쳤던 미네르바의 부엉이와 만났을 때, 서로 무슨 이야기를 나눌 수 있단 말인가!'

생각이 여기에까지 미쳤을 때, 아우구스토는 에우헤니아와 마주쳤다. 그러나 그녀를 알아보지 못했다.

'지식은 나중에 온다…….' 그는 계속해서 혼자 중얼거렸다. '그런데…… 뭐가 지나갔지? 두 개의 번쩍이며 신비롭게 빛나는 쌍둥이별이 내 주위를 지나간 것 같은데…… 그녀였단 말인가? 심장이 뛰는데…… 그러나 어쩌지, 벌써 집에 도착했네.'

아우구스토는 집 안으로 들어갔다.

그는 방으로 가서 침대를 물끄러미 쳐다보며 다음과 같은 생각에 잠겼다. '홀로! 홀로 잠자는 것! 홀로 꿈꾸는 것! 누군가 함께 잠잘 때, 꿈은 같은 것이 될 거야. 신비로운 파장이 두 사람의 뇌를 이어줄 테니까. 혹시 마음이 점점 합쳐질수록 머리는 점점 더 멀어지는 게 아닐까? 아마 그럴 것이다. 머리와 마음은 서로 정반대의 위치에 있는지도 모른다. 만일 한 연인이 같은 것을 생각하면서 그것에 대해 서로 반대로 느끼고, 동일한 사랑의 감정 속에 있으면서 정반대로 생각하는 거라면, 여자는 남자가 자기와 다르게 생각할 때만 그 남자를 사랑하게 되는 것이다. 여기 성실한 부부의 예를 보기로 하자.'

잠자리에 들기 전에 아우구스토는 하인 도밍고와 종종 카드놀이를 했고, 요리사인 하인의 부인은 그 시합을 구경했다.

게임이 시작됐다.

"술잔으로 스물!" 도밍고가 불렀다.

"말해 봐!" 갑자기 아우구스토가 소리쳤다. "내가 결혼을 한다면?"

"잘된 거죠, 도련님." 도밍고가 말했다.

"경우에 따라 다르죠." 부인 리두비나가 넌지시 말하려고 했다.

"너도 결혼을 했잖아?" 아우구스토는 질문했다.

"경우에 따라서요. 도련님."

"경우에 따라 어떻다는 거야? 말해 봐."

"결혼한다는 것은 매우 쉬운 일이죠. 하지만 기혼자가 된다는 것은 그렇게 쉬운 일이 아니에요."

"그것은 예로부터 전해진 일반 대중의 지혜로군."

"그런데 도련님의 아내가 될 분은 어떤 분인지……." 리두비나는 아우구스토가 너무 긴 독백으로 자신을 애먹일까 봐 염려하면서 덧붙였다.

"뭐라고? 내 아내가 될 여자라니. 뭐라고? 말해 봐. 뭐라고 그랬지. 말해 봐."

"왜냐하면 도련님이 참 좋은 분이기 때문에……."

"어서! 말해 봐. 다시 한 번 말해 보란 말이야."

"도련님, 어머님이 말씀하셨던 것 기억하시죠……."

자신의 어머니에 대한 말을 듣자, 아우구스토는 카드를 탁자 위에 올려놓고 잠시 멍하게 있었다. 불운한 딸이었으나 상냥한 여인이었던 어머니는 자주 그에게 말했었다. '아들아, 난 이제 더 이상 살 수 없을 것 같다. 네 아버지가 날 부르고 있단다. 아마 나는 너보다 그에게 더 필요한 것 같다. 그러니 내가 이 세상을 떠나고 홀로 남게 되거든 하루라도 빨리 결혼하여라. 결혼해. 이 집에 여주인을 데려와라. 내가 이 집에서 오래 산 충실한 하인들을 못 믿어서 하는 말이 아니다. 그건 아니다. 아들아, 집에 안주인 될 사람을 데려와라. 그녀를 네 마음과 재산, 식사 등 네 모든 문제의 주인이 되게 하여라. 가정을 잘 건사할 줄 알고, 사랑을 표현할 줄 알며, 너를 잘 내조할 수 있는 여자를 찾아라.'

"내 아내는 피아노를 치는 사람이야." 아우구스토는 지난 추억과 향수를 떠올리면서 말했다.

"피아노라고요! 그게 무슨 소용이 있죠?" 리두비나가 물었다.

"무슨 소용이 있느냐고? 바로 거기에, 사물은 무언가에 소용되어야 한다는, 신이 만들어놓은 질서를 따르지 않는 데에 가장 큰 매력이 있지. 나는 어딘가에 쓸모 있어야 한다는 생각에 질려 있단 말이야……."

"그럼 우리들이 하는 일은 뭐가 되는 거죠?"

"아냐, 그건 다른 문제야! 게다가 피아노는 또 다른 차원에서 쓸모가 있지…… 가정이 재떨이가 되지 않게 하면서 조화를 이루게 해주지."

"조화라고요! 그것은 어떻게 먹는 거지요?"

"리두비나…… 리두비나……."

리두비나는 가벼운 질책에 머리를 숙였다. 이것은 두 사람 사이에 늘 있는 일이었다.

"그래, 피아노를 칠 거야. 피아노 선생님이거든."

"그렇다면 그거 안 치려고 할걸요." 리두비나는 확신을 가지고 말했다. "그렇지 않다면 무엇 때문에 결혼하겠어요?"

"나의 에우헤니아……." 아우구스토는 그녀의 이름을 꺼냈다.

"아! 그런데 이름이 에우헤니아고 피아노 선생이에요?"

리두비나가 질문했다.

"그래, 그런데?"

"티부르시오 씨 상점 위, 알라메다 거리에서 고모와 함께 사는 아가씨 말인가요?"

"바로 그녀야. 그런데 그녀를 알아?"

"네……, 그냥 본 적이 있어요."

"아니, 리두비나 더 말해 봐. 자 말해 봐, 네 주인의 미래와 행복이 걸린 문제야……."

"좋은 아가씨예요. 예, 좋은 아가씨죠……."

"자, 리두비나 말해 봐…… 우리 어머니를 생각해서라도!"

"도련님, 마님의 충고를 잊지 마세요. 그런데 부엌에 누가 있나? 고양이인가?"

하녀는 일어나서 나가버렸다.

"이제 어떻게 하죠, 도련님. 끝낼까요?" 도밍고가 물었다.

"아! 깜박했네, 도밍고. 하지만 이렇게 게임을 끝낼 수야 없잖아. 누가 할 차례지?"

"도련님이요."

"그럼, 간다."

그런데 이번에도 아우구스토는 카드놀이에서 지고 말았다. 다른 데 정신을 팔았기 때문이다.

'그렇다면, 아우구스토!' 아우구스토는 방으로 가면서 혼잣말을 했다. '너만 빼고 모두가 그녀를 알고 있었구나. 바로 여기에 사랑이란 작품이 있다. 그럼 내일은? 내일 무엇을 할까? 내일 일은 내일 생각하자. 지금은 잠이나 자야겠다.'

그는 이내 잠자리에 들었다.

침대에서도 그는 계속해서 혼잣말을 했다. '사실 훌륭하신 어머님이 돌아가신 이후 긴긴 이 년 동안 나는 나도 모르게 지루한 생활을 이어왔다. 그렇지, 의식하지 못했지만 무척 지루한 기간이었어. 대부분의 인간들은 무의식적으로 지루함 속에서 살아왔다. 권태는 생의 기저에서 놀이와 유희, 소설과 사랑 등을 발명해 내었지. 인생의 안개는 달콤, 쌉싸래한 술인 감미로운 권태를 배어 나오게 한다. 이 무의미한 일상의 모든 사건들과 시간을 보내고 삶을 연장하는 데나 소용되는 이런 달콤한 대화 등은 지극히 감미로운 권태가 아니고 무엇이겠는가? 오, 에우헤니아, 나의 에우헤니아, 무의식 속에 생명을 이어주는 권태의 꽃. 나의 꿈속에 들어와요. 내 속에서 나와 함께 꿈꾸어요!'

그리고 그는 잠이 들었다.

5장

　햇빛 안개 속에 먹이를 노려보는 눈을 고정시키고, 폭풍우에 단련된 앞가슴의 보호 아래 달콤한 권태에 빠져 잠들어 있는 심장을 간직한 채, 이슬로 된 진주 빛의 강력한 날개를 달고 찬란하게 빛나는 독수리가 구름을 가로질러 갔다. 주위에는 대지의 먼 곳에서부터 울려온 소리 끝에 남겨진 침묵이 있고, 창공의 가장 높은 곳에서는 두 개의 쌍둥이별이 보이지 않는 향액을 흩뿌리고 있었다. 그때 "신문이요." 하고 외치는 찌르는 듯한 소리가 침묵을 깨뜨렸다. 아우구스토는 이때 어슴푸레 밝아오는 새로운 날의 빛을 보았다.

　'꿈인가 생시인가?' 그는 이불로 얼굴을 감싸면서 자문해 보았다. '나는 독수리인가 사람인가? 저 신문은 무엇을 말하지? 날마다 어떤 새로운 소식을 전해 주려는가? 오늘 밤 지진이 코르쿠비온 마을을 삼켜버릴까? 라이프치히를 삼켜버리지 말란 법도 없지? 오, 서정적 연상(聯想)이여! 핀다로스식의 무질서여! 세상은 만화경이다. 논리는 사람이 만드는 것이고, 최고의 예술은 우연에서 태어난다. 조금만 더 자자.' 그리고 그는 침대에서 반쯤 돌아누웠다.

신문이요……! 식초 장수! 그리고 들려오는 자동차, 버스, 몇 명의 어린아이 소리.

'불가능한 일!' 아우구스토는 다시 혼잣말했다. '이것이 바로 돌고 도는 삶이다. 그런 삶 속에 사랑도…… 사랑이란 무엇일까? 이 모든 것이 여과된 것이 아닐까? 권태에서 나온 즙이 아닐까? 에우헤니아를 생각하자. 지금이 적당한 시간이다.'

아우구스토는 에우헤니아를 생각할 목적으로 눈을 감았다. 생각한다는 것은?

그런데 이러한 생각도 점점 용해되면서 사라져가더니 잠시 후엔 폴카가 되었다. 그의 방 창문 밑에서 손풍금 소리가 들려왔다. 아우구스토는 이제 생각은 접어두고 음악 속에 빠져 들었다.

'세상의 본질은 음악적인 것이다.' 오르간의 마지막 선율이 끝났을 때 아우구스토는 생각했다. '나의 에우헤니아 역시 음악적인 것은 아닐까? 모든 법칙은 리듬을 동반한다. 리듬은 바로 사랑이다. 여기에 바로 하루의 처녀성을 간직한 신성한 아침이 내게 주는 새로운 발견의 의미가 있다. 사랑은 리듬이다. 리듬의 과학은 수학이며, 사랑의 예민한 표현은 음악이다. 실현이 아니라 표현임을 확실히 해두자.'

누군가 문을 두드리는 소리에 생각에서 벗어났다.

"예, 들어와요."

"도련님, 부르셨어요?" 도밍고가 말했다.

"그래……. 아침 식사를 준비하게!"

아무 생각 없이 그는 평소보다 한 시간 반이나 빨리 하인을 불렀다. 그러나 일단 부른 이상 시간이 안 되었더라도 식사를 청해야만 했다.

'사랑은 삶에 생기를 불어넣어 식욕을 앞당긴다.' 아우구스토는 계속해서 중얼거렸다. '사랑하기 위해서 살아야만 한다! 그렇다. 살기 위해서 사랑해야만 한다!'

그는 아침을 먹기 위해 일어났다.

"오늘 날씨가 어떤가, 도밍고?"

"늘 그렇죠, 도련님."

"그래, 좋지도 않고 나쁘지도 않다는 말이군."

"바로 그렇죠."

늘 그렇게 생각하는 것이 하인의 지론이었다.

아우구스토는 세수하고 빗질을 한 다음 옷을 입었다. 그는 이제 삶의 내부로부터 솟아나는 기쁨이 용솟음치고 인생의 목표를 가진 사람처럼 나갈 채비를 하였다. 비록 울적한 기분은 남아 있었지만.

그는 거리로 나갔다. 이내 심장이 뛰기 시작했다. '침착하자.' 그는 자신에게 말했다. '내가 그녀를 이미 보았고, 아주 오래전부터 알고 있었다면. 그렇다, 그녀의 이미지는 날 때부터 내게 주어진 것이나 다름없다……! 오, 어머니! 저를 도와주소서!' 에우헤니아가 그의 옆을 지나가며 잠깐 마주쳤을 때, 아우구스토는 모자를 벗지 않고 눈으로만 가볍게 인사했다.

그리고 돌아서 그녀를 따라가려 했으나 가까스로 냉정을 되찾았다. 우선 여수위와 얘기해야 할 필요성을 느꼈다.

'그녀다. 그래, 그녀야.' 그는 계속 말을 이어갔다. '그녀야. 바로 그녀야. 비록 알고 있지는 못했지만, 수년 전부터 찾던 여인이다. 그녀 역시 나를 찾고 있었다. 우리는 분리될 수 없이 서로를 보완해 주는 두 개의 단자로써 이미 운명적인 조화 속에 있다. 가족은 사회를 구성하는 진정한 세포이며, 나는 단지 그것을 구성하는 하나의 분자일 뿐이다. 아! 과학이란 얼마나 시적인가! 신이시여! 어머니! 나의 어머니! 여기 당신의 아들이 있습니다. 하늘로부터 제게 조언해 주십시오. 에우헤니아, 나의 에우헤니아……!'

그는 혹시 사람들이 자신을 쳐다보지 않나 사방을 둘러보았다. 자신이 허공을 끌어안고 있음을 깨달은 것이다. 그는 다시 혼잣말했다. '사랑은 황홀경이다. 우리를 우리 자신으로부터 벗어나게 해주니까.'

그는 다시 현실로—현실로?—돌아왔다. 마르가리타의 미소가 그를 기다리고 있었다.

"무슨 새로운 소식이라도 있어요?" 아우구스토가 그녀에게 물었다.

"아니요, 선생님. 너무 이르지 않나요?"

"그녀에게 편지를 전해 줄 때 아무 말도 없었나요?"

"전혀요."

"그럼 오늘은?"

"예, 오늘은 있었어요. 선생님의 인상에 대해서 물어보았어요. 그리고 선생님은 누구이고 이전부터 알던 분이냐고 물어보던데요. 또 도련님이 편지에 자기 집 주소를 적는 것을 잊었다고 하면서 제게 부탁 하나를 하더군요."

"부탁이라고? 무슨? 망설이지 말고 말해 봐요."

"만일 선생님이 다시 오시면 이미 약혼했다고, 애인이 있다고 전해 달래요."

"애인이 있다고?"

"제가 이미 말씀드렸잖아요. 선생님."

"상관없어요. 부딪혀 볼 겁니다."

"좋아요. 한번 부딪혀 보시죠."

"마르가리타. 나를 돕겠다고 약속할 수 있어요?"

"물론이죠."

"그러면 우리가 분명 승리할 겁니다!"

그리고 그는 자리를 떴다. 신록을 바라보면서 감정을 식히고 새들이 부르는 사랑의 노래를 듣기 위해 알라메다로 갔다. 그는 가슴이 파랗게 물들어오는 것을 느꼈고, 새들은 어린 시절 보았던 기억 속의 나이팅게일처럼 그의 가슴 속에 노래를 들려주었다.

그중에서도 특히 어머니에 대한 추억은 감미롭게 용해된 빛을 뿌려주었다.

아버지에 대해서는 기억나는 것이 거의 없었다. 아버지는 기억의 가장 저편에서 사라져버린 신비로운 그림자이자 석양 속에 드러나는 핏빛 구름이었다. 핏빛의……. 그가 아주 어렸을 때의 기억 속에 아버지는 자신이 토한 피에

범벅이 된 시체의 모습으로 남아 있었기 때문이다. 그리고 집 안이 무너져 내릴 것 같이 울렸던 "아들아!" 하고 부르는 어머니의 절규가 멀리서 그의 가슴속에 울려왔다. '아들아!'라는 울부짖음이 다 죽어가는 아버지를 향한 것인지, 아니면 죽음이 무엇을 의미하는지 알지 못한 채 돌같이 굳어 있는 자신을 향한 것인지 그는 알 수 없었다.

얼마 지나지 않아 비탄에 잠긴 채 몸을 부들부들 떨던 어머니는 그를 가슴에 끌어안고 "내 아들아! 내 아들아! 내 아들아!"라는 탄식의 기도를 연발하며 뜨거운 눈물로 그를 흠뻑 적시었다. 그 역시 자신을 쳐다볼 것만 같은 요괴의 탐욕스러운 눈과 마주치지 않으려고 어머니 품 안에 얼굴을 파묻고 고동치는 그 품 안의 달콤한 어둠 속에서 떨어지지 않으려고 어머니를 힘껏 껴안으면서 울었다.

그렇게 눈물과 암흑의 세월이 흐르는 동안 어느덧 눈물은 자취를 감추었고 어둠도 사라지게 되었다.

집은 온화하고 따뜻했다. 커튼에 수놓은 하얀 꽃들 사이로 빛이 들어왔다. 안락의자들은 세월의 흐름 속에 다시 동심으로 돌아간 할아버지 같은 친근함으로 반겨주었다. 그 집에는 아버지가 피웠던 마지막 시가의 재가 담긴 재떨이가 항상 있었다. 그리고 벽에는 이제는 미망인이 된 어머니와 아버지가 결혼식 날 찍은 사진이 걸려 있었다. 키가 큰 아버지는 부츠의 뾰족한 앞면이 드러나게 다리를 꼬고 앉아 있었고, 키가 작은 어머니는 남편의 어깨에 손을 올린 채 서 있었다. 그녀의 예쁜 손은 뭔가를 집기보다는 그저 비둘기처럼 포즈를 취하기 위해 만들어진 것처럼 보였다.

그의 어머니는 항상 검은 옷을 입고 한 마리 새처럼 소리를 내지 않고 조용히 다녔다. 눈으로는 항상 주위를 살피고 남편과 사별했을 당시 눈물의 샘이었던 입가에는 이제 미소를 띠웠다. "나는 너를 위해서 살아야만 한다. 단지 너를 위해서, 아우구스토." 잠자리에 들기 전 그녀는 매일 밤마다 이렇게 말했다. 그러면 아우구스토는 여전히 눈물에 젖은 어머니의 입맞춤을 받고 꿈나라로 가곤 했었다.

달콤한 꿈처럼 그들의 삶도 흘러갔다.

매일 밤마다 어머니는 그에게 무언가를 읽어주었는데, 어떤 때에는 성자의 생애에 관한 이야기를, 또 다른 때에는 쥘 베른의 소설이나 간결하고 동심이 가득한 이야기를 읽어주었다. 어느 땐가 어머니는 눈물을 잊고 고요하고도 온화한 미소를 짓기도 했다.

이윽고 아우구스토는 중학교에 입학했고, 어머니는 저녁마다 교과목을 가르쳤다. 그를 가르치기 위해 그녀도 공부하였다. 어머니는 세계사에 나오는 그 이상한 이름들을 모두 공부하였고 웃음 지으며 종종 아들에게 이렇게 말하곤 했다. "인간들은 야만적인 일을 얼마나 많이 저질렀단 말이냐!" 그녀는 수학도 공부했는데, 이 과목을 가장 잘했다. '만일 우리 어머니가 수학을 전공한다면…….' 하고 생각했을 정도였다. 특히 그는 어머니가 2차 방정식 문제를 푸는 데에 얼마나 흥미 있어 했는지를 기억했다. 어머니는 심리학도 공부했는데, 이 과목은 가장 힘들어했다. "왜 그렇게 세상일을 복잡하게 생각하고 싶어 하는지 모르겠어!" 또한 물리와 화학, 그리고 자연사도 공부했다. 자연사에서 그녀가 싫어했던 것은 동물과 식물에게 붙인 희한한 이름들이었다. 그녀는 생리학에는 공포를 느낄 정도였기 때문에 아들을 가르치는 것을 포기하고 말았다. 심장이나 폐를 그린 그림만 보아도 피범벅이 되어 죽은 자기 남편이 떠올랐던 것이다. "이런 것들은 참 흉물스럽구나. 얘야, 의사가 될 생각은 하지도 마라. 인체의 내부가 어떻게 생겼는지는 모르는 것이 제일이다."

아우구스토가 중학교와 고등학교 과정을 모두 마쳤을 때, 어머니는 그를 껴안고 입 언저리에 드문드문 난 수염을 물끄러미 바라보더니 눈물을 터뜨리며 부르짖었다. "네 아버지가 살아계셨더라면……." 그러고는 아들을 자기 무릎 위에 앉혔는데, 이제 어느 정도 성숙해진 아들은 부끄러움을 느꼈다. 그렇게 아들을 안고서 그녀는 침묵 속에서 사별한 남편의 재떨이를 바라보았다.

곧이어 대학에 들어가고 친구들과 우정을 쌓는 등 이제 막 날갯짓을 시작하려는 아들을 바라보는 가련한 어머니에게 우수가 찾아왔다. "나는 너만을 위해서, 너만을 위해서 산다. 그런데 그 누가 알랴, 너는 다른 여자를 위해서 사는지도……! 하기야 세상일이 그런 것이지, 아들아." 법대를 졸업하는 날 아우구스토가 집에 돌아오자 어머니는 그를 붙잡고서 우스꽝스럽게 심각한 표정으로 손에 입맞춤을 했다. 그리고 그를 끌어안고서 귓속말로 "아들아, 아버지가 너를 축복하길 바란다."라고 말했다.

어머니는 결코 그보다 먼저 잠자리에 드는 적이 없었고,

잠자기 전 아들에게 입맞춤해 주는 것을 잊지 않았다. 그는 결코 밤을 새울 수가 없었다. 어머니가 지켜보고 있었기 때문이다. 식탁에서도 어머니는 그가 먹지 않는 것에는 손도 대지 않았다.

그들은 종종 함께 산책을 나갔다. 그러면 하늘 아래서는 그녀는 말없이 죽은 남편을 생각했고, 그는 눈앞에 지나치는 것들을 생각하였다. 그녀는 항상 똑같은 일들, 즉 아주 오래되었으나 늘 새롭기만 한 일들에 대해서 말하곤 했다. 대부분의 이야기는 "네가 결혼하게 되면……." 하는 말로 시작하였다.

그들 옆으로 예쁜 여자가 지나갈 때마다 어머니는 아우구스토를 슬쩍 곁눈으로 바라보았다.

어느덧 죽음이 찾아왔다. 어느 가을날 오후에 느리고 무거우며 감미롭고 고통 없는 죽음이 마치 순례하는 새처럼 소리 없이 발을 세우고 들어와 느리게 비행하며 그녀를 데려갔다. 그녀는 자기 손을 아들의 손에 올려놓고 그의 눈을 바라보면서 저세상으로 갔다. 아우구스토는 어머니의 손이 차가워지고 눈이 움직이지 않는 것을 느꼈다. 그는 이미 차가워진 손에 뜨거운 입맞춤을 한 후 손을 놓고, 어머니의 눈을 감겨주었다. 그는 침대 옆에 무릎을 꿇고 앉았다. 한결같은 지난 시간의 이야기가 머릿속에 스쳐 지나갔다.

이제 아우구스토는 새들이 지저귀는 알라메다에서 에우헤니아를 생각하면서 있는 것이다. 그런데 에우헤니아에게는 애인이 있다. 어머니는 이렇게 말씀하셨었다. "아들아,

내가 두려워하는 것은 네가 인생길에서 첫 번째 가시를 만날 때이다." 만일 어머니가 여기 계셨더라면 이 첫 가시를 장미로 꽃 피울 수 있을 텐데……!

'만일 어머니가 살아계신다면, 지금 이 문제를 어떻게 해결해야 할지 아실 텐데……. 사실 이 문제는 2차 방정식보다 더 어려운 문제는 아니야. 그냥 2차 방정식 하나 푸는 정도이지.'

이때 어느 불쌍한 동물의 가느다란 비명이 그의 독백을 중단시켰다. 그는 이리저리 주위를 살피다 덤불 사이에서 땅에 발을 내디디려는 가엾은 강아지 한 마리를 발견했다. '가엾어라! 차마 죽이지는 못하고 그냥 죽으라고 여기에 태어나자마자 방치했구나.' 그는 강아지를 안아 들었다.

이 새끼 동물은 어미의 가슴을 찾고 있었다. 아우구스토는 일어나서 집으로 돌아오며 생각했다. '에우헤니아가 이 사실을 알면 내 연적에게는 큰 타격이 될 것이다! 이 가련한 강아지를 얼마나 귀여워할까! 예쁘다. 정말 예쁘구나. 불쌍해라, 내 손 핥는 것 좀 봐……!'

"도밍고, 우유 좀 가져와, 빨리." 아우구스토는 하인이 문을 열기가 무섭게 명령했다.

"이제 도련님이 개를 다 사셨군요?"

"산 것이 아니야, 도밍고. 이 개는 노예가 아니고 자유로운 몸이야. 난 그저 발견했을 뿐이라고."

"그럼 버려진 것이네요."

"우리 모두가 버려진 존재지. 도밍고, 우유 좀 가져와."

도밍고는 우유와 그것을 잘 먹일 수 있도록 조그만 스펀

지를 가져왔다. 아우구스토는 강아지를 위해서 젖병을 가
져오라고 하고, 무슨 이유에서인지는 모르지만 오르페오란
이름을 붙였다.

그 후 오르페오는 그의 독백을 듣는 충실한 상대가 되어
에우헤니아를 향한 사랑의 비밀을 모두 들었다.

"이봐, 오르페오." 그는 낮은 목소리로 말했다. "우리는
투쟁해야만 해. 내가 할 행동에 대해 충고 좀 해주겠니?
네가 우리 어머니를 알았더라면…… . 그러나 너 역시 에우
헤니아의 부드럽고 따뜻한 손길을 받고 그녀의 품에 안긴
채 잠이 든다면 다 알게 되겠지. 그런데 지금 당장 우리는
무엇을 해야 하지, 오르페오?"

그날의 점심은 우울하였고 산책도 우울했으며 장기 두는
것도 우울하고 밤에 꾼 꿈 역시 우울하였다.

6장

  '무슨 결정을 하든지 해야지. 이대로 계속 지낼 수는 없
어.' 아우구스토는 알라메다 거리 58번지 집 앞에서 서성
대며 혼잣말을 하였다.

  그 순간 에우헤니아가 사는 3층의 발코니 하나가 열리더
니 흰머리에 몸매가 마른 부인이 손에 새장을 들고 나타났
다. 카나리아를 일광욕시키려는 것이었다. 그러나 새장을
밖에 걸려는 순간 못이 빠지면서 새장이 아래로 떨어지고
말았다. 부인은 절망 속에서 외마디 비명을 질렀다. "아이
고, 내 새끼!" 아우구스토는 급히 뛰어가 새장을 집어 들
었다. 가련한 카나리아는 새장 안에서 공포에 질려 펄떡이
고 있었다.

  아우구스토는 심장이 고동치는 것을 느끼며 새장에서 요
동하고 있는 카나리아를 들고 그 집으로 올라갔다. 부인이
그를 기다리고 있었다.

"아! 고맙습니다. 정말 고맙습니다. 선생님."

"제가 외려 부인께 고마운 마음입니다."

"오! 내 새끼, 내 귀여운 녀석. 이제 진정해라! 아, 선생님! 잠시 좀 들어오시죠?"

"감사합니다. 부인."

아우구스토는 집으로 들어갔고, 부인은 그를 응접실로 안내한 후 "잠시만 기다려주세요. 카나리아를 놔두고 올게요."라고 말하였다.

그 순간 응접실로 노신사 한 분이 들어왔다. 틀림없이 에우헤니아의 고모부일 것이다. 그는 모자를 쓰고 색이 바랜 안경을 쓰고 있었다. 그는 아우구스토에게 다가와 그 옆에 앉으면서 이런 말을 던졌다.

"에스페란토 덕분에 세계 평화가 곧 도래할 것이라고 믿지 않습니까?"(그는 에스페란토로 말했다.)

아우구스토는 이 자리를 벗어나고픈 생각이 굴뚝같았으나 에우헤니아에 대한 사랑으로 꾹 참았다. 이런 사정을 모르는 노인은 에스페란토를 계속했다.

아우구스토는 마침내 참지 못하고 말했다.

"무슨 말씀인지 잘 모르겠습니다."

이때 막 응접실로 들어오던 부인이 말했다. "이이가 당신에게 에스페란토라고 불리는 돼먹지 못한 은어로 말했지요?" 그러더니 남편에게 말했다. "페르민, 이분이 바로 카나리아를 구해 준 분이세요."

"무슨 말인지 영 모르겠는걸. 내가 당신에게 에스페란토로 말할 때 당신이 하나도 이해 못하는 것처럼 말이야."

남편이 대답했다.

"이분이 길바닥에 떨어진 불쌍한 우리 카나리아를 친절하게도 가져다주셨어요. 그런데 성함이……?" 부인은 아우구스토를 돌아보며 물었다.

"저는 미망인 페레스 로비라의 아들 아우구스토 페레스입니다. 부인께서도 작고한 저희 어머니를 아실지 모르겠습니다."

"솔레다드 부인 말씀이세요?"

"예. 저희 어머니입니다."

"그 훌륭하신 부인이라면 잘 알지요. 정말 모범적인 어머니이자 미망인이셨어요. 그런 훌륭한 부인을 어머니로 두셨다니 축복받으셨네요."

"저도 카나리아가 떨어지는 기쁜 사건으로 두 분을 알게 된 것을 행운으로 생각합니다."

"기쁘다고요! 아니, 이 사건이 당신에겐 기쁘단 말입니까?"

"네, 제게는 그렇습니다."

"고맙소, 신사 양반." 이어 페르민 씨는 이렇게 덧붙였다. "신비로운 법칙이 사람과 사물을 지배하고 있습니다. 비록 우리는 그것을 잘 모르지만, 추측해 볼 수는 있습니다. 친애하는 젊은이, 나는 대부분의 사물에 대해 특별한 관념을 갖고 있어요."

"개똥철학 그만 하세요." 부인이 남편의 말을 자르며 소리쳤다. "그런데 선생님은 어떻게 그렇게 빨리 카나리아를 구하러 올 수가 있었지요?"

"부인께는 솔직히 말씀드려야겠군요. 제 마음을 털어놓

지요. 사실은 집 주위를 배회하고 있었습니다.

"이 집을요?"

"네, 부인. 두 분께서는 매력적인 조카딸을 두셨습니다."

"아, 그만 얘기해도 돼요, 선생님. 당신이 왜 기쁜 사건이라고 말했는지 알 거 같네요. 그리고 신의 섭리에 의해서 카나리아가 있는 것 같고요."

"누가 신의 섭리를 안다고?" 페르민 씨가 말했다.

"누구긴, 내가 알지요." 부인이 소리치고는 다시 아우구스토를 향해 말했다. "당신에겐 이 집 문이 언제나 열려있어요. 그렇지요. 뭐가 부족하겠어요. 솔레다드 부인의 아드님이신데…… 그렇게 해서 선생님이 종잡을 수 없는 우리 애의 변덕을 좀 고쳐주시길 바라지요……"

"그건 자유 아닐까?" 페르민 씨가 넌지시 말했다.

"당신은 조용히 하고 좋아하는 무정부주의나 생각하시구려."

"무정부주의요?" 아우구스토가 되받았다.

순간 페르민 씨의 얼굴이 환하게 빛나더니 가장 부드러운 목소리로 다음과 같이 말했다.

"그렇소, 젊은이. 난 무정부주의자요. 신비적 무정부주의자이지요. 그러나 이론상으로만 그래요. 잘 들어요. 이론상으로만. 두려워할 것 없어요. 젊은 친구." 이렇게 말하며 그는 아우구스토의 무릎 위에 자기 손을 다정하게 올려놓았다. "나는 폭탄을 던지지 않아요. 나의 무정부주의는 순수하게 정신적인 것이오. 왜냐하면 나는 대부분의 사물에 대해 나만의 독특한 생각이 있으니까……"

"부인 역시 무정부주의자이십니까?" 아우구스토는 말이 나온 김에 부인에게 물었다.

"내가요? 말도 안 되는 소리예요. 어느 누구도 지배하지 말라는 건 한마디로 엉터리죠. 아무도 지배하지 않는다면 누가 복종하죠? 그것이 불가능한 일이라는 걸 모르세요?"

"불가능이라고 말하는 믿음이 없는 자들이여……." 페르민 씨가 말하기 시작했다.

이때 부인이 그의 말을 끊으면서 말했다. "그럼 아우구스토 씨, 이걸로 협정이 맺어졌습니다. 제가 보기에 당신은 가문이나 학벌, 수입 등 어느 하나 모자랄 것 없는 훌륭한 신랑감입니다. 됐어요. 오늘부터 당신은 우리 후보예요."

"정말 영광입니다. 부인."

"그래요. 우리 애는 철이 좀 나야 돼요. 성품은 나쁘지 않은데, 당신도 알다시피 변덕이 좀 심해서……. 너무 귀여움만 받고 자라서요……! 불쌍한 내 동생에게 그 재난이 일어났을 때……."

"재난이라뇨?" 아우구스토가 물었다.

"그래요. 세상일은 어차피 알려지게 마련이니, 당신께 숨길 게 뭐 있겠어요. 에우헤니아의 아버지는 지독히도 운이 따르지 않았던 증권시장 조작 사건 후 자살했고 그 바람에 자기 딸을 빈곤 속에 남겨놓게 되었죠. 당시 집이 한 채 있긴 했는데, 그의 연금 전부와 함께 저당 잡힌 거였어요. 우리 불쌍한 조카는 저당 잡힌 것을 찾기 위해 일하면서 저축하기 시작했어요. 그런데 한번 생각해 보세요. 피아노 선생을 육십 년 한들 갚을 도리가 있겠어요."

순간 아우구스토는 남자답게 베풀어야 할 것이 있음을 깨달았다.

"애는 나쁘지 않아요." 부인이 말을 계속했다. "도무지 이해하기가 어려울 뿐이지."

"만일 에스페란토를 배운다면……." 페르민 씨가 다시 시작했다.

"세계어 얘기는 그만 해요. 우리 말도 서로 제대로 이해하지 못하는데, 다른 말은 무슨……."

"그러나 부인, 세상에 단 하나의 언어만 있다면 좋을 것 같다고 생각되지 않으십니까?" 아우구스토가 물었다.

"그렇지, 바로 그거야!" 페르민 씨가 흥분하며 소리쳤다.

"그렇군요." 부인이 동요 없이 말했다. "단 하나의 언어라면 스페인어면 되겠군요. 그리고 분별없는 하녀들과 얘기할 때 쓸 바블레* 정도 익히면 되겠군요."

에우헤니아의 고모는 아스투리아스 출신이었는데 하녀 역시 그 지방 출신이어서 그녀를 꾸짖을 때면 바블레로 말하곤 했다.

"그런데 이론상으로는 단 하나의 언어만 있는 것이 나쁘게 보이진 않습니다. 왜냐하면 우리 남편은 이론상으로는 결혼 제도도 반대하니까요.

"그럼 저는 이만……." 아우구스토는 일어서면서 말했다. "제가 폐를 끼치지 않았는지 모르겠습니다."

★ 스페인 북부 아스투리아스 지방의 방언.

"선생 같은 분이 폐가 될 리 있나요?" 부인이 답했다. "꼭 다시 와주세요. 아시다시피 당신은 우리가 점찍었어요."

그가 집을 나설 때, 페르민 씨는 아우구스토에게 잠시 다가가 귓속말로 말했다. "그 생각은 더 이상 하지 마시오!" "아니, 왜 그러십니까?" 아우구스토가 물었다. "예감이란 게 있어서 그래요, 신사 양반. 예감이란 게……."

아우구스토가 작별 인사를 하자 부인은 그에게 마지막 말을 건넸다. "아시죠, 당신이 우리 후보라는걸."

에우헤니아가 집으로 돌아왔을 때, 고모가 내뱉은 첫 마디는 다음과 같았다. "에우헤니아, 너 누가 여기 다녀갔는지 아니? 아우구스토 페레스 씨야."

"아우구스토 페레스……. 아우구스토 페레스……. 아! 생각나요. 그런데 누가 그를 여기 데려왔나요?"

"내 새끼, 내 카나리아야."

"그런데 왜 왔대요?"

"그걸 몰라서 묻니? 너를 따라서 온 거지."

"나를 뒤따라서, 카나리아를 가져왔다고요? 무슨 말인지 모르겠어요. 차라리 고모부처럼 에스페란토로 말하는 것이 낫겠어요."

"그 사람이 너를 따라다닌단다. 젊은 데다 미남이고, 옷도 잘 차려입고 예의도 바르지. 무엇보다 부자란다. 특히 부자야……."

"참, 부자가 그렇게 좋으세요. 전 스스로를 돈에 팔지 않으려고 일하는 거예요."

"누가 너를 판다고 하던, 성질도 급하긴."

"됐어요, 고모. 이제 농담은 그만두세요."

"네가 그 청년을 보면, 그 청년을 한 번만 보면, 생각이 바뀔 거다."

"바로 그 말이 하고 싶으셨군요……."

"이 물을 마시지 않을 거라고 아무도 장담할 수 없지."

"신의 섭리는 신비로운 것이야!" 페르민 씨가 외쳤다. "신은……."

"그런데, 당신." 부인이 중간에 끼어들며 반박했다. "어떻게 당신은 신과 무정부주의를 같이 섞어 말하죠? 벌써 천 번은 말했을 거예요. 아무도 지배하지 말아야 한다면, 당신이 말하는 신의 존재는 뭐죠?"

"여보, 나의 무정부주의는 당신이 수천 번 들은 것같이 신비로운 것이오. 신비적 무정부주의지. 신은 인간들이 지배하는 것처럼 지배하지 않아요. 신 역시 무정부주의자요. 신은 지배하는 것이 아니라……."

"복종한다, 그 말이죠?"

"맞았어. 맞았어요. 신이 당신을 깨우쳐준 거요. 이리 와봐요!"

그는 부인을 붙잡고 이마를 바라보더니 흰머리가 드리워진 곳을 훅 불었다. 그리고 다음과 같이 덧붙였다. "당신 스스로 영감을 얻은 거요. 그렇소. 신은 복종을 하지…… 복종을……."

"네, 이론상으로는 그렇지요. 그렇지 않아요? 그런데 에우헤니아, 너 이제 바보짓 좀 그만둬라. 굉장한 배우자감이 나타난 거야."

"저 역시 무정부주의자예요, 고모. 그러나 고모부같이 신비적 무정부주의자는 아니에요."

"좋아, 한번 두고 보자." 고모는 이렇게 말을 맺었다.

7장

　"아, 오르페오!" 아우구스토는 집에서 강아지에게 우유를 주면서 말했다. "아, 오르페오! 나는 큰 발을 내디뎠다. 결정적인 행보를 말이야. 나는 그녀의 집에 들어갔다. 신전에 들어갔단 말이다. 넌 결정적인 발걸음을 내딛는다는 것이 무슨 뜻인지 아느냐? 운명의 바람이 우리를 재촉하면 우리의 발걸음은 모두 결정적인 것이다. 우리의 발걸음? 그 걸음의 주인이 우리 자신인가? 걷자, 나의 오르페오. 오솔길 하나 없이 첩첩이 쌓인 험난한 밀림으로 걸어가자. 길은 모험 따라 남긴 발자국과 함께 만들어진다. 어떤 사람은 하나의 별을 따라간다. 나는 쌍둥이별을 따라가고 있다고 생각한다. 그 별은 우연의 투영으로 바로 하늘로 향한 길을 비추고 있다.

　결정적인 발걸음! 말해 봐, 오르페오. 신, 세상, 무(無)가 존재해야만 할 필요가 뭐가 있는가? 왜 무엇인가 있어야만 하는가? 필요란 관념은 우연이 우리의 정신 속에서 차지하는 최상의 형식은 아닌가?

에우헤니아는 어디로부터 솟아났는가? 그녀는 나의 창조물인가 아니면 내가 그녀의 창조물인가? 아니면 우리 둘은 서로에게서 말미암은 상호적인 존재인가? 부분 속에 전체가 있고, 전체 속에 부분이 있지 않은가? 그렇다면 창조란 무엇인가? 오르페오, 너는 누구냐? 나는 누구냐?

오르페오, '나는 내가 아니다.'라고 여러 번 생각했다. 거리를 지나갈 때 아무도 나를 보지 못할 거라고 생각하며 걷곤 했다. 또 어떤 때는 내가 나를 보듯이 사람들이 나를 보지 못할 거라는 환상에 잠겨보기도 했다. 내가 정장 차림으로 단정히 걷는 연기를 하고 있다고 생각하는 동안 나는 나도 모르게 광대 노릇을 하고 있었고, 사람들은 그런 나를 비웃고 조롱했던 것이다. 오르페오야, 네게는 이런 일이 아직 없었느냐? 그런 일이 없었다면 아직 너는 어리고, 인생에 대한 경험도 일천하기 때문이다. 게다가 너는 개가 아니냐.

그런데 말해 봐, 오르페오. 언젠가 너희 개들이 스스로를 사람으로 볼 때가 오지 않겠니? 마치 스스로 개라고 믿었던 사람들이 있었듯이.

어떻게 살고 있는 건지 모르겠다, 오르페오. 어떻게 살고 있는 건지. 특히 어머니가 돌아가신 후부터는 말이다! 매 시간은 이미 지나간 시간에 밀려 내게 도달하고 있다. 나는 도래할 시간을 알지 못한다. 내가 그 미래를 추측하기 시작하자마자 그 시간은 이미 과거로 변모하려 한다.

이제 내게 에우헤니아는 한낱 추억으로 남았다. 흘러가는 이 시간들…… 이 시간, 흘러가는 이 영원한 현재는…… 권태의 안개 속으로 미끄러져 들어간다. 어제 같은 오늘, 오늘 같은 내일로. 오르페오, 우리 아버지가 저 재떨이에 남겨놓은 재를 좀 보아라…….

이것은 영원성의 발현이다, 오르페오. 소름 끼치는 영원성의 현시야. 인간이 홀로 남아 미래를 향해, 꿈을 향해 눈을 감으면 영원성의 무서운 심연이 나타난다. 영원이란 미래가 아니다. 우리가 죽으면 죽음은 우리의 궤도에서 우리를 돌아서게 한 다음 뒤를 향해, 즉 우리가 있었던 곳을 향한, 과거를 향한 행진을 시작한다. 우리는 그렇게 끝없이 운명의 실패를 감으면서, 어떤 영원함이란 개념이 우리에게 만들어놓은 모든 무한한 것을 부수면서 무(無)를 향해 나아간다. 그러나 우리는 결코 그곳에 도달하지는 못한다. 왜냐하면 무(無)란 결코 존재한 적이 없으니까.

우리 존재의 이러한 흐름 밑에는 존재 안으로 향하는 정반대의 다른 흐름이 있다. 여기에서 우리는 어제로부터 내일로, 내일에서 다시 어제로 흘러가는 것이다. 동시에 실이 짜이고 풀리는 것이다. 때때로 입김과 훈기가 우리에게 도달하고 심지어는 우리 세계 내부에 있는 다른 세계의 신비스러운 소리까지 들려온다. 역사의 핵심은 반(反)역사이며 역사의 방향을 거슬러 올라가는 과정이다. 땅속으로 흐르는 강은 바다에서 샘으로 흘러간다.

이제 내 고독한 하늘에서 에우헤니아의 두 눈이 빛을 발하고 있다. 그 눈은 우리 어머니가 흘린 눈물의 광채와 함께 나를 비춰주며, 내가 존재한다는 것을 믿게끔 한다. 달콤한 환상이여! 나는 사랑한다, 고로 존재한다! 오르페오, 이러한 사랑은 존재의 안개를 부수고 구체화시켜 주는 고마운 비와 같은 것이다. 사랑으로 인해 나는 내 몸의 영혼을 느끼고 어루만질 수 있다. 사랑으로 인해 내 영혼 깊숙한 곳에서부터 고통을 느끼기 시작한다. 오르페오, 영혼 자체가 사랑, 그리고 육화(肉化)한 고통이 아니겠는가?

세월은 흘러왔다 흘러가지만 사랑은 남는다. 사물의 내부 그 깊은 곳에서 이 세상의 흐름은 다른 세계의 반대되는 흐름과 부딪히고 얽힌다. 그리고 이러한 접촉과 마찰에서 고통 중 가장 달콤하고도 슬픈 고통이 비롯되는데, 바로 산다는 고통이다.

오르페오, 저 베틀을, 날실을 보아라. 어떻게 직물이 베틀 속에서 짜이는지 보아라. 그 기계들이 어떻게 작동하는지 보아라. 그런데, 말해 봐. 우리 존재의 천을 감는 것은 어디에 있단 말인가? 어디에?"

오르페오는 베틀을 본 적이 한번도 없었기 때문에 주인의 말을 알아듣기는 어려운 노릇이었다. 그러나 주인이 말하는 동안 그 눈을 쳐다보면서 그의 생각을 읽고 있었다.

8장

아우구스토는 몸을 떨면서 체형(體刑)을 받는 어린 말처럼 느끼며 자리에 앉아 있었다. 그는 일어나서 거실을 돌아다니고, 허공에 손바닥을 휘저으며 소리 지르고, 서커스를 하는 것같이 미치광이 짓을 하면서 자신이 존재한다는 것을 모두 잊어버리고 싶은 강렬한 충동을 느꼈다. 에우헤니아의 고모인 에르멜린다도, 그녀의 남편인 신비적, 이론적 무정부주의자 페르민 씨도 그를 현실로 데려오지는 못했다.

"그렇다면 아우구스토 씨, 에우헤니아가 곧 올 테니 기다렸다가 만나보고 가시는 게 제일 좋을 듯해요. 내가 그애를 불렀어요. 우선 서로 한번 보고 알고 지내는 것이 첫걸음이죠. 이런 유의 관계는 모두 서로를 알면서 시작되어야 해요. 그렇지 않아요?" 에르멜린다 부인이 말했다.

"그렇지요, 부인." 아우구스토는 마치 다른 세계에서 온 사람처럼 말했다. "첫 단계는 서로 보고 아는 것이지요……."

"그렇게 그 애가 당신을 알게 되면, 그러면…… 일은 명확해지죠!"

"그렇게 명확한 일은 아니지." 페르민 씨가 말을 받았다. "하늘의 길은 항상 신비로워……. 결혼하려면 사전에 서로 알아야 한다는 생각에 난 동의하지 않아. 내 생각은 다르다고……. 효과적인 유일한 앎은 결혼 후에 오는 거야. 성경에서 안다는 것이 무엇을 뜻하는지 이미 당신에게 말한 적이 있지. 내 말 믿어. 본질적이고 실체적인 지식은 통찰력 있는 지식밖에 없다고……."

"됐어요. 됐어. 당신 맘대로 얘기하지 마세요."

"에르멜린다, 지식이란……."

그때 초인종이 울렸다.

"왔구나!" 고모부는 신비스러운 목소리로 소리쳤다.

아우구스토는 바닥으로부터 솟아난 불길이 머리를 지나 위로 솟구치는 것을 느끼며 정신을 잃을 뻔했다. 심장이 두방망이질 치기 시작했다.

문을 여는 소리가 나더니 일정하게 리듬이 있는 빠른 발걸음 소리가 들려왔다. 아우구스토는 어찌된 영문인지 자신이 침착해지는 것을 느꼈다.

"내가 불러오지." 페르민 씨가 일어나려고 힘을 주면서 말했다.

"안 돼요. 절대로!" 에르멜린다는 소리를 지르더니 하녀를 불러 말했다.

"에우헤니아보고 좀 오라고 해라."

침묵이 흘렀다. 세 사람은 공모라도 한 듯이 아무 말도 하지 않았다. 아우구스토는 독백을 하듯 중얼거렸다. '내가 견뎌낼 수 있을까? 그녀의 두 눈이 저 문을 가득 채울 때, 나는 양귀비처럼 붉어지거나 백합처럼 하얗게 돼버리지 않을까? 내 심장이 폭발하지나 않을까?'

　비둘기 한 마리가 날아오르는 듯한 가벼운 소리가 들렸다. "아!" 하는 외마디 소리를 내는 순간, 깃털처럼 가벼운 몸매에 얼굴에는 삶의 생기가 넘치는 에우헤니아의 눈이 새롭고도 신비한 정신의 빛을 무대에 비추어주었다. 그런데 자리에 꼼짝 않고 앉아 있던 아우구스토는 자신이 동요하기는커녕 아주 침착해지는 것을 느꼈다. 그는 에우헤니아의 눈이 발산하는 신비로운 정신의 빛에 용해되어 스스로를 망각한 채 그 자리에서 자라난 식물과도 같이 고요하게 앉아 있었다. 에르멜린다가 자신의 조카딸에게 "이분이 우리의 친구인 아우구스토 페레스 씨……"라고 소개하는 소리를 듣고서야 비로소 정신이 들어 웃음을 지어 보이며 일어섰다.

　"이분이 우리의 친구 아우구스토 페레스 씨다. 너를 만나보고 싶어 하셔……."

　"그 카나리아 구해 주신 분?" 에우헤니아가 물었다.

　"예, 제가 그 사람입니다, 아가씨." 아우구스토는 그녀에게 다가가면서 손을 내밀었다. 그러면서 생각했다. '당신의 손에 닿으면 내 손은 타버리겠지!'

　그러나 실제로는 그렇지 않았다. 희고 차가운 손, 눈처럼 희고 눈처럼 차가운 손이 그의 손에 닿았다. 아우구스

토는 자신의 전 존재가 고요한 액체처럼 녹아 흘러내리는
듯했다.

　에우헤니아가 자리에 앉았다.

　"이 신사 분이……." 피아니스트가 말을 시작했다.

　'이 신사 분……, 이 신사 분이라…….' 아우구스토는
순간 생각에 잠겼다. '이 신사 분! 나를 신사 분이라고 부
른다? 이거 안 좋은 징조인데!'

　"얘야, 이 신사 분이 아주 행복한 우연으로……."

　"예, 알아요. 카나리아 일 말이죠."

　"신의 섭리는 참으로 신비롭지!" 무정부주의자가 한마디
했다.

　이어 부인이 덧붙였다. "우리는 이 신사 분을 아주 행복
한 우연으로 알게 되었는데, 알고 보니 내가 무척이나 존
경했던 부인의 아드님이지 뭐냐. 이 신사 분은 이미 우리
가족의 친구가 됐으니, 이제 에우헤니아 너를 알고 싶어
하시는 거야."

　"그리고 당신을 찬양하고 싶은 것입니다." 아우구스토가
덧붙였다.

　"저를 찬양한다고요?" 에우헤니아가 소리쳤다.

　"예, 피아니스트로서 말입니다."

　"뭐라고요!"

　"예술에 대한 당신의 한없는 사랑을 알고 있습니다……."

　"예술에 대해서요? 음악 말씀이신가요?"

　"물론이죠!"

　"그건 사람들이 잘못 가르쳐준 거예요. 돈 아우구스토."

'돈 아우구스토! 돈 아우구스토!' 아우구스토는 생각했다. '돈! 이 존칭을 붙이는 것은 나쁜 징조인데! 아까 신사분이라고 부른 것만큼 나쁜 예감이 드는데.' 하지만 이내 큰 소리로 물었다.

"그렇다면 음악을 좋아하지 않으시나요?"

"전혀요. 정말이에요."

'리두비나 말이 맞다.' 아우구스토는 생각했다. '이 여자는 결혼 후 남편이 경제적 능력이 되면 다시는 피아노를 치려 하지 않을 것이다.' 아우구스토는 목소리를 높여서 말했다.

"당신이 훌륭한 피아노 선생님이라고 많은 사람들이 이야기하던데요……."

"제 소임을 다하기 위해서 최선을 다하긴 해요. 어쨌든 생활비를 벌어야 하니까요……."

"생활비를 벌어야 한다는 것……." 돈 페르민이 말하기 시작했다.

"좋아요. 그만 됐어요." 중간에 고모가 말을 끊었다. "이제 돈 아우구스토 선생도 다 아셨으니……."

"다요? 뭘 다 안다는 거죠?" 에우헤니아는 일어날 채비를 하며 신랄하게 물었다.

"그래, 그 저당 잡힌 것 말이다……."

"뭐라고요?" 조카딸은 일어나면서 소리쳤다. "그게 무슨 말이에요? 이게 다 무슨 뜻이죠? 이분이 오신 이유가 뭐예요?"

"애야, 이미 말했잖니. 이분은 너를 알고 싶어서 오신 거라고……. 너무 그렇게 화내지 마라……."

"그런데 무슨 꿍꿍이가 있잖아요……."

"고모님께 너무 그러지 마세요." 아우구스토 역시 일어
서면서 간청했고, 고모부 내외도 따라 일어섰다. "별다른
얘기는 아니었어요……. 저당 잡힌 일, 그에 따른 당신의
희생, 그리고 일에 대한 당신의 사랑에 대해서 고모님께
들었을 뿐입니다. 그런 흥미로운 이야기를 듣기 위해 특별
히 제가 한 일은 전혀 없습니다. 저는 그저……."

"네, 당신은 제게 편지를 보낸 며칠 후 카나리아를 가져
온 것뿐이죠……."

"맞아요. 그걸 부정하진 않겠습니다."

"그렇다면 좋아요. 그 편지에 대한 답은 아무도 제게 압
력을 가하지 않고 제 마음이 내킬 때 드리겠습니다. 지금
으로선 전 이만 물러가는 것이 좋겠군요."

"좋아, 아주 좋아!" 돈 페르민이 소리쳤다. "이것은 확
고한 의지와 자유의 표현이다! 이 아이는 미래가 있는 여
인이야! 이보게 친구, 여자를 얻기 위해선 용기가 있어야
돼, 용기!"

"아가씨……!" 아우구스토는 그녀에게 다가가면서 애원
하듯 말했다.

"당신 말이 맞아요." 에우헤니아는 이렇게 말하며 아까
와 같이 눈처럼 희고 차가운 손을 작별 인사를 위해 내밀
었다.

그녀가 등을 보이고 나가면서 신비로운 정신적 빛의 원
천이었던 두 눈이 사라지자 아우구스토는 몸속에 불길이

치솟고, 심장은 망치질하듯 두근두근 뛰었으며, 머리는 터질 것만 같았다.

"어디 불편한가?" 돈 페르민이 물었다.

"나 참, 계집애도. 무슨 계집애가 저래?" 도냐 에르멜린다가 소리쳤다.

"훌륭해요! 대단합니다! 영웅적이에요! 최고의 여자입니다!" 아우구스토가 말했다.

"나도 그렇게 믿네." 고모부가 덧붙였다.

"용서하세요. 돈 아우구스토 선생. 용서하세요." 고모는 반복하여 말했다. "애가 성깔이 좀 있어요. 이러리라고 누가 생각이나 했겠어요……."

"아닙니다, 부인. 저는 만족합니다. 만족해요! 특히 제가 지니지 못한 저런 강한 독립심이 정말 마음에 듭니다! 바로 이 여자, 이 여자예요. 저한테 정말 필요한 여자입니다."

"그래요, 페레스 씨." 무정부주의자가 소리를 높였다. "이 애가 바로 미래가 있는 여인이지!"

"그럼 나는요?" 도냐 에르멜린다가 따지듯 물었다.

"당신은 과거의 여인이지! 다시 말하지만, 저 애가 바로 미래가 있는 여성이야! 그렇고말고, 언젠가 내가 저 애에게 장차 도래할 사회와 미래의 여성상에 대해서 의견을 피력했던 것이 헛수고가 아니었어. 폭탄 없는 무정부주의의 해방 원리를 주입시킨 것 또한 헛되지 않았어."

"난 저 애가 폭탄도 던질 거라고 생각해요." 고모가 기분이 나빠져서 말했다.

"비록 그럴지라도……." 아우구스토가 넌지시 말하였다.

"아니야! 그건 아니야!" 고모부가 말했다.

"뭘 더 바라겠어요?"

"돈 아우구스토! 돈 아우구스토!"

"그런데 방금 일어난 일 때문에 구애를 포기해서는 안 됩니다." 고모가 덧붙여 말했다.

"그렇지, 그렇고말고. 어려운 일일수록 더 가치가 있는 법이야."

"그렇다면 도전해 보는 거예요! 아시다시피 우리는 당신 편이고 에우헤니아가 좋아하든 말든 당신이 원하면 언제든지 이 집에 올 수 있어요."

"그러나, 여보. 에우헤니아는 아우구스토 씨가 여기 오는 것이 싫다고 한 적이 없어……! 그 애를 얻기 위해서는 주먹을 불끈 쥐어야 하네, 돈 아우구스토! 이제 그 애가 어떤 아이이고 어떤 기질을 가졌는지 보게 될 거야. 그 애야말로 완벽한 여자야. 두 주먹 불끈 쥐고 그 애를 얻어야 해. 그 애를 알고 싶어 하지 않았소?"

"네, 하지만……."

"이해해요. 이해해. 이제 부딪혀 보는 거요, 친구!"

"분명히 그렇지요. 그럼, 이만 물러가겠습니다."

돈 페르민은 아우구스토를 한쪽으로 불러 말했다.

"아, 잠깐 깜박했는데, 그 애에게 편지를 쓸 때 에우헤니아(Eugenia)를 g대신 j로 해서 에우헤니아(Eujenia)로 표기하고 k를 써서 아르코(Arco)를 아르코(Arko)라고 써주게."

"왜 그러시죠?"

"왜냐하면 모든 인류를 위한 언어인 에스페란토가 세계 유일의 언어가 되는 행복한 날에 도달할 때까지라도 우선 스페인어를 음성학적으로 소리 나는 대로 표기해야만 해. 알파벳 C는 다 없애야 해! 시옷 발음이 나는 C는 Z로 바꿔서 za, ze, zi, zo, zu로 표기하고, 쌍기역 발음이 나는 C는 K로 바꿔서 ka, ke, ki, ko, ku로 써야지. 그리고 무음인 H도 없애야 돼! H는 부조리와 반동, 권위와 중세, 퇴보를 의미할 뿐이야! H와의 전쟁을 선포해야 해!"

"고모부님은 음성학자이기도 하시군요."

"이기도 하다니? 왜 그런 말을 하는가?"

"고모부님은 무정부주의자요, 에스페란토주의자시니까……."

"이보게, 모든 것은 하나로 통하네. 모든 것은 하나지. 무정부주의, 에스페란도주의, 유심론, 채식수의, 음성학주의 등 모든 것은 하나로 귀결되네! 권위에 대한 전쟁! 언어의 경계에 대한 전쟁! 하찮은 물질에 대한, 죽음에 대한 전쟁! 육신에 대한 전쟁! 그리고 H에 대해 전쟁을 선포하는 것이지. 잘 가시오!"

그들은 작별 인사를 나누었고 아우구스토는 큰 짐을 던 듯 가벼운 마음으로 환희까지 느끼며 거리로 나왔다. 그의 정신 속에서 일어난 일들은 결코 예상했던 것이 아니었다. 에우헤니아를 처음 만나 그들이 서로 침착하게 대면한 것이며 가까이서 이야기를 나눈 일 등이 그를 가슴 아프게 하기는커녕 더욱 달아오르게 하고 용기를 북돋워주었다. 그에게 세상은 더 커 보였고, 공기는 더욱 맑았으며, 하늘은 더욱더 푸르게 보였다. 마치 생전 처음 호흡을 하는 듯한 느낌이었다. 귓전에는 "결혼하여라." 하고 말하는 어머니의 목소리가 생생히 울렸다. 그가 거리에서 마주친 여자 모두 한결같이 미인으로 보였다. 육안으로 보이는 창공 뒤 푸른 하늘 저 너머에서 보이지 않는 두 개의 거대한 별로부터 신비로운 새 빛을 받아 세계가 반짝이기 시작했다. 그는 세상을 알기 시작했다. 무슨 연유인지 그는 육신의 죄와 선악과를 따 먹음으로써 야기된 인류 조상의 타락 사이에 존재하는 세속적 혼란의 심오한 원천에 대해 생각하기 시작했다.

그리고 지식의 기원에 관한 돈 페르민의 의견을 숙고하였다.

집에 도착한 그는 마중 나온 오르페오를 품에 안고 쓰다듬으며 말했다. "오르페오, 오늘부터 우리는 새로운 삶을 시작한다. 세상이 더 크고, 공기는 더 맑고, 하늘은 더욱 푸르다는 것을 너는 느끼지 못하니? 아! 그건 네가 에우헤니아를 보게 되고 알게 되면 깨달을 것이다. 그때 너는 겨우 인간밖에 안 된다는 것에 한탄하는 나처럼 단지 개일 뿐이라는 사실에 슬픔을 느낄 것이다. 말해 봐, 오르페오. 죄를 짓지 않고 어떻게 지식을 얻을 수 있단 말인가? 너희의 지식은 죄가 아니란 말이냐? 죄가 아닌 지식은 지식이 아니며 합리적인 것도 아니다."

충실한 하녀 리두비나는 식사를 차리면서 그를 물끄러미 쳐다보았다.

"왜 쳐다보지?" 아우구스토가 물었다.

"제가 보기에 변화가 있으신 것 같아요."

"무슨 근거라도 있어?"

"도련님 얼굴이 달라졌어요."

"정말 그렇게 보여?"

"그럼요. 피아니스트와의 일은 잘됐어요?

"리두비나! 리두비나!"

"무슨 말씀이신지 알아요. 그런데 저 역시 도련님의 행복에 관심이 많답니다."

"행복이 무엇인지 누가 안단 말이냐……?"

"그렇지요."

두 사람은 바닥을 쳐다보았다. 마치 행복의 비밀이 그 아래 들어 있는 것처럼.

9장

이 일이 있고 난 다음 날 여자 수위가 건물 밖으로 바람을 쐬러 살그머니 나간 사이 수위실의 협소한 공간에서 에우헤니아는 한 젊은 청년과 이야기를 나누고 있었다.

"마우리시오, 이제 이런 생활은 끝내야 해." 에우헤니아가 말했다. "계속 이렇게 지낼 수는 없어. 더구나 어제 같은 일이 일어난 뒤라면 말이야."

"그렇지만 네게 구애한 놈이 바비아에 사는 불쌍한 멍청이라고 하지 않았어?" 마우리시오라고 불리는 청년이 말했다.

"그래, 하지만 그는 부자이니 우리 고모가 날 내버려두지 않을 거야. 사실 난 어느 누구에게도 해를 끼치고 싶지 않아. 남들이 내게 두통거리를 주는 것도 싫고."

"그를 쫓아버려!"

"어디서? 우리 고모 집에서? 고모 내외가 원하지 않으면?"

"그럼 그 사람을 무시해 버려."

"나도 그러려고 해. 하지만 그 불쌍한 남자가 꽃을 들고 내가 집에 있는 시간에 찾아올 것 같은 생각이 든단 말이야. 너도 알다시피 이건 내가 방에서 두문불출한다거나 내가 만나주지 않는다고 해서 해결될 문제가 아니야. 그랬다간 그 남자, 내게 구애하지도 않고 침묵의 순교자가 될 수도 있어."

"그렇게 되도록 내버려둬."

"난 못 그래, 거지도 뿌리치지 못한다고. 눈으로 동냥을 청하는 거지에겐 더더구나! 그 사람이 내게 던지는 눈길을 네가 한 번이라도 본다면……!"

"흔들리니?"

"화가 나는 거야. 사실 말이야, 네게 말 못할 것도 없지? 그래, 마음이 흔들려!"

"그래서 겁나?"

"바보 같은 소리 하지 마! 난 아무것도 두렵지 않아. 내겐 너밖에 없어."

"나도 알아!" 마우리시오는 한 손을 에우헤니아의 무릎 위에 올려놓으면서 확신에 찬 듯 말했다.

"마우리시오, 네 결심이 필요해."

"내 사랑! 무엇을 결심하란 말이야, 무엇을?"

"답답하긴. 그게 뭐긴 뭐겠어? 결혼하자는 얘기지!"

"그럼 어떻게 먹고살지?"

"네가 직장을 구할 때까지는 일단 내가 버는 것으로 먹고살지."

"네가 버는 것으로?"

"그래, 지긋지긋한 음악으로 벌어서 말이야!"

"네가 버는 것으로? 그건 안 돼! 절대로! 절대로! 절대로! 다른 것은 몰라도 네가 버는 돈으로 생계를 꾸릴 순 없어! 일자리를 구할 거야. 계속 구해 볼게. 그동안은 좀 기다려보자……."

"기다려보자…… 기다려보자…… 그러다 세월은 다 가버릴 거야!" 에우헤니아는 마우리시오의 손이 놓여 있던 무릎을 흔들며 발로 땅을 구르면서 소리 질렀다.

자신의 손이 흔들리는 것을 느낀 마우리시오는 무릎 위에서 손을 떼고 이번에는 그녀의 목을 감고 손가락으로 애인의 귀걸이를 만지작거렸다. 에우헤니아는 그가 하는 대로 내버려두었다.

"에우헤니아, 기분 전환도 할 겸 관심 있으면 그 멍청이에게 한번 호감을 보여봐."

"마우리시오!"

"알았어. 화내지 마, 내 사랑!" 그는 그녀의 목을 감쌌던 팔에 힘을 주어 머리를 더 가까이 끌어당기더니 눈을 감고서 자신의 입술로 그녀의 입술을 찾아 길고도 고요하게 촉촉한 키스를 했다.

"마우리시오!"

이어 그는 그녀의 눈에 키스했다.

"계속 이렇게 지낼 수는 없어, 마우리시오!"

"뭐라고? 이보다 좋을 수가 있어? 지금보다 더 잘 지낼 수 있다고 생각해?"

"얘기했잖아, 마우리시오. 계속 이렇게 지낼 수는 없다고. 네가 직장을 구해야만 해. 난 음악에 진저리가 난단 말이야."

불쌍한 에우헤니아는 분명하지는 않지만 희미하게나마 음악은 그 끝을 알 수 없는 영원한 준비 과정이며 종결되지 않는 영원한 시작일 뿐임을 느꼈다. 그녀는 음악에 지쳐 있었다.

"에우헤니아, 직장을 구할게. 구하겠어."

"넌 항상 똑같은 말만 하고, 우리는 달라진 게 하나도 없어."

"넌 그럼······."

"네가 바닥까지 게으르다는 거 알고 있어. 그래서 네 일자리를 구하는 일도 내가 해야 하겠지. 물론이야. 남자들이란 매사에 느긋하거든······!"

"넌 그렇게 생각하겠지만······."

"그래, 그래. 난 지금 내가 무슨 말을 하고 있는지 잘 알고 있어. 그런데 다시 말하지만, 난 굶주린 개 같은 돈 아우구스토의 애원하는 눈초리를 더 이상 보고 싶지 않아······."

"너, 별생각을 다 하는구나!"

"이제 그만 떠들고 신선한 공기나 마시지그래. 너한텐 그게 필요할 텐데!" 그녀는 그의 손에서 자신의 손을 빼내고 일어서면서 덧붙였다.

"에우헤니아! 에우헤니아!" 그는 그녀의 귓가에 힘없고 메마른 목소리로 속삭였다. "네가 그토록 원한다면······."

"원하는 것을 배워야 하는 사람은 바로 너야, 마우리시오. 그렇다면…… 이제 남자답게 일을 찾아봐. 그것도 빨리 결정해야 해. 그렇지 않으면, 내가 계속 일을 할 거야. 빨리 결정해. 그렇지 않으면……."

"그렇지 않으면 뭐야?"

"아무것도 아니야! 오늘은 그만 하자!"

그녀는 그가 대답할 틈도 주지 않고 수위실 문밖으로 나왔다. 여수위와 마주치자 에우헤니아가 말했다.

"당신의 조카는 안에 있어요, 마르타 부인. 이젠 좀 결심을 하도록 잘 말씀해 주세요."

그리고 에우헤니아는 머리를 쳐들고 거리로 나갔다. 그 순간 거리에는 손풍금으로 연주하는 격렬한 폴카 음악이 울려 퍼지고 있었다. "무서워! 무서워! 무서워!" 그녀는 이렇게 되뇌며 길 아래쪽으로 달아나듯 사라졌다.

10장

아우구스토는 에우헤니아의 집을 방문한 다음 날 마음속의 비밀을 털어놓을 상대가 필요했기에 친구인 빅토르를 만나러 카지노로 갔다. 바로 그 시간에 에우헤니아는 비좁은 수위실에서 애인의 미적지근한 사랑의 열정을 자극하고 있었다.

아우구스토는 자신이 다른 사람처럼 느껴졌다. 그녀의 집을 방문하여 그녀가 강한 여자라는 것을 알게 된 것이 ─그녀의 눈에서는 강한 힘이 발산되었다─자신의 영혼의 깊은 곳을 드러내어 그때까지 감추어져 있던 샘을 비추게 만든 것 같았다. 그는 더 힘 있게 땅을 밟았고 더 자유롭게 호흡했다.

'이제 난 삶의 목표를 갖게 됐어.' 그는 혼잣말을 했다. '그것은 그녀를 정복하는 것이다. 아니면 그녀가 나를 정복하게 하든지. 결국은 마찬가지이니까. 사랑은 지는 것과

이기는 것이 같은 결과를 가져온다. 그렇지 않다면, 그렇지 않다면……! 여기서 패한다는 것은 타자를 위해서 자신을 포기하는 것이다. 타자를 위해. 그래, 타자가 분명히 여기에 있기 때문이다. 타자? 무슨 타자? 나는 하나가 아니란 말인가? 나는 사랑을 갈구하고 구애하는 자인데, 타자는…… 그는 이미 갈구자도 구애자도 아니라는 생각이 든다. 왜냐하면 그는 이미 사랑을 얻었기 때문이다. 다른 것도 아닌 사랑스러운 에우헤니아의 사랑을 얻었으니 말이다. 바로 그녀의 사랑을……?'

그때 생기발랄하고 건강하며 기쁨을 발산하는 어느 여인의 육체가 그의 곁을 지나갔다. 그는 독백을 중단하고 그녀 뒤를 끌리듯 따라갔다. 거의 기계적으로 그 여인의 육체를 뒤쫓기 시작했다. 그러면서 그는 혼잣말을 계속했다. '얼마나 아름다운가! 이 여인, 저 여인, 하나, 둘. 그 타자는 구애하는 대신에 이미 구애받았을지도 모른다. 그자는 에우헤니아에게 걸맞지 않을지도 모르는데…… 그런데, 이 아가씨는 기쁨으로 가득하구나! 이 여인은 저쪽으로 가는 이에게 상냥하게 인사를 건네는구나! 저 눈은 어디서 난 거지? 거의 에우헤니아의 눈 같은데! 그녀의 품속에서 생과 사를 다 잊어버릴 수 있다면 얼마나 좋을까! 육체의 파도와 같은 그 품속에 자신을 맡기는 것이다! 타자……! 그러나 그 타자는 에우헤니아의 애인이 아니다. 그녀가 좋아하는 사람이 아니다. 그 타자는 바로 나다. 그래, 내가 그 타자다. 나는 타자다.'

자기 안에 타자가 들어 있다는 결론에 도달했을 때, 그가 뒤쫓던 아가씨는 어느 집으로 들어가 버렸다. 아우구스토는 그 집을 바라보며 멍하니 멈춰 섰다. 비로소 자신이 그녀를 따라왔다는 사실을 깨달았다. 그는 자신이 카지노에 가기 위해 나왔다는 사실을 생각해 내고는 다시 그 길로 들어섰다. 그리고 계속해서 혼잣말을 했다.

'그런데 이 세상에 왜 이렇게 미인이 많지! 여자들 대부분이 미인이로군. 감사합니다, 주님, 감사합니다. 당신의 지고한 영광에 찬미드립니다! 주님! 당신의 영광은 여인들의 아름다움으로 나타났습니다. 그런데 오, 하느님! 저 아름다운 머릿결은, 저 머릿결은!'

바로 그 순간 바구니를 옆에 끼고 아우구스토와 마주친 어느 하녀의 머릿결은 실로 영광스러운 것이었다. 그는 그녀의 뒤를 따르기 시작했다. 햇빛이 황금의 머리카락 속에 둥지를 튼 것 같았고, 머리카락이 땋아 올린 댕기에서 벗어나 신선하고 맑은 공기 속으로 퍼져나가려고 투쟁하는 듯 보였다. 그 머리카락 아래로 보이는 미소로 가득 찬 얼굴!

'나는 다른 사람이다. 나는 타자다.' 바구니를 낀 여자를 따라가며 아우구스토는 혼잣말을 계속했다. '그런데 다른 여자들은 없단 말인가? 물론 있지, 또 다른 타자를 위해 또 다른 여인들이 있다! 그러나 그녀와 같은 여자는 없다. 없어! 그녀는 하나다. 유일하다. 여기 모든 여자들은 오직 하나뿐인 그녀, 나의 사랑스러운 에우헤니아의 모조품일 뿐이다. 나의 에우헤니아라고? 그렇다. 나는 생각으로써 욕망으로써, 그녀를 나의 것으로 만든다. 내 속의 타자는, 즉 또 다른 나는 그녀를 육체적으로 소유할 수 있을 것이다. 그러나 그 눈의 신비로운 정신의 빛은 나의 것이다. 나의 것, 나의 것! 그런데 이 황금의 머리카락 역시 신비로운 정신의 빛을 드러내고 있지 않은가? 에우헤니아는 오로지 한 명만 있는가? 아니면 둘인가? 한 명은 나의 것이고 다른 한 명은 다른 애인 것인가? 만일 그녀가 둘이라면 하나는 다른 애인과 함께하면 되고, 나는 나의 그녀와 함께하면 되겠지. 슬픔이 내게 몰려올 때, 특히 한밤중에 아무런 이유도 없이 울고 싶어질 때, 아! 그 황금의 머리칼로 내 얼굴, 내 입, 내 눈을 감싸고 그 머리카락 사이로 스며드는 향기 나는 공기를 마실 수 있다면 얼마나 좋을까! 그러나…….'

그는 갑자기 발걸음을 멈췄다. 바구니를 든 여자가 다른 친구와 이야기하느라 멈춰 섰기 때문이다. 아우구스토는 혼잣말을 하며 잠시 머뭇거렸다. '이런, 내가 에우헤니아를 알고 난 이후로 정말 미인들이 많이 보이는군…….' 그는 이내 카지노 가는 길을 다시 걷기 시작했다.

'만일 그녀가 다른 사람, 그러니까 어느 한 사람을 선택한다면 나는 넓은 아량으로 세상을 놀라게 할 영웅적인 결심을 할 수 있다. 무엇보다 그녀가 나를 좋아하든 말든 저당 잡힌 집을 모른 체할 수는 없다!'

맑은 하늘로부터 싹튼 것 같은 희열이 폭발하며 그의 독백을 중단시켰다. 아가씨 두 명이 그의 옆에서 웃고 있었는데, 그 웃음은 만발한 꽃 속에서 두 마리의 새가 지저귀는 것 같았다. 그는 아름다움에 목마른 듯 잠시 그 처녀들을 응시했다. 그런데 그 두 처녀는 마치 하나의 육체로 태어난 것 같았다. 그들은 팔짱을 끼고 있었다. 그는 이 둘의 발걸음을 제지하고 그 사이에 들어가 한 팔씩 끼고 하늘을 바라보면서 인생의 바람이 부는 대로 흘러가고 싶은 강렬한 충동을 느꼈다.

'그런데 내가 에우헤니아를 알고 난 후부터 아름다운 여인들이 참 많이 보이네!' 그는 생글거리며 걸어가는 두 아가씨를 따라가면서 중얼거렸다. '이것이 바로 낙원이야! 저 눈! 저 머리카락! 저 웃음! 한 명은 금발이고 다른 한 명은 흑발이네. 그러나 누가 금발이고 누가 흑발인가? 누가 누군지 모르겠네……!'

"이봐, 눈 감고 다니는 거야?"

"어, 안녕! 빅토르."

"카지노에서 자넬 기다렸어. 그런데 오지 않기에……."

"그쪽으로 가는 길이었는데……."

"거기로? 그런데 왜 이쪽으로 가는 거야? 정신이 어떻게 됐어?"

"그래, 네 말이 맞아. 그런데 이봐, 사실을 말할게. 전에 에우헤니아에 대해서 얘기한 적 있지."

"그 피아니스트 말인가? 그렇지."

"그래, 난 미칠 듯이 그녀를 사랑한단 말이야. 마치……."

"그렇지, 마치 사랑에 빠진 사람처럼. 계속해 봐."

"미치겠어. 정말 미치겠어. 어제 그 여자의 고모 댁을 방문한다는 구실로 그녀를 만났어. 그래서 그녀를 보았지……."

"그런데 그 아가씨도 너를 쳐다봤다고? 그렇지 않아? 그래서 신을 믿었어?"

"아니야, 그녀는 나를 쳐다본 게 아니라 시선 속에 나를 가둬놓고 말았어. 그리고 내가 신을 믿었던 게 아니고, 나 자신을 신이라고 믿었어."

"자식, 단단히 걸려들었군……."

"그 아가씨는 무척이나 용감했어! 그런데 그다음부터 내게 무슨 일이 일어난 건지 모르겠어. 그 후에 길거리에서 만난 여자들이 거의 다 아름다웠어. 집을 나선 지 채 삼십 분도 지나지 않아서 나는 세 명, 아니 네 명의 여자와 사랑에 빠졌어. 첫 번째 여자는 그 눈 때문이었고, 다음 아가씨는 빛나는 머리카락, 그리고 조금 전에 만난 금발과 흑발의 처녀 한 쌍은 마치 천사처럼 웃지 뭐야. 이렇게 난 네 명의 아가씨를 따라갔었지. 어떻게 이런 일이 있을 수 있나?"

"음, 친애하는 아우구스토. 그건 여태까지 너의 사랑의 감정이 어디로 흘러가야 할지 모르는 채 네 영혼의 심연에서 무력하게 잠자고 있었다는 증거야. 그때 에우헤니아가 나타나 너의 사랑이 잠든 연못을 그녀의 눈으로 깨우고 흔든 거지. 사랑이 깨어나고 그 연못에서 자라 주체할 수 없을 정도로 모든 곳으로 퍼져버린 거지. 너처럼 진정으로 한 여인을 사랑하게 된 사람은 동시에 다른 모든 여성도 사랑하게 되는 거야."

"그래, 나는 정반대일 거라고 생각했었지……. 그런데, 저기 저 흑발의 아가씨 좀 봐! 빛나는 밤이다! 검은 색깔은 빛을 가장 잘 흡수한다고 하지 않아? 숨겨졌던 빛이 그녀의 머리 아래 까만 눈동자 밑에 자리 잡은 것이 안 보여? 그녀를 따라가 보자……."

"맘대로 해……."

"정말로 난 네가 말한 정반대로 될 거라고 믿었었지. 누군가 진정으로 한 여자를 사랑하게 되면 그전에 여럿에게 분산되었던 사랑이 단 한 사람에게 집중되고, 다른 여자들은 아무것도 아닌 게 될 줄 알았지……. 그런데 저기 봐! 저 까만 머리카락에서 햇빛이 빛나는 것 좀 봐!"

"아니야. 자, 자세히 설명해 줄 테니 들어봐. 너는 물론 자신도 모르게 구체적으로 이 여자 저 여자가 아닌 추상적인 여자를 사랑하게 되었지. 그때 에우헤니아를 발견하자 그 추상성이 구체화되어 일반적인 여성이 한 명의 구체적인 여성이 되었고, 너는 그녀와 사랑에 빠진 거야. 이제 너는 그녀로부터 거의 모든 여자를 사랑하게 된 거야. 즉 너는 여자라는 집단, 종(種) 전체에 마음을 뺏긴 거지. 이제 너는 추상적인 것에서 구체적인 것으로, 구체적인 것에서 종 전체로 옮겨간 거야. 말하자면 여자에서 한 여자로, 한 여자로부터 여러 여자들로 말이야."

"굉장한 형이상학이네!"

"사랑이 바로 형이상학이지."

"뭐라고!"

"너한테는 특히 그래. 왜냐하면 지금 네게 일어난 모든 사랑은 다름 아닌 뇌의 작용이야. 우리가 종종 말하듯이 머리에서 나온 것이야."

"넌 그렇게 믿을지 몰라도……." 아우구스토는 약간 기분이 상해서 소리쳤다. 왜냐하면 그의 모든 사랑이 단지 머리의 작용이라는 친구의 말은 그의 가슴을 아프게 하며 영혼 깊은 곳에 다다랐기 때문이다.

"네가 끝까지 이의를 단다면, 너 자신도 하나의 순수한 관념, 즉 허구적 존재라고 말할 수 있어……."

"그렇다면 너는 내가 다른 사람들처럼 진정으로 사랑할 수 없다고 믿니?"

"너는 진정으로 사랑하고 있어. 난 그걸 믿어. 하지만 머리로 하는 것일 뿐이라는 얘기야. 네가 사랑에 빠졌다고 믿어……."

"사랑에 빠졌다는 게 그런 상태에 있다고 믿는 것이지 뭐 별다른 것인 줄 알아?"

"내 참, 녀석도. 그건 네가 생각하는 것보다 훨씬 더 복잡한 문제야……!"

"누군가가 사랑에 빠져 있는 것과 단지 그렇다고 믿는 것을 어떻게 구분할 수 있지?"

"자, 이 문제는 여기서 끝내고 다른 얘기나 해보자."

아우구스토는 집에 돌아오자 오르페오를 안고서 말했다. "이봐, 오르페오. 사랑에 빠진 것과 그런 상태에 있다고 믿는 것 사이에 무슨 차이가 있지? 나는 진정으로 존재하는 걸까? 나는 에우헤니아를 사랑하고 있지 않은 건가? 그녀를 볼 때 가슴속에서 심장이 뛰고 피가 끓어오르지 않는단 말인가? 나는 다른 남자들 같지 않단 말인가? 오르페오, 나도 그들과 마찬가지 사람이라는 것을 그들에게 증명해 보여야 한다."

저녁 식사 시간에 리두비나의 얼굴을 대하자 그녀에게 물었다.

"말해 봐, 리두비나. 한 사람이 정말로 사랑을 하고 있다는 것을 어떻게 알 수 있지?"

"도련님……. 무슨 일이 있으시군요."

"자, 말해 봐. 어떻게 알 수 있지?"

"음, 어떻게 아냐면요……. 사랑을 하고 있을 때 남자는 바보 같은 말과 행동을 많이 한다고 해요. 한 남자가 진정으로 한 여자를 사랑하게 되면 제정신을 잃죠. 그렇게 되면 그는 더 이상 남자가 아니에요."

"그러면 뭔데?"

"음…… 음…… 음…… 물건이 되는 거죠. 작은 동물이나…… 여자는 그 사람을 자기가 원하는 대로 조종하고요."

"그렇다면 반대로 한 여자가 진정으로 한 남자를 사랑하게 되면, 네가 말한 것처럼 제정신을 잃어 남자가 원하는 대로 한단 말이야?

"두 경우가 완전히 같지는 않죠……."

"뭐, 뭐라고?"

"도련님, 그건 설명하기 아주 어려운 문제예요. 그런데 도련님은 정말로 사랑을 하고 계세요?"

"난 바로 그 점을 밝혀보려는 거야. 그런데 난 아직 바보 같은 말도 하지 않고 소동도 피우지 않았어……. 적어도 내가 보기엔 말이야……."

리두비나는 잠자코 있었고 아우구스토는 혼자 중얼거렸다. '내가 정말로 사랑하고 있을까?'

11장

어느 날 아우구스토가 돈 페르민과 도냐 에르멜린다의 집 문을 두드리자 하녀는 그를 응접실로 안내했다. "오셨다고 말씀드리겠습니다." 아우구스토는 마치 허공 속에 있는 것처럼 잠시 홀로 남기었다. 그는 가슴에 심한 압박감을 느꼈고 엄숙한 의식을 행하는 것 같은 고뇌에 사로잡혔다. 그는 즉시 일어날 수 있도록 자리를 잡고서 벽에 걸려 있는 초상화들을 보며 시간을 보내고 있었다. 그중에는 에우헤니아의 초상화도 있었다. 그는 갑자기 뛰어서 달아나고 싶은 충동을 느꼈다. 이어 가느다란 발소리를 들었을 때, 그는 가슴에 비수가 파고드는 것 같았고 바다의 안개가 머릿속에 들어온 듯 아무 생각도 나지 않았다. 응접실의 문이 열리고 에우헤니아가 나타났다. 가련한 아우구스토는 겨우 안락의자에 등을 기대며 일어섰다. 그녀는 얼굴이 흙빛이 된 그를 보자 잠시 안색이 창백해지면서 응접실의 중간쯤에 멈춰 섰다. 이어 그에게 다가와서 건조하고 낮은 목소리로 물었다.

"무슨 일 있으세요, 아우구스토 씨? 안색이 안 좋아요."

"아닙니다. 아무 일도 없어요. 잘 모르겠어요……."

"뭐 좀 드실래요? 필요한 거 있으세요?"

"그럼 물 한 컵만."

에우헤니아는 잠시 숨 돌릴 곳을 발견하기라도 한 듯 직접 물잔을 찾으러 응접실에서 나갔다. 잔 속의 물이 흔들렸다. 그러나 아우구스토의 손에 쥐이자 물잔은 더 흔들렸다. 그는 수염에 물을 묻혀가며 허겁지겁 한입에 들이켜면서도 에우헤니아의 눈을 계속 응시하고 있었다.

"원하시면 홍차나 만사니아 차 아니면 틸라 차를 준비시킬게요……. 그런데 무슨 일이 있어요?"

그녀가 물었다. "아닙니다. 아무 일도 없어요. 고마워요, 에우헤니아." 그러면서 아우구스토는 수염에 묻은 물을 닦아냈다.

"그럼 이제 좀 앉으세요." 그들이 자리를 잡자 그녀는 다시 말을 이었다. "전부터 기다리고 있었어요. 그래서 고모 내외분이 안 계시더라도 혹시 당신이 오시면 제게 알리라고 하녀에게 말해 두었어요. 고모 내외는 가끔 오후에 외출하시거든요. 그래서 그동안에 당신과 단둘이서 이야기를 나누고 싶었어요."

"오! 에우헤니아, 에우헤니아!"

"좋아요. 좀 더 냉정하게 생각해 보면 전 저의 존재가 당신에게 그렇게 큰 충격을 주리라고는 상상도 못했어요.

그런데 여기 와서 당신을 보니 더럭 겁이 나는군요. 아까
는 죽은 사람 같았어요."

"살아 있다기보다는 죽어 있었죠. 정말입니다."

"우린 서로 해명을 좀 해야 할 것 같아요."

"에우헤니아!" 가련한 아우구스토는 외마디 소리를 내며
손을 들어 뻗었다가 다시 거두어들였다.

"제가 보기에 당신은 좋은 친구처럼 평온하게 얘기를 나
눌 수 있을 만큼 편한 상태가 아닌 것 같군요. 어디 좀 볼
까요?"

그녀는 그의 맥을 집어보기 위해 손을 잡았다. 그러자
그의 맥박은 맹렬히 뛰기 시작했다. 얼굴은 빨개졌고 이마
는 달아올랐다. 에우헤니아의 눈은 그의 시야에서 사라졌
고 이제 안개, 붉은 안개 외에는 아무것도 보이지 않았다.
잠시 정신을 잃는 줄 알았다.

"불쌍하게 생각해요, 에우헤니아. 날 불쌍히 여겨줘요."

"진정하세요, 돈 아우구스토! 진정하세요!"

"돈 아우구스토……, 돈 아우구스토……, 돈……,
돈……."

"예, 선량한 돈 아우구스토, 진정하세요. 진정하고 우리
조용히 이야기해요."

"그런데 잠시만 양해해 주시길……." 아우구스토는 두
손으로 눈처럼 차갑고 흰 그녀의 오른손을 잡았다. 그녀의
손가락은 피아노 건반을 애무하고 감미로운 소리를 내기에
알맞은 길쭉한 모습이었다.

"좋을 대로 하세요. 돈 아우구스토."

아우구스토는 그녀의 손을 자신의 입술에 갖다 대고 무수히 입맞춤을 하였다. 그러나 그녀의 손은 여전히 차가웠다.

"돈 아우구스토, 다 끝나셨으면 이야기를 시작하도록 하죠."

"그런데 저 좀 봐요, 에우헤니아. 이리 좀 오세요……."

"안 돼요, 안 돼. 예의 좀 지키세요!" 그녀는 자기 손을 빼내며 계속해서 말했다. "저는 우리 고모부 내외분께서, 아니 우리 고모께서 당신에게 어떤 종류의 희망을 품고 있는지 잘 모르겠으나 지금 당신은 속고 있는 것 같아요."

"속다니요?"

"예, 그분들은 제게 이미 애인이 있다는 말을 당신에게 했어야 해요."

"그건 이미 알고 있습니다."

"고모나 고모부가 말했나요?"

"아닙니다. 그것을 말해 준 사람은 아무도 없습니다. 하지만 저는 알고 있었지요."

"그렇다면……."

"에우헤니아, 난 아무것도 바라거나 구하지 않아요. 에우헤니아, 나는 그저 가끔 와서 당신의 시선 속에 나의 영혼을 목욕시키고 당신의 호흡 속에 나를 취하게 하고 싶을 뿐입니다……."

"참, 돈 아우구스토. 그런 일은 책에나 나오는 거예요. 그런 말은 하지 마세요. 저는 당신이 마음이 내킬 때면 언제든지 오셔서 저를 보고 또 보고 대화도 하면서 심지어 조금 전처럼 제 손에 입맞춤하셔도 상관없어요. 그러나 저는 이미 무척 사랑하는 사람이 있어요. 그와 결혼할 거고요."

"그런데 정말로 그를 사랑하나요?"

"그걸 질문이라고 하시나요!"

"당신이 그를 사랑하고 있다는 것을 어떻게 알 수 있죠?"

"돈 아우구스토, 지금 정신이 어떻게 되신 것 아니에요?"

"아니에요. 아닙니다. 저의 가장 친한 친구가 말하길, 사람들이 실제로는 그렇지 않으면서 사랑을 하고 있다고 믿는다는군요. 저는 그 말을 옮겼을 뿐입니다."

"당신을 위한 말이었군요. 그렇지 않아요?"

"그래요. 저를 위한 말이었어요. 그런데요?"

"왜냐하면 당신의 경우엔 그 말이 맞을지 몰라요……."

"그러면 당신은, 아니 에우헤니아, 그대는 내가 진심으로 그대를 사랑하는 게 아니라고 믿어요?"

"돈 아우구스토, 그렇게 목청을 높이지 마세요. 하녀가 듣겠어요……."

"네, 네!" 아우구스토는 흥분한 채 말을 이어갔다. "내가 진정으로 사랑에 빠질 수 없다고 생각하는 사람이 있어요……!"

"잠깐 실례하겠어요." 에우헤니아는 그의 말을 중단시키고 그를 혼자 둔 채 나갔다.

잠시 후 돌아온 그녀는 아주 침착하게 그에게 말했다.

"좋아요, 돈 아우구스토. 이제 좀 진정이 되셨나요?"

"에우헤니아! 에우헤니아!"

그 순간 문을 두드리는 소리가 났다. 에우헤니아가 말했다.

"고모 내외세요!"

잠시 후에 그들이 응접실로 들어왔다.

"아우구스토 씨가 두 분을 뵈러 오셨어요. 제가 나가서 문을 열어드렸지요. 이분은 그냥 가시려 했지만 두 분이 곧 돌아오실 테니 들어오시라고 했죠. 그래서 여기 계시는 거예요!"

"모든 사회적 인습이 사라질 때가 올 것이다!" 돈 페르민이 소리쳤다. "사유재산의 울타리와 벽은 일명 도둑이라 불리는 사람들, 다름 아닌 지주계급을 위한 인센티브일 뿐이라고 나는 확신한다. 벽도 없고 울타리도 없는, 모든 사람이 다가설 수 있는 재산이야말로 가장 확실한 것이지. 인간은 선하게 태어났다. 선천적으로 선한데 사회가 인간을 악하게 만들고 타락시킨다……."

"그만 좀 해요. 여보." 도냐 에르멜린다가 소리쳤다. "카나리아가 노래하는 것을 들을 수가 없어요! 당신은 안 들려요? 노랫소리가 참 예쁘죠! 에우헤니아가 피아노 공부를 시작했을 때 카나리아 한 마리가 있었는데, 당시 이 애가 피아노를 칠 때마다 그 새는 점점 흥분해서 목청을 높여 노래 부르다가 그만 목이 파열되어 죽고 말았지요……."

"가축들까지도 우리의 악에 전염이 된단 말이야!" 고모부가 덧붙였다. "우리는 동물들을 성스러운 자연 상태로부터 내몰아 우리 곁에 머물게 한 거야! 아, 인류여! 인간들이여!"

"많이 기다리셨죠, 돈 아우구스토?" 고모가 물었다.

"아, 아닙니다. 전혀요. 부인. 잠깐 동안이었어요. 번개처럼요. 적어도 제게는 그렇게 생각되었어요…….”

“아, 그래요!”

“네, 고모님. 아주 잠시였어요. 하지만 제가 길거리에서 얻은 가벼운 병을 가라앉히는 데는 충분한 시간이었지요…….”

“뭐라고요?”

“아, 아닙니다. 아무것도 아닙니다…….”

“이제 저는 그만 가보겠어요. 해야 할 일이 있어서요.” 에우헤니아는 이렇게 말하더니 아우구스토에게 악수를 청하고 나가버렸다.

“그런데 일은 잘돼가요?” 에우헤니아가 나가자마자 고모는 아우구스토에게 물었다.

“무슨 말씀인지?”

“물론 정복하는 일이죠!”

“안 됩니다. 잘 안 돼요. 최악이죠! 그녀는 이미 애인이 있고 그와 결혼할 거라고 하더군요.”

“그 얘기는 내가 벌써 당신한테 했잖아. 에르멜린다, 내가 그렇다고 했잖아.”

“아니야, 아니에요! 그럴 리가 없어! 애인이 있다는 것은 한마디로 미친 짓이야. 돈 아우구스토. 미친 짓이란 말이에요!”

“그러나, 부인. 그녀가 만일 그를 사랑하고 있다면……?”

“내 얘기가 바로 그거야.” 고모부가 소리쳤다. “내가 하고 싶은 얘기지. 자유, 성스러운 자유, 선택의 자유!”

“안 돼요, 안 돼, 안 돼! 그 애는 자기가 무슨 짓을 저지르고 있는지도 모른단 말이에요. 아우구스토 씨, 그건 당신을 경멸하는 짓이에요, 바로 당신을요! 그럴 수는 없어요!"

"그러나, 부인. 생각해 보세요. 집중해 봐요……. 에우헤니아와 같은 젊은 여성의 의지를 억지로 꺾을 수는 없어요. 그래서도 안 되고요……. 그녀의 행복에 관한 문제예요. 우리 모두는 자신보다 그녀를 먼저 생각해야만 합니다. 그녀의 행복을 위해서라면 희생까지도 각오하면서 말입니다……."

"아우구스토 씨! 무슨 말씀을 하시는 거예요?"

"저는 그래요, 부인! 저는 당신 조카 에우헤니아의 행복을 위해서라면 희생할 각오가 돼 있습니다. 왜냐하면 그녀가 행복하게 되는 것이 바로 저의 행복이니까요!

"장해!" 고모부가 소리쳤다. "장해, 정말 장해! 여기 영웅이 탄생했다. 무정부주의자가 탄생했어……. 신비적인!"

"무정부주의자라고요?" 아우구스토가 반문했다.

"그래, 무정부주의자. 왜냐하면 나의 무정부주의는 바로 그거란 말이야. 바로 그 지점이지. 즉, 각자는 다른 사람들을 위해서 희생을 하고 다른 사람들을 행복하게 하는 데에서 자신의 행복을 구하는 거란 말이야. 또한……."

"참도 선하시군요, 페르민. 식사 차리는 시간이 12시에서 십 분만 늦어도 당신 얼굴이 어떻게 변하는데……."

"에르멜린다, 당신도 잘 알다시피 나의 무정부주의는 이론적인 것이야……. 물론 나도 완성에 도달하려고 노력을 해. 그러나……."

"행복 역시 이론적인 것입니다." 슬픔에 잠긴 아우구스토는 마치 자기 자신에게 말하는 사람처럼 소리쳤다. "저는 에우헤니아의 행복을 위해서 저 자신을 희생하기로 결심했습니다. 저는 영웅적인 행동을 할 생각입니다."

"그게 뭐죠?"

"부인, 언젠가 제게 말씀하신 적이 있지요? 불행했던 에우헤니아의 아버지가 그녀에게 남긴 집이……."

"그래요. 불쌍한 내 동생이……."

"연금 전체와 함께 저당 잡혀 있지요."

"그래요, 선생."

"좋습니다. 저는 제가 무엇을 해야 할지 잘 알고 있습니다!" 그는 문을 향해 섰다.

"그러나, 돈 아우구스토……."

"저 아우구스토는 가장 영웅적인 결정과 가장 위대한 희생을 할 자신이 있습니다. 그리고 만일 사랑하지 않으면서 사랑에 빠졌다고 믿고 있다면, 지금이야말로 단지 머리로만 사랑하는 건지 아니면 진정 마음속으로 사랑하는 건지 알 수 있는 때입니다. 여러분, 에우헤니아야말로 삶을, 진정한 삶을 일깨워 주었습니다. 그녀가 누구를 택하든, 그녀는 저의 영원한 은인입니다. 그럼 안녕히 계십시오."

그는 엄숙하게 나갔다. 그가 나가자마자 도냐 에르멜린다가 소리쳤다.

"애야!"

12장

　"도련님." 다음 날 리두비나가 들어와 아우구스토에게
말했다. "저기 세탁소 아가씨가 와 있어요."

　"세탁소 아가씨? 아, 그래. 들어오라고 해!"

　그녀는 다려진 아우구스토의 옷이 든 바구니를 들고 들
어왔다. 그들은 한참을 서로 마주 쳐다보고 있었다. 이내
그 가련한 아가씨는 얼굴이 빨갛게 달아오르는 것을 느꼈
다. 이전에도 이 집에 자주 들락거렸지만 오늘 같은 일이
없었기 때문이다. 서로 알고 있다고 생각했지만, 전에는
그가 그녀를 쳐다본 적이 한번도 없었기 때문에 갑작스러
운 그의 시선은 그녀를 불안하게 하였고 심지어 괴롭게 하
였다. 그녀에게 시선을 쏟지 말 것! 다른 남자들이 그녀를
쳐다보듯 쳐다보지 말 것! 눈으로 그녀를 삼키듯 하지 말
것! 눈으로 그녀의 눈, 입, 그리고 얼굴 전체를 핥지 말 것!

　"왜 그래, 로사리오? 네 이름 로사리오가 맞지, 그렇지?"

"예, 그렇습니다."

"그런데 무슨 일이야?"

"왜 그러세요, 아우구스토 도련님?"

"네가 이렇게 얼굴이 빨개진 걸 본 적이 없구나. 마치 다른 사람 같은데."

"제가 보기엔 도련님이 딴사람 같아요……."

"그럴 수도 있지…… 그럴 수도 있어…… 이리 와, 가까이."

"제발 농담 그만 하시고 이것 좀 받아주세요."

"농담이라고? 넌 지금 내가 농담한다고 생각하니?" 그는 좀 더 진지한 목소리로 말했다. "이리 가까이 와, 너를 좀 더 잘 볼 수 있도록 말이야."

"전에는 저를 못 보셨던가요?"

"보았지. 그러나 여태까지는 네가 이렇게 예쁜지 미처 깨닫지 못했어……."

"왜 이러세요, 도련님. 놀리지 마세요……." 이렇게 말하는 그녀의 얼굴이 붉게 달아올랐다.

"지금 그 얼굴빛은 완전히 태양 같구나……."

"아이 참, 도련님도……."

"이리 와, 이리 오란 말이야. 넌 아우구스토 도련님이 돌았다고 말하겠지? 그렇지 않아? 그런데 그렇지 않아. 그게 아니라고. 아니야! 지금까지는 그랬지. 말하자면 지금까지는 바보였어. 안개 속에서 길을 잃은 바보 중의 바보. 장님……. 내가 눈을 뜬 것은 바로 조금 전이야. 너도 알다시피 너는 이 집에 무수히 들락거렸고, 나는 너를 보아왔지만 진정으로 보지는 못했었어. 로사리오! 이건 마치 내가 그동안 이 세상에 살지 않은 것과 같아. 한마디로 바보였지, 바보…… 그런데 넌 왜 그러지, 너한테도 무슨 일이 일어난 거야?"

어쩔 줄 모르고 의자에 앉았던 로사리오는 손으로 얼굴을 감싼 채 울음을 터뜨렸다. 아우구스토는 일어나서 문을 닫고 다시 그녀에게 돌아와 한 손을 그녀의 어깨 위에 올려놓은 채 촉촉하면서도 아주 뜨거운 목소리로 나지막이 속삭였다.

"그런데 무슨 일이야, 로사리오? 왜 그래?"

"그렇게 말씀하시니까 눈물이 나요, 돈 아우구스토……"

"이런, 천사 같은 아이로구나!"

"그런 말씀 하지 마세요, 돈 아우구스토."

"어떻게 그런 말을 안 할 수가 있겠어! 그렇지. 나는 장님처럼, 바보처럼 살았어. 한 여자가 나타나기 전까지 내 삶은 없었단 말이야. 알겠어? 또 다른 여자는 내 눈을 뜨게 해주었고 나는 비로소 세상을 제대로 보게 되었어. 특히 난 너희 여자들 보는 것을 배웠어……"

"아마 그 여자는…… 나쁜 여자겠네요……"

"나쁜 여자? 나쁘다고 말했니? 로사리오, 넌 지금 네가 무슨 말을 하고 있는지 아니? 무슨 말인지 알아? 나쁘다는 것이 무엇인지 알아? 나쁜 것이 뭐야? 아니야, 아니야, 아니야. 그 여자도 너처럼 천사야. 그런데 그녀는 나를 사랑하지 않아…… 날 사랑하지 않아…… 날 사랑하지 않아……"
이 말을 할 때 그는 목이 메어 눈물을 글썽거렸다.

"오, 불쌍한 돈 아우구스토!"

"그래, 로사리오, 네 말이 맞아. 네가 말한 대로야! 불쌍한 돈 아우구스토! 그런데 로사리오, '돈'이란 존칭은 빼버려. 그냥 '불쌍한 아우구스토!'라고 말해. 어디 한번 말해 봐. 불쌍한 아우구스토!"

"그러나, 도련님……."

"자, 말해 봐. 불쌍한 아우구스토라고!"

"정 그러시다면…… 불쌍한 아우구스토!"

아우구스토는 자리에 앉으며 그녀에게 말했다.

"이리 와봐!"

그녀는 최면에 걸린 듯 가쁜 숨을 몰아쉬며 용수철이 튀어 오르듯 일어났다. 그는 그녀를 끌어당겨 자기 무릎에 앉히고 힘껏 껴안았다. 그리고 자신의 볼을 그녀의 볼에 밀착시켰다. 그러자 그녀의 볼은 불이 붙은 듯 달아올랐다. 이내 그는 봇물이 터지듯 말을 쏟아내었다.

"아, 로사리오, 로사리오. 나한테 무슨 일이 일어나고 있는지 모르겠어! 내가 왜 이러는지 모르겠어! 네가 누군지도 모르면서 나쁘다고 말한 그 여자가 내게 눈길을 주었을 때 나는 장님이 돼버렸어. 지금 이렇게 살고 있지만 그동안 난 산 게 아니었어. 그런데 지금 살고 있는 이상 난 죽는다는 것 또한 느끼고 있어. 난 그 여자로부터 나 자신을 방어해야만 해. 그 여자의 시선으로부터 나를 방어해야만 해. 로사리오, 나를 도와줄 거지? 그녀로부터 나를 방어하도록 도와줄 거지?"

마치 다른 세계에서 들려오는 속삭임처럼 부드럽게

"네." 하고 대답하는 소리가 아우구스토의 귓전에 스쳤다.

"로사리오, 난 이제 내게 무슨 일이 일어나는지 모르겠어. 무슨 말을 하는지, 무엇을 하고 있는지, 무슨 생각을 하는지 통 모르겠단 말이야. 난 이제 그 여자, 네가 나쁘다고 말한 그 여자를 사랑하는 건지 아닌지도 모르겠어……."

"저는, 돈 아우구스토……."

"아우구스토, 아우구스토……."

"저는, 아우구스토……."

"좋아, 말하지 마, 됐어." 그는 눈을 감았다. "아무 말도 하지 마. 나 혼자 스스로 얘기하도록 내버려둬. 어머니가 돌아가신 이후로 난 혼자서만 살아왔어. 말하자면 잠이 든 것처럼 혼자만의 세상 속에 있었어. 나는 함께 잔다는 것, 둘이서 같은 꿈을 꾼다는 것을 알지 못했어. 함께 잔다는 것! 잠을 함께 자면서 각자의 꿈을 꾸는 것이 아니라 같은 꿈을 꾸는 것! 로사리오, 만일 너와 내가 함께 잔다면 같은 꿈을 꿀 수 있을까?"

"그 여자는……." 가련한 로사리오는 아우구스토의 품에 안겨 떨면서 눈물 젖은 목소리로 말하기 시작했다.

"로사리오, 그 여자는 나를 사랑하지 않아……. 나를 사랑하지 않아……. 나를 사랑하지 않아……. 그러나 그녀는 내게 다른 여인들이 있다는 것을 가르쳐주었어. 그녀 덕분에 난 세상에 다른 여인들이 있다는 것을 알게 되었지……. 그중 누군가는 나를 사랑하겠지……. 로사리오, 날 사랑하겠니? 말해 봐, 날 사랑하겠니?" 그러고는 미친 듯이 그녀를 힘껏 껴안았다.

"그럴 거예요…… 당신을 사랑할……."

"널 사랑할 거야! 로사리오. 널 사랑할 거야!"

"아우구스토, 나도 당신을 사랑할……."

"그렇지, 로사리오, 그렇지!

그 순간 문이 열리고 리두비나가 나타났다. 그녀는 순간 "아!" 하고 소리 지르며 다시 문을 닫아버렸다. 아우구스토는 로사리오보다 더 당황했다. 로사리오는 황급히 일어나 머리를 매만지고 몸을 추스르며 띄엄띄엄 말했다.

"도련님, 이제 세탁비 계산해야지요?"

"그래, 네 말이 맞다. 그런데 다시 올 거지? 그렇지? 다시 올 거지?"

"네, 다시 오겠어요."

"모든 것을 다 용서하겠지? 날 용서하겠지?

"무엇을 용서하란 말이세요?"

"오늘 내 행동 말이야……. 미친 짓이었어. 용서해 주겠니?"

"저에겐 도련님을 용서할 일이 전혀 없어요. 도련님이 해야 할 일은 그 여자 생각을 하지 않는 거예요."

"그럼 너는 날 생각할 거니?"

"아이 참, 이제 가야 해요."

세탁비 계산을 끝내고 로사리오는 갔다. 그녀가 나가자마자 리두비나가 들어왔다.

"전에 도련님께서 한 남자가 사랑에 빠진 걸 어떻게 아느냐고 제게 물어보셨죠?"

"그랬었지."

"그때 제가 도련님께 말씀드리길, 사랑에 빠진 사람은 바보 같은 짓을 하거나 바보 같은 말을 한다고 했죠. 그렇다면 이제 도련님이 사랑에 빠졌다는 것을 확신할 수 있어요."

"그런데 누구와? 로사리오와?"

"로사리오요……? 글쎄요! 다른 여자겠죠!"

"어떻게 그런 생각을 했지, 리두비나?"

"흥! 도련님은 그 여자에게 행동하지 못하고 말하지 못한 것을 로사리오에게 대신 다 해버리셨잖아요."

"너 정말 그렇게 생각하니?"

"아닙니다. 아니에요. 더 큰일은 벌어지지 않았다고 생각되지만요. 그러나……."

"리두비나! 리두비나!"

"좋을 대로 하세요. 도련님."

가련한 아우구스토는 머리에 타는 듯한 열기를 느끼며 잠자리에 들었다. 침대에 누웠을 때, 그의 발밑에는 오르페오가 잠들어 있었다. 그는 혼잣말로 중얼거렸다. "아, 오르페오, 오르페오. 이렇게 홀로, 홀로, 홀로 잠든다는 것은 단 하나의 꿈을 꾼다는 것이야. 단 한 사람의 꿈은 환상이고 외양일 뿐이지. 그러나 두 사람의 꿈은 진실이고 현실이야. 현실 세계는 우리 모두가 꾸는 공통의 꿈인 것이야."

이어 그는 잠이 들었다.

13장

이런 일이 있은 후 며칠이 지난 어느 날 아침, 리두비나가 아우구스토의 방에 들어와 어떤 아가씨가 그를 보러 왔다고 말했다.

"어떤 아가씨가?"

"네, 그 여자 피아니스트요."

"에우헤니아?"

"네, 에우헤니아요. 정말 정신이 이상해진 사람은 도련님뿐만이 아니더군요."

가련한 아우구스토는 몸을 떨기 시작했다. 마치 죄인이 된 것처럼 느껴졌다. 그는 일어나서 황급히 세수를 한 후 옷을 입고서 그녀를 맞을 채비를 마쳤다.

"모두 알고 왔어요, 돈 아우구스토 씨." 에우헤니아는 그를 보자 엄숙히 말했다. "당신이 저희 집의 저당권을 가진 채권자에게 제 부채를 모두 갚았다고요?"

"그걸 부정하진 않겠습니다."

"당신은 무슨 권리로 그런 일을 하셨죠?"

"모든 시민이 사고 싶은 것을 사고, 물건을 소유한 자는 팔고 싶은 것을 팔 수 있는 그러한 권리죠."

"그런 말을 하자는 것이 아니고요. 왜 당신이 제 빚을 갚으셨느냐는 말이에요?"

"당신이 채무 때문에 잘 알지도 못하는 사람에게 구속당하는 것이 마음 아팠습니다. 저는 그자가 목전의 이익만 챙기는 장사꾼일 거라 생각했고요."

"결국 당신은 이제 제가 당신에게 종속되기를 바라는 거죠. 당신이 제 빚을 갚아준 이상……."

"아, 아닙니다. 천만에요. 결코 그런 것이 아닙니다! 결코, 에우헤니아, 결코 그렇지 않습니다! 저는 당신이 제게 얽매이기를 원하지 않습니다. 그렇게 가정하는 것만으로도 당신은 저를 모욕하는 것입니다. 당신은 알게 될 거예요……." 그는 극도로 흥분하여 그녀를 홀로 놔둔 채 나가 버렸다.

그는 잠시 후에 서류 몇 장을 가지고 돌아왔다.

"에우헤니아, 여기 당신의 채무 상환을 증명하는 서류가 있습니다. 가져가서 원하는 대로 하세요."

"뭐라고요?"

"저는 완전히 마음을 비웠습니다. 그렇기 때문에 당신의 채무를 갚을 수 있었습니다."

"저도 알고 있어요. 그러기에 당신은 저를 종속시키려 한다고 말씀드린 거고요. 당신은 호의를 베풀어서 제 마음을 얻으려는 거죠. 저를 사려고 하는 거예요!"

"에우헤니아! 에우헤니아!"

"저를 사려는 거예요. 저를 사려는 거예요. 사려고 하는 거예요……. 그러나 저의 사랑은 안 됩니다. 그것은 돈으로 살 수 없는 거예요. 비록 제 육체는 살 수 있을지 몰라도."

"에우헤니아! 에우헤니아!"

"당신은 어떻게 생각할지 모르지만, 이것은 제게 정말 수치스러운 일이에요. 수치스럽단 말이에요."

"당치도 않아요. 에우헤니아, 에우헤니아, 제발!"

"가까이 오지 마세요. 이제 내가 어떻게 할지 나도 몰라요!"

"좋아요. 그럼, 날 때려봐요. 에우헤니아, 때리라고요. 욕하고 침 뱉고 당신이 원하는 대로 해보란 말이에요!"

"당신은 그런 말할 자격도 없어요." 에우헤니아는 일어났다. "갈게요. 그러나 분명히 말하지만 당신의 동냥이나 선물은 받지 않아요! 더 열심히 일할 거예요. 내 애인도 일자리를 구할 거고, 우리는 곧 결혼해서 함께 살 거예요. 우리 집은 당신이 가지세요."

"하지만 에우헤니아, 나는 당신이 그 애인과 결혼하는 것을 반대하지 않아요!"

"뭐라고요? 뭐라고요? 이것 보세요!"

"나는 당신이 내 호의에 이끌려 나를 남편으로 받아들이도록 만들려고 이 일을 한 것이 아닙니다……! 나는 나 자신의 행복을 포기한 겁니다. 아니, 나의 행복은 당신이 자유롭게 선택한 남편과 행복하게 사는 데 있습니다……!"

"아, 알겠어요. 당신은 영웅적으로 희생되는 순교자의 역할을 하려는 거죠! 다시 말하지만, 제 집을 가지세요. 당신께 드리겠어요."

"그러나, 에우헤니아, 에우헤니아……."

"이제 그만 하세요!"

그녀는 더 이상 그를 보지 않았고 그 이글거리던 눈동자는 사라져버렸다.

아우구스토는 자신이 지금 계속 여기에 있었는지조차 모를 정도로 잠시 정신이 나가 있었다. 그를 둘러쌌던 혼동의 안개에서 깨어났을 때, 그는 모자를 집어 들고 거리로 나가 발 가는 대로 이리저리 떠돌며 방황하기 시작했다. 성 마르틴 성당 옆을 지나치자 아무 생각 없이 그 안으로 들어갔다. 그의 눈에는 대제단 앞에서 거의 꺼져가는 등잔불밖에 보이지 않았다. 그는 어둠과 세월의 냄새, 향내가 밴 전통의 냄새, 그리고 수세기에 걸쳐 내려온 집의 냄새를 호흡하는 듯했고, 거의 더듬다시피 걸어서 의자에 앉을 수 있었다. 아니 앉았다기보다는 그대로 쓰러졌다. 피로가 엄습했다. 그가 호흡했던 그 모든 어둠과 오랜 전통이 그의 가슴을 짓누르기라도 하듯 극도의 피로감이 몰려왔다. 멀리서 아주 멀리서 들려오는 것 같은 속삭임 사이로 가끔 참다 못한 기침 소리가 들려왔다. 그는 자신의 어머니를 생각했다.

그는 눈을 감고 커튼에 수놓은 하얀 꽃들 사이로 빛이 들어오던 감미롭고 따뜻했던 옛날 그 집을 떠올렸다. 그는 항상 검은 옷을 입고 눈물의 샘을 머금은 미소를 띠며 소리 없이 오가던 어머니를 다시 보았다. 그리고 어머니의 보호 아래 살면서 그녀의 한 부분을 형성했던 아들로서의 모든 삶을 정리해 보았고, 소리 없이 비행을 착수하는 철새처럼 가버린 가련한 부인에게 장중하고 감미로우며 고통 없이 서서히 다가왔던 죽음을 다시금 떠올려보았다. 또한 오르페오와의 만남을 기억해 내고 이내 영화필름처럼 그의 앞을 지나가는 가장 이상한 장면 속에 빠져 들었다.

그 옆에서 한 남자가 속삭이듯 기도를 하고 있었다. 그 사람은 일어나더니 밖으로 나갔다. 아우구스토는 그를 따라 나갔다. 성당의 출구 쪽에서 그 사람은 오른손 검지와 중지를 성수에 적시고는 아우구스토에게 성수를 내주고 성호를 그었다. 그들은 문 앞에서 서로 만났다.

"돈 아비토!" 아우구스토가 소리쳤다.

"바로 자네였구먼, 아우구스토."

"그런데 여기는 어떻게?"

"이곳은 인생에 관하여 많은 것을 가르쳐주지. 특히 죽음에 대해서 과학도 풀지 못하는 많은 것을 가르쳐준다네."

"그런데 천재 소리 듣던 아드님은요?"

돈 아비토 카라스칼은 자기 아들의 서글픈 이야기*를 들려주었다. 그러고는 이렇게 결론지었다. "이제 알겠어, 아우구스토. 내가 왜 여기 왔는지……."

아우구스토는 바닥을 쳐다보며 묵묵히 있었다. 그들은 알라메다로 향해 걸어 나갔다.

★ (원주) 나의 소설 『사랑과 교육』에 나오는 이야기를 가리킨다.

"그렇지, 아우구스토, 그렇고말고." 돈 아비토는 계속해서 말을 이어갔다. "인생이야말로 유일한 인생의 스승이야. 그보다 나은 교육은 없어. 오직 살면서 사는 법을 배우는 거야. 인간은 각자 새로운 인생 수업을 다시 받아야 해……."

"그렇다면 많은 세대가 수세기에 걸쳐서 남겨놓은 유산은 어떻게 되지요?"

"유산이 있다면 환영과 환멸, 그 두 가지밖에 없어. 그 두 가지는 우리가 조금 전에 만난 곳에서만 발견되지. 성당에서만 말이야. 확신하건대 자네를 그곳으로 데려간 것은 큰 환영 아니면 큰 환멸일세."

"두 가지 다지요."

"그래그래, 둘 다지. 왜냐하면 환영과 희망은 환멸과 추억을 낳고, 환멸과 추억은 또한 환영과 희망을 낳지. 친애하는 아우구스토, 과학은 현실이고 현재야. 이제 나는 결코 현재에서는 살 수 없어. 나로 말미암아 희생된 내 가련한 아폴로도로가―이 말을 할 때 그는 목이 메었다―죽은 이후로, 그러니까 자살한 이후로 내겐 어떤 현재도 없어. 어떤 과학도 어떤 현실도 내겐 아무런 가치가 없어. 난 그 애를 기억하면서 또는 기다리면서 살 수밖에 없네. 그래서 모든 환영과 환멸의 집에 머물러 있는 걸세. 성당에 말이야!"

"그렇다면, 지금 신앙이 있으시단 말인가요?"

"난들 알 수 있나!"

"그럼 없으시다는 건가요?"

"내게 신앙이 있는지 없는지는 잘 모르지만, 내가 기도

를 하는 것은 알고 있지. 그런데 내가 무엇을 기도하는지
는 잘 모르겠어. 해 질 무렵 묵주기도를 드리러 성당에 모
이는 사람들이 몇 명 있지. 나는 그들이 누구인지 몰라,
그들 역시 나를 모르지. 그러나 우리는 서로의 내적인 교
감을 바탕으로 연대감을 느끼고 있어. 지금은 돼먹지 못한
인간들에게 천재들이 필요한 때라고 생각하네."

"그럼 돈 아비토, 부인은요?"

"아, 내 아내!" 돈 아비토 카라스칼이 소리칠 때 한쪽
눈에 나타난 눈물은 그를 비추는 내부의 빛 같았다. "내
아내! 난 그녀를 새롭게 발견했지! 나는 지독한 불행이 닥
친 후에야 그녀의 능력을 깨달았어. 내 아들 아폴로도로가
자살한 다음 계속된 그 무서운 밤마다 내 머리를 그녀의
품 안에 묻고서 울고 울고 또 울 때에야 비로소 나는 삶의
신비 속으로 들어갈 수 있었어. 그녀는 부드럽게 내 머리
를 쓰다듬으면서 말했지. '불쌍한 내 아들! 불쌍한 내 아
들!' 난 지금처럼 그녀가 어머니라고 느낀 적이 없었어.
한번도 그녀가 어머니가 될 수 있다고 생각한 적이 없었
지. 어떻게 그랬을까? 내게 천재 아들을 주었을 뿐이라고
믿은 거야⋯⋯. 난 그녀를 어머니로 만들면서도 언젠가는
내가 그녀를 그토록 필요로 하리라고는 생각도 못했어. 왜
냐하면 아우구스토, 난 어머니를 모르고 자랐어. 어머니를
몰랐지. 난 어머니가 없었어. 우리 아들을 잃고 내 아내가
어머니처럼 느껴질 때까지 어머니라는 존재가 어떤 건지
알지 못했어. 아우구스토, 자네는 어머니의 존재를 알지.
그 훌륭한 도냐 솔레다드 부인을 말이야. 만일 어머니를

알지 못한다면 결혼을 하라고 권하고 싶네."

"돈 아비토, 전 어머니를 알아요. 그러나 어머니를 잃었죠. 그래서 성당에서 그녀를 생각하고 있었어요……."

"그럼, 어머니를 다시 갖고 싶다면 결혼해! 아우구스토, 결혼해!"

"아닙니다. 그 어머니는 아니에요. 그 어머니는 다시 얻을 수 없습니다."

"자네 말이 맞네. 하지만 결혼은 해!"

"어떻게요?" 아우구스토는 억지로 미소를 지으며 돈 아비토가 말한 학설 중의 하나를 떠올리면서 덧붙였다. "어떻게요? 연역적으로요 아니면 귀납적으로요?"

"이제 그런 말은 하지 말게. 아우구스토, 이제는 정말 내게 비극을 상기시키지 말아줘! 그러나…… 결론적으로 자네 기질을 따른다면, 직관적인 방법으로 결혼하게!"

"만일 제가 사랑하는 여자가 저를 사랑하지 않으면요?"

"비록 자네가 사랑하지 않더라도 자네를 사랑하는 여자와 결혼하게. 자기가 사랑을 정복하는 것보다는 상대가 자기를 정복하여 결혼하는 것이 더 나은 법일세. 자네를 사랑하는 여자를 찾아보게."

순간 세탁소 처녀의 모습이 빠르게 아우구스토의 뇌리 속을 스쳐 지나갔다. 왜냐하면 아우구스토는 그 가련한 여자가 자신을 사랑하고 있다는 환영 속에 있었기 때문이다.

아우구스토는 돈 아비토와 작별하고 나서 카지노로 향했다. 빅토르와 체스를 두면서 머리와 가슴속에 가득 찬 안개를 걷어버리고 싶었다.

14장

아우구스토는 친구 빅토르에게 무슨 심각한 문제가 있음을 알아차렸다. 그는 아무 말도 않고 기분이 언짢았으며 체스에 영 집중하지 못했다.

"빅토르, 무슨 일이 있지……?"

"그래, 심각한 문제가 생겼어. 한숨 돌리고 싶으니 밖으로 좀 나가자. 밤이 무척 아름답지. 나가자. 다 얘기해 줄게."

빅토르는 아우구스토의 가장 친한 친구지만 그보다 대여섯 살 위였고, 결혼한 지도 벌써 십이 년이나 되었다. 그는 매우 일찍 결혼했는데, 들리는 바에 의하면 양심의 명령에 따른 것이라 한다. 자식은 아직 없었다.

그들이 거리로 나왔을 때, 빅토르는 말을 하기 시작했다.

"아우구스토, 너도 알다시피 나는 무척 일찍 결혼해야만 했어……."

"결혼을 해야만 했었다고?"

"그래, 그런데 처음 듣는 것처럼 그러지 마. 소문이 다 났을 텐데. 어렸을 때 우리 부모님과 엘레나의 부모님이 우리를 결혼시켰던 거야. 그때 결혼은 우리에게 하나의 장난이었지. 우리는 부부 놀이를 했던 거야. 그런데 그것이 잘못된 경종을 울렸어."

"잘못된 경종이라는 게 뭐지?"

"우리가 결혼했던 이유 말이야. 양가 부모를 부끄럽게 한 일이지. 그분들은 약간 스캔들이 되었던 우리의 실수를 알게 되었어. 그러고는 무슨 결과가 있을지 기다리지도 않고, 아니 결과와 상관없이 우리를 결혼시켰던 거야."

"잘하신 거야."

"난 그렇게 생각하지 않아. 우리를 결혼하게 만든 그 실수는 아무런 결과도 없었고, 결혼 후에 계속된 실수 역시 어떤 결과도 낳지 못했어."

"실수라고?"

"그래, 우리 경우엔 그게 다 실수였단 말이야. 우리는 계속해서 실수를 했어. 아까 말했지만 우리는 부부 놀이를 했었던 거야……."

"에이, 이 사람아!"

"너무 곡해해서 듣지 마. 우린 타락하기에는 어렸고 아직도 그래. 하지만 우리가 미처 생각하지 못했던 것은 가정을 이룬다는 거였어. 어린 두 남녀가 결혼 생활이라고 불리는 것을 하면서 함께 살았던 거야. 그러나 세월이 흘러도 아무 결실이 없는 것을 깨달았을 때, 우리는 서로 곁눈질로 쳐다보며 상대방을 무시하고 말없는 중에 서로를 비난하기 시작했어. 나는 아버지가 되지 못하는 것을 참을 수가 없었어. 이미 스물한 살이 된 남자로서, 솔직히 말해서 다른 사람보다 못하다는 것, 즉 아무리 덜떨어진 놈도 결혼한 지 구 개월이 되면, 아니 그전에도 첫애를 얻는데…… 난 그러지 못했다는 것이 견디기 어려웠어."

"그런데, 이보게, 무슨 잘못이……?"

"물론 있었지. 난 말은 안 했지만 그 책임을 아내에게 돌렸지. 그래서 이렇게 말하곤 했어. '이 여자는 아이를 못 가져. 그러면서도 날 조롱거리로 만들지.' 한편으로 그녀는 그녀대로 의심할 여지없이 내게 잘못을 돌렸지. 온갖 생각을 다 하면서 말이야……."

"무슨 생각 말이야?"

"아무것도 아니야. 결혼하고 일 년이 지나고 이 년이 지나고 삼 년이 지나도 애가 없으면, 여자는 그 책임이 남편에게 있다고 생각해. 결혼 전에 무슨 나쁜 병을 얻었기 때문에 건강한 부부 관계가 안 된다고 믿는 거지. 이렇게 우린 서로 원수처럼 생각하게 되었어. 악마가 집 안으로 침투해 들어온 거였어. 결국 그 악마가 폭발하여 피차간의 반목에 이르렀지. '너는 아무 쓸모없는 존재야.' '쓸모없는 건 바로 너라고.' 등등의 말들이 오가게 됐어."

"자네가 결혼하고 이 년인가 삼 년쯤 되었을 때 신경쇠약증에 걸려 몸이 쇠약해지고 걱정이 많아졌었는데, 그 때문이었나? 그때 쓸쓸히 요양소에 가야만 했잖아?"

"아니야, 그 때문이 아니야……. 더 안 좋은 일이 있었어."

잠시 침묵이 흘렀다. 빅토르는 땅바닥을 쳐다보고 있었다.

"됐어. 됐어. 얘기 안 해도 돼. 더 이상 네 비밀을 캐고 싶지 않아."

"아니야, 얘기할게! 그런 부부 싸움에 격분해 있던 나는 문제가 강도(强度)가 아니라 빈도에 달려 있다고 생각하기에 이르렀어. 이해하겠나?"

"그래, 무슨 말인지 알겠어."

"나는 온갖 종류의 향료, 특히 최음 효과가 큰 향료로 맛을 내고 자양분과 영양이 많다고 생각되는 음식은 무엇이든지 야만인처럼 먹고 아내와의 잠자리를 최대한으로 늘려갔지. 그 결과는 뻔했고."

"병에 걸렸구나."

"당연하지! 나는 제시간에 집에 들어오지 않고 바람을 피우기 시작했어. 하지만 나는 두 가지 의미에서 병을 치료했지. 아내에게 다시 돌아왔고 우리는 평정을 되찾아 아이를 가져야 한다는 생각에서 벗어날 수 있었어. 차츰차츰 집안에는 평화가 감돌았고 나아가서 행복감마저 느껴졌어. 결혼한 지 사오 년이 지난 후 이렇게 새롭게 시작된 삶 속에서 가끔씩 밀려오는 고독감에 한숨을 쉬었으나, 곧 서로 위로하고 그러한 생활에 익숙해졌지. 그래서 우리는 자식이 없는 것을 서운하게 생각하지 않았을뿐더러 자식 있는 사람들을 동정하기까지 했어. 우린 서로에게 익숙해지게 되었고, 상대방의 습관 같은 것도 따라할 정도였지. 자넨 이해할 수 없을 거야……."

"그래, 이해하기 힘들군."

"그러면 얘기를 해주지. 나는 아내의 습관을 따라 했고, 아내 역시 내 습관을 따라 했어. 우리 집에서는 식사를 비롯해 모든 것이 질서가 있어. 매일 일 분의 오차도 없이 12시 정각에 수프가 식탁에 놓이면 우리는 거의 같은 음식을 늘 똑같은 순서로 똑같은 양만큼 먹었지. 나는 변화를 싫어했고 엘레나 역시 그랬어. 우리 집에서는 시계처럼 살지."

"그래. 그 얘기를 들으니 우리 친구 루이스가 로메라 부부에 대해 말한 것이 생각나는군. 그 부부는 자기들을 독신 남편과 독신 아내라고 부른다는 거야."

"실제로 자식 없는 부부가 처녀 총각보다 더 고집스럽게 독신 행세를 하는 법이지. 그런데 우리에게는 여전히 부성애와 모성애가 남아 있었어. 그래서 자식 없는 외로움을 달래기 위해 한번은 강아지 한 마리를 기르게 되었네. 그런데 어느 날 그 강아지가 목에 뼈가 걸리는 바람에 살려 달라고 애원하는 듯 눈물에 젖은 눈으로 쳐다보며 눈앞에서 죽어가는 것을 보았을 때, 우리는 이제 더 이상 강아지나 살아 있는 것을 원하지 않을 만큼 형언할 수 없는 고통과 공포에 사로잡혔어. 그 후로 우리는 인형 몇 개에 만족하게 되었네. 자네가 우리 집에서 보았던 큰 인형들 말이야. 엘레나가 그 인형들의 옷을 입히고 벗기고 하면서 돌보네."

"그것들은 죽지 않겠지."

"그렇지. 모든 것이 원만해졌고 우리는 무척이나 만족했어. 아이 울음소리 때문에 잠에서 깨는 일도 없고, 배 속의 아이가 남자 앤지 여자 앤지, 그 애들을 어떻게 키워야 할지 걱정할 필요도 없었으니까……. 거기에다 아내는 임신이나 젖을 먹여야 하는 번거로움 없이 편안하게 내 곁에 항상 있을 수 있었지. 결국 인생의 환희 그 자체였어!"

"그건 아마 거의 다를 바가 없다는 것 알고 있나?

"뭐가 다를 바가 없지? 불법적인 접근이라고? 그건 그래. 자식 없는 부부는 질서 있고 위생적이며 비교적 정결한, 일종의 합법적인 정부 관계가 될 수 있지. 그러나 결국 자네가 말한 그대로야. 독신의 남편과 부인이지. 그러나 실제로는 서로 접근한 독신들이지. 그렇게 십일 년이 넘는 세월이 흘렀고, 이제 십이 년째로 접어드네……. 그런데 지금…… 내게 무슨 일이 일어났는지 알아?"

"참, 내가 그것을 어떻게 알겠나?"

"정말 나한테 무슨 일이 일어났는지 모른단 말이야?"

"자네가 부인을 임신시킨 게 아니라면."

"바로 그거야. 그거. 어떤 불행이 닥칠지 상상해 봐!"

"불행이라고? 자네 부부가 그렇게 원하던 바 아니었어?"

"물론 처음엔 그랬지. 결혼 후 이삼 년 지날 때까지는 말이야. 그런데 이제 와서는…… 집에 악마가 돌아온 거야. 싸움이 다시 시작된 거지. 전에 불임의 책임을 서로에게 전가했던 것처럼, 지금 이 상황에 대해 서로에게 책임을 추궁하고 있어. 벌써 우리는 태어날 놈을 뭐라고 부르는지 알아…… 아니야, 네게 말할 순 없지……."

"싫으면 말하지 않아도 돼."

"우리는 그 애를 '침입자'라고 부르기 시작했어! 그리고 나는 그 애가 어느 날 아침 목에 뼈가 걸려 죽는 꿈을 꾸었어."

"저런, 지독한 일이군!"

"그래, 네 말대로야. 이제 우리의 일상은 끝났고 편안함도 익숙한 습관도 모두 끝나버렸어! 어제도 엘레나는 구토를 했어. 임신 중에 겪는 입덧인 것 같아……. 재미있지! 재미있지! 재미있지! 재미있다고! 구토의 재미! 자네는 그렇게 적나라하고 지저분한 것 본 적 있나?"

"그러나 자네 부인은 어머니가 된다는 생각에 무척 기뻐하지 않아?"

"그녀가? 나랑 다를 바 없어! 이것은 신의, 자연의 심술 궂은 장난이란 말이야. 우리를 조롱하는 거지. 사내애든 계집애든 마음이 부성애로 넘치고 비둘기같이 순진했을 때 왔더라면, 그때는 정말 애를 기다렸었는데. 자식을 못 갖는 것이 남들보다 열등한 일이라고 믿었을 때 왔더라면. 그때 왔더라면 성스럽고 훌륭한 일이었지! 그러나 지금, 지금? 이건 조롱이야. 만일 자식만 아니라면……."

"뭐야, 뭐 말이야?"

"오르페오와 함께 놀도록 네게 선물할 텐데……."

"이봐, 정신 차려. 말도 안 되는 소리 하지 말고……."

"네 말이 맞아. 말도 안 되는 소리야. 용서해라. 그러나 결혼한 지 거의 십이 년 가까이 지나 이제 잘 지내고 있고, 신혼 때의 어리석은 허영심도 극복한 마당에 이런 일이 생기다니, 자네는 이게 아무 문제가 아니라고 생각해? 정말 우리는 평안하고 걱정 없이 자신감 있게 생활해 왔단 말이야……!"

"이봐, 왜 그래!"

"그래, 네 말이 옳아, 네 말이 옳아. 정말 끔찍한 것은…… 상상이 가나? 우리 불쌍한 엘레나가 자신에게 갑자기 닥친 조롱받는 느낌을 이겨낼 수 없다는 거야. 자신이 웃음거리가 됐다고 느끼는 거지!"

"나는 그렇게 생각지 않는데……."

"나 역시 마찬가지야. 하지만 현실은 달라. 그녀는 자신이 조롱거리가 됐다고 느낀단 말이야. 또한 내가 그 침입자를 두려워한다는 둥 별생각을 다 한다니까."

"에이, 이 사람아!" 아우구스토는 걱정스러운 듯 소리쳤다.

"아니야, 아니야. 아우구스토. 아니란 말이야! 우리는 도덕성을 잃지 않았어. 너도 알다시피, 엘레나는 신앙심이 깊어서 비록 내키지는 않아도 신의 계획을 존중하며 어머니가 되려고 마음먹었어. 그녀는 좋은 어머니가 될 거야. 그녀가 정말 좋은 어머니가 될 거라는 데는 의심의 여지가 없어. 하지만 웃음거리가 된다는 생각이 너무 강해서 임신한 것을 감추기 위해 별의별 짓을 다해서…… 정말이지 그 생각은 하고 싶지도 않아. 무엇보다 일주일 전부터 집 밖으로 나가려고 하질 않아. 부끄럽다는 거야. 거리에 나가면 모든 사람들이 자기를 쳐다볼 거라고 믿고 있어. 그녀는 이제 제법 배가 불러서 바람이라도 쐬러 나갈 때면, 벌써부터 자신을 아는 사람이 없는 곳으로 가자고 그래. 임신한 것을 알아보고 축하하려고 올까 봐."

두 사람은 잠시 입을 다물었다. 짧은 침묵이 지나자 빅토르가 말했다.

"아우구스토, 그러니까 빨리 결혼해! 네게도 비슷한 일이 일어날 거야. 어서 그 피아니스트와 결혼하라고!"

"누가 알아……!" 아우구스토는 독백하듯 말했다. "누가 알아……! 결혼하면 어머니를 다시 갖게 되지……."

"어머니, 그렇지!" 빅토르가 덧붙였다. "네 자식의 어머니지! 그녀가 애를 갖는다면……."

"내 어머니이기도 해! 빅토르, 지금 너는 부인에게서 어머니를 찾으려 하는 거야. 너희 어머니 말이야."

"내가 지금 시작하려는 행동은 밤을 잃어버리는 것이 되겠지……."

"아니면 밤을 얻는 것이 될지도 몰라. 빅토르, 밤을 얻는 것이 될 거야."

"하여튼 나는 내게 무슨 일이 일어나고 있는지 모르겠어. 우리에게 무슨 일이 일어나고 있는지 모르겠단 말이야. 나는 단념할 수 있을 것 같아. 그런데, 엘레나, 가련한 엘레나는…… 너무 불쌍해!"

"거봐, 벌써 그녀를 동정하잖아."

"어쨌든 아우구스토, 결혼하기 전에 많이 생각해 봐."

그리고 그들은 헤어졌다.

아우구스토는 돈 아비토와 빅토르에게서 들은 이야기로 머리가 가득 차서 집으로 들어왔다. 그는 에우헤니아와 해결된 저당권 문제, 그리고 세탁소 처녀에 관한 것 등을 까맣게 잊고 있었다.

집에 들어서자 오르페오가 그를 맞으러 뛰쳐나왔다. 아우구스토는 오르페오를 안아 올려 더듬어서 목을 만져보고는 그를 자기 가슴에 파묻으면서 말했다. "오르페오, 뼈다귀를 조심해. 정말 조심해야 돼. 알았지? 뼈다귀가 목에 걸리면 큰일 나. 난 네가 살려달라고 애원하며 죽어가는 모습을 보기 싫단 말이야. 오르페오, 교육학자인 돈 아비토는 자기 조상들의 종교로 개종했어……. 그건 유산이지! 그리고 빅토르는 아버지가 되려고 하지 않아. 돈 아비토는 아들을 잃어서 슬퍼하고, 빅토르는 아들을 갖게 되어서 슬퍼하고 있어. 그런데, 그 눈, 오르페오, 그 눈! '당신 나를 사려고 하죠! 당신은 나의 사랑이 아니라 내 몸을 사려고 하죠! 사랑은 돈으로 살 수 없는 것이니까요! 제 집을 가지세요!'라고 말할 때 빛나던 그 눈! 내가 그녀의 육체를 산다고…… 그녀의 몸을……! 내 것도 귀찮은데, 오르페오. 내 것도 성가신 판에! 내가 필요로 하는 것은 영혼이야, 영혼, 영혼. 에우헤니아, 그녀의 눈으로부터 발산하는 것 같은 불의 영혼이 필요해. 그녀의 육체……, 그녀의 육체……. 그래, 그녀의 육체는 훌륭하고 찬란하며 성스럽지. 그런데 그녀의 몸은 영혼이야. 순수한 영혼이라고. 완전한 생명, 완전한 의미, 완전한 사상이지! 내겐 육체가 남아돌아. 오르페오, 내게 필요한 것은 영혼이야. 오르페오, 난 내 육체를 만지고 더듬고 살펴봐. 그러나 영혼은? 내 영혼은 어디에 있지? 내가 영혼을 갖기나 했을까? 여기서 로사리오를, 그 가련한 로사리오를 내 무릎 위에 앉히고 끌어안았을 때, 난 조금이나마 영혼이 호흡하는 것을 느꼈지. 그때 그녀는 울고 있었고 나도 울었지. 그 눈물은 육체로부터 나온 것이 아니야. 내 영혼으로부터 나왔지. 영혼은 단지 눈물 속에서만 드러나는 샘 같은 것이야. 진정으로 울어야 영혼을 가졌는지 안 가졌는지를 알 수 있어. 오르페오, 이젠 몸이 원하는 대로 잠자러 가자."

15장

　"그런데 애야. 무슨 일을 저지른 거냐?" 도냐 에르멜린다가 자신의 조카 에우헤니아에게 물었다.

　"내가 무슨 일을 저질렀느냐고요? 수치심을 아신다면 고모님도 저랑 똑같이 행동했으리라 믿어요. 전 제 행동에 대해 확신이 있어요. 나를 사려고 해요! 나를 돈으로 사려고 한단 말이에요!"

　"이것 봐라, 애야! 여자를 사려고 하는 자는 여자를 팔려고 하는 자보다 항상 나은 법이야. 그것은 확실한 법이지."

　"나를 사려고 해! 나를 돈으로 사려고 한다고요!"

　"그게 아니라니까, 에우헤니아, 그게 아니란 말이야. 그는 관용과 영웅심으로 그렇게 한 거야⋯⋯."

　"나는 영웅을 원하지 않아요. 이른바 영웅이 되려는 자들이 싫단 말이에요. 영웅심이 자연스럽게 나타나는 것, 그건 좋아요! 하지만 계산이 있을 때라면? 나를 사려고 해요! 나를, 나를 돈으로 사려고 한단 말이에요! 고모님께 말씀드리지만, 그자는 대가를 치르게 될 겁니다. 대가를……."

"그자…… 뭐라고? 이제 그만 해라!"

"그…… 밥맛없는 천치. 내게 그자는 존재하지 않는 거나 마찬가지예요. 존재하지 않는다고요!"

"그런데 넌 무슨 바보 같은 소릴 하고 있니……."

"그러면 고모는 그 사람이……?"

"누구, 페르민?"

"아니요. 그…… 카나리아 사내요. 그 사람 속엔 뭐가 있을까요?"

"적어도 내장은 들어 있겠지……."

"그 남자한테 내장이 있을 거라고 생각해요? 글쎄! 그는 텅 비었어요. 눈에 선해요. 텅 비었단 말이에요!"

"얘야, 이리 와라. 우리 한번 냉정하게 얘기해 보자. 그런 말도 안 되는 소리 하지 마라. 바보짓도 그만두고. 그런 건 잊어버려. 나는 네가 그를 받아들여야만 한다고 생각한다……."

"그러나 고모, 저는 그를 사랑하지 않는다니까요……."

"그럼, 넌 사랑한다는 게 무언지 아니? 넌 경험이 없어. 삼십이분음표나 팔분음표는 알겠지만, 사랑한다는 것은……."

"제가 보기에 고모님은 말하기 위해서 말하는 것 같아요……."

"얘야, 너 정말 사랑한다는 게 무언지 알아?"

"전 다른 사람을 사랑한다니까요……."

"다른 사람? 건들거리고 놀기만 하는 그 게으름뱅이 마우리시오? 넌 그걸 사랑이라고 부르니? 사랑한다는 사람이 고작 그 작자니? 너를 구원할 사람은 바로 아우구스토야. 아우구스토뿐이라고. 얼마나 예의 바르고 뛰어나고 선량한 사람인데……!"

"그렇기 때문에 전 그를 좋아하지 않아요. 왜냐하면 고모님이 말씀하신 대로 그가 정말 좋은 사람이기 때문이죠……. 저는 그런 착한 사람들이 싫어요!"

"나도 마찬가지다. 나도 마찬가지야. 그러나……."

"그러나 뭐요?"

"그런 사람과 결혼해야 돼. 남편감은 그래야만 돼."

"그러나 그를 사랑하지 않는데 어떻게 그와 결혼할 수 있어요?"

"뭐라고? 우선 결혼해라! 나도 네 고모부와 결혼하지 않았냐……?"

"그런데, 고모……."

"그래. 지금은 그를 사랑하지. 그렇다고 봐. 하지만 결혼할 때는 그를 사랑하는지 몰랐어. 봐라, 사랑이라는 건 책에나 있는 거다. 단지 말하고 쓰기 위해서 사람들이 만들어낸 것일 뿐이야. 시인들의 공연한 짓이지. 중요한 것은 결혼이야. 민법은 결혼에 대해서 말하지 사랑에 대해선 일언반구의 언급도 없어. 사랑이라 부르는 모든 건 단지 음악일 뿐이야……."

"음악이요?"

"그래, 음악. 그 자체로는 아무 의미가 없고 가르치며 생활비를 버는 데나 소용된다는 것을 이미 잘 알고 있잖아. 너 지금 이 기회를 놓치면 네가 사는 이 연옥의 고통으로부터 탈출하는 데 시간이 걸릴 거다……."

"뭐라고요? 제가 고모와 고모부에게 바란 게 있나요? 제가 제 생활비를 못 버나요? 제가 고모 부부에게 성가신 존재가요?"

"너무 그리 화내지 마라. 그렇게 말하면 못써. 그럼 정말 싸우게 된단 말이야. 아무도 네게 그런 말 한 적 없어. 단지 내가 지금 네게 말하고 충고하는 것은 모두 다 너 잘되라고 하는 소리다."

"그래요. 제 행복을 위해서…… 제 행복을 위해서…… 제 행복을 위해서 돈 아우구스토 페레스 씨가 남자다운 일을 했군요. 제 행복을 위해서……! 남자다움, 그래요, 남자다움! 나를 사려고 하는 것……! 나를 돈으로 사려고 하는 것……. 나를! 남자다움, 그 얘길 했죠, 남자다움……. 남자다운 일! 고모, 내가 보기에 남자들은 저속하고 난폭해요. 섬세함이 없죠. 상처를 주지 않으면서 호의 베푸는 방법조차 몰라요……."

"모든 남자가?"

"그래요, 모두가 마찬가지예요! 정말 남자라고 하는 자들은 모두 알 거예요."

"아!"

"그래요. 저속하고 난폭하고 이기적이지 않은 사람은 남자가 아니죠."

"그럼 뭐야?"

"잘 모르겠지만…… 마리카*겠죠."

"그거 한번 굉장한 이론이구나."

"이 집에 살면 다 전염돼요."

"하지만 네 고모부는 결코 그런 말을 한 적이 없는데."

"네, 제가 남자들을 관찰하면서 떠올린 생각이에요."

"고모부도 그러냐?"

"우리 고모부는 그런 유의…… 남자가 아니에요."

"그렇다면 마리카란 말이냐, 응, 마리카. 말해 봐, 어서!"

"아녜요. 아녜요. 그건 아녜요. 고모부는…… 음…… 고모부는…… 뭐라고 해야 할지 잘 모르겠지만……. 글쎄…… 살과 뼈로 된 인간이죠."

"그럼 네 고모부는 뭐, 뭐란 말이냐?"

"글쎄, 어떻게 말해야 할지……. 단지, 단지 고모부일 뿐이에요. 실제로는 존재하지 않는 것 같아요."

"그건 네 생각이지. 하지만 분명히 말하지만, 네 고모부는 존재해. 존재한다고!"

"난폭해요. 모두가 난폭해요. 모두 난폭하단 말이에요. 고모는 마르틴 루비오란 야만스러운 작자가 상처한 지 며칠 안 된 가련한 돈 에메테리오에게 무슨 말을 했는지 아세요?"

"난 무슨 얘기 들은 적 없다."

"그럼 얘기하죠. 고모도 알다시피 그 유명했던 전염병이 돌 때 이야기예요. 모든 사람이 잔뜩 경계했었잖아요. 그

★ 여자 같은 남자.

140

때 두 분도 저를 잠깐이라도 집 밖으로 못 나가게 했고, 물도 끓여 먹어야만 했죠. 사람들은 서로를 피해 다녔고, 누가 상복을 입은 것만 봐도 흑사병 환자처럼 취급했죠. 그런데 불쌍한 돈 에메테리오가 상처를 한 지 한 오륙 일 되던 때에 상복을 입고 밖에 나가야만 했는데, 갑자기 그 난폭한 마르틴을 만나게 되었대요. 마르틴은 상복을 입은 에메테리오를 보고 전염이라도 될까 두려워하며 그에게서 상당한 거리를 유지한 채 말했대요. '그런데, 이봐. 그 모습이 뭔가? 집에 무슨 안 좋은 일이라도 있었나?' 불쌍한 에메테리오는 그에게 대답했어요. '그래, 최근에 그만 집사람을 잃었어…….' '이런! 그런데 어떻게 그런 일이 일어났나?' '산후 조리를 못해서.' 돈 에메테리오가 이렇게 말하자, 마르틴이 '그거 참 다행이군!'이라고 말하며 그에게 다가가 악수를 청했다는 거예요. 대단한 신사죠! 남자답죠! 고모님, 다시 말하지만 남자들은 난폭해요. 그저 난폭할 뿐이에요."

"그래도 놀고먹는 자들, 예를 들어 네 마음을 완전히 빼앗은 그 게으름뱅이 마우리시오 같은 자들보다는 난폭한 게 낫지. 어떻게 네가 그런 자에게 마음을 빼앗겼는지 모를 일이야……. 믿을 만한 사람들이 그러는데, 그 못된 건달 녀석이 진실로 너를 사랑하는지 의문이라는 거야……."

"제가 사랑해요. 그럼 됐지요!"

"그렇다면 그자…… 이를테면 네 애인이란 자는 정말 남자긴 하냐? 그가 진정한 남자라면 벌써 오래전에 출구를 찾아 직장을 잡았을 거다."

"그가 진짜 남자가 아니라면 제가 남자로 만들 거예요. 고모님이 말씀하신 대로 그에게 결점이 있는 것은 사실이에요. 그러나 어쩜 그래서 제가 그를 사랑하는 건지도 몰라요. 그리고 지금 돈 아우구스토가 남자다운 일을 한 이상……. 나를 사려고! 나를……! 이 일이 있고 난 후 저는 완전히 마우리시오와 결혼하기로 마음을 굳혔어요."

"너희들 어떻게 먹고살 작정이냐? 불행한 것 같으니라고."

"제가 버는 것으로! 지금보다 더 열심히 일할 거예요. 지금까지 거절한 교습도 다 받아들이겠어요. 이래저래 전 이미 그 집을 포기했어요. 돈 아우구스토에게 주어버렸지요. 그건 변덕, 바로 변덕일 뿐이죠. 그 집은 제가 태어난 집이에요. 그런데 이제 그 집과 저당이란 악몽에서 해방됐어요. 더 열심히 일할 거예요. 그리고 마우리시오는 우리 둘을 위해 일하는 저를 보면 일자리를 구할 수밖에 없겠지요. 일할 거예요. 그도 염치가 있다면……."

"염치가 없다면?"

"그러면…… 제가 먹여 살리죠!"

"그래, 피아니스트의 남편이 되겠구나!"

"비록 그렇다 해도, 그는 제 남편, 제 남편이 될 거예요. 제게 의지하면 할수록 더욱더 제 것이 되죠."

"그래, 네 것…… 개가 네 것이 되는 것처럼. 그런 걸 두고 사람을 매수한다고 하는 거다."

"어떤 남자는 자기가 가진 자본으로 나를 사려고 하지 않았던가요? 그렇다면 한 여자인 제가 일해서 번 돈으로 한 남자를 사는 것이 뭐가 그렇게 이상해요?"

"애야, 네가 말하는 것은 네 고모부가 말씀하시는 페미니즘이라는 것과 매우 비슷하구나."

"전 그런 건 몰라요. 중요하지도 않고요. 하여튼 아직까지 저를 살 수 있는 남자는 이 세상에 없어요. 나를? 나를? 나를 사겠다고?"

두 사람의 대화가 여기에 이르렀을 때, 하녀가 들어와 돈 아우구스토가 부인을 뵙기 위해 기다린다고 말했다.

"그가? 어서 가! 나는 그 사람 꼴도 보기 싫어. 이미 내가 할 말은 다 했다고 전해."

"애야, 진정하고 조금만 더 생각해 봐라. 그러면 못써. 너는 돈 아우구스토의 의도를 잘 해석하지 못했어."

아우구스토는 도냐 에르멜린다 앞에 서자 변명을 하는 것으로 말문을 열었다. 자신은 지난 일로 심하게 충격을 받았으며 에우헤니아는 자신의 진정한 의도를 알아채지 못했다는 것이었다. 그는 공식적으로 그 집의 저당을 해제했기 때문에 집은 법적으로 부채에 대해 자유로우며, 에우헤니아의 수중에 있다고 했다. 따라서 만일 그녀가 집세 받기를 거부한다면, 자신 역시 그럴 수 없기 때문에 집세는 공중으로 떠버리게 된다는 것이다. 아니, 원래 집주인에게 자동적으로 들어가게 된다고 했다. 더구나 그는 에우헤니아에 대한 구혼을 포기했고 단지 그녀가 행복하게 되기만을 바랄 뿐이라는 것이다. 심지어는 마우리시오가 아내의 수입으로 살지 않도록 직장까지 구해 줄 준비가 되어 있다고 했다.

"당신은 황금 같은 마음씨를 지녔군요!" 도냐 에르멜린다가 소리쳤다.

"이제 부인. 당신의 조카에게 저의 진정한 의도가 무엇인지를 납득시키는 일만 남았습니다. 집 저당을 해제한 것이 무례한 짓이었다면 용서하십시오. 그러나 다시 뒤로 돌릴 일은 아닌 것 같습니다. 그녀가 원한다면 저는 그 결혼의 대부가 되어드리겠습니다. 그리고 머나먼 곳으로 긴 여행을 떠날 것입니다."

도냐 에르멜린다는 하녀를 불러 에우헤니아를 오도록 했다. 돈 아우구스토가 그녀와 얘기를 나누고 싶어 했기 때문이다. 하녀는 "아가씨는 방금 외출하셨습니다."라고 대답했다.

16장

"마우리시오, 너는 구제 불능이야." 비좁은 수위실 안에서 에우헤니아가 자신의 애인에게 말했다. "정말 구제 불능이야. 계속 이러면, 게으름을 떨쳐내지 못하면, 우리가 결혼할 수 있게 직장을 구하려고 하지 않으면 나 정말 무슨 짓을 저지를지 몰라."

"무슨 짓을? 말해 봐, 귀여운 것 같으니." 그는 그녀의 목덜미에 있는 머리카락을 손가락으로 감으며 목 주위를 애무했다.

"이봐, 네가 원하면 우린 이대로 결혼하는 거야. 나는 계속 일을 할 거고…… 우리 둘을 위해서."

"그런데 내가 그걸 받아들이면 사람들이 뭐라고 하겠어?"

"남들이 너에 대해 뭐라고 말하든 내가 무슨 상관이야?"

"어, 그건 심각한 문제라고!"

"나한테는 중요한 문제가 아니야. 내가 원하는 건 이 상황이 하루라도 빨리 끝나버리는 거야……."

"우리 상황이 그렇게 나빠?"

"그래, 나빠, 너무 나쁘단 말이야. 네가 빨리 결심을 하지 않으면, 난 정말……."

"뭔데, 말해 봐?"

"돈 아우구스토의 희생을 받아들일 수밖에 없어."

"그와 결혼하려고?"

"아냐, 그건 절대로 아니야. 내 집을 되찾는 거 말이지."

"그렇다면 그렇게 해, 그렇게 해! 그것이 해결책이야. 다른 방법이 없어……."

"너 어떻게 그런 말을……."

"내가 아무 말이나 하는 게 아니야! 내가 보기에 그 불쌍한 돈 아우구스토는 머리가 좀 어떻게 된 것 같아. 그래서 그런 변덕을 부린 것이지. 더 이상 그를 괴롭히면 안 될 것 같아……."

"그 얘기는 너도……."

"귀여운 것, 분명하잖아, 분명해!"

"결국 너도 남자라는 얘기네."

"네가 원하는 만큼은 아니고. 그런데 이리 와봐……."

"날 좀 내버려둬, 마우리시오. 벌써 백 번은 말했어. 그러지 말라고……."

"너무 다정스럽게 굴지 말라고……."

"아니, 난폭하게 굴지 말라고……! 좀 잠자코 있어봐. 네가 신뢰를 받고 싶다면 그 게으름을 떨쳐버려야 돼. 정말 일거리를 찾아. 그 나머지 일은 내가 말 안 해도 이미 알 거야. 그래도 아직 네가 정신을 차릴 수 있나 보자. 응? 지난번에 내가 네 뺨을 때렸었지."

"잘 알고 있어! 자, 다시 한 번! 얼굴 여기 있어……."

"너무 그러지 마……."

"자, 어서!"

"난 네가 좋아하면 하고 싶지 않아져."

"다른 것도?"

"난폭하게 굴지 말라고 했잖아. 다시 말하지만 네가 서둘러 직장을 구하지 않으면, 난 돈 아우구스토의 제안을 받아들일 수밖에 없어."

"좋아, 에우헤니아. 넌 내가 가슴에 손을 얹고 진실을, 모든 진실을 말하길 원하지?"

"말해 봐!"

"난 너를 너무 사랑해, 정말로. 난 너에게 완전히 정신이 나갔어. 그러나 결혼이라는 건 겁나. 지독한 공포감을 준단 말이야. 난 원래 게으름뱅이로 태어났어. 그걸 부정하진 않아. 내가 가장 싫어하는 게 일을 해야만 하는 거야. 그래서 미루어보건대 우리가 결혼하면 넌 아이를 가지려고 할 것 아냐……."

"당연하잖아!"

"그러면 난 일을 해야만 할 거야. 그것도 끊임없이. 생활비가 많이 들 테니까. 그런데 네가 일을 하는 것은 받아들일 수 없어. 결코, 결코 안 돼! 마우리시오 블랑코 클라라는 여자가 버는 돈으로 살 수가 없어. 그런데 어쩌면 너나 내가 일을 하지 않고도 모든 것이 잘 해결될 수 있을 거 같아…….”

“어떻게, 어떻게?”

“그럼 먼저 약속해. 화내지 않겠다고.”

“빨리 말해 봐!”

“내가 아는 바로는, 그리고 네게 들은 것을 종합하면 그 가련한 아우구스토는 얼간이야, 불쌍한 악마지. 그래서 말인데…….”

“계속해!”

“그런데 정말 화 안 낼 거지.”

“계속하라고 했잖아!”

“네게 말해 온 대로 그자는…… 여자에게 이용당하게 돼 있어. 그래서 얘긴데, 가장 좋은 방법은 네 집 저당 건을 받아들일 뿐만 아니라…….”

“그리고 뭐?”

“그를 남편으로 받아들여.”

“뭐라고?” 그녀는 벌떡 일어섰다.

“그를 받아들여. 불쌍한 남자잖아. 그렇게 되면…… 모든 일이 잘될 거야…….”

“어떻게 다 해결이 된단 말이야?”

“그러니까, 그자가 모든 값을 치르고, 우리는…….”

“우리는…… 뭐?”

“우리는…….”

“그만둬!”

에우헤니아는 눈에 불이 나서 밖으로 나가며 혼잣말을 했다. ‘어쩌면 저렇게 한심할 수가! 저렇게 한심할 수가 있어! 이럴 줄 몰랐는데…… 한심한 사람!' 집에 도착하자마자 그녀는 방에 틀어박혀 울음을 터뜨리고 말았다. 그녀는 열이 난 채 잠자리에 들었다.

마우리시오는 잠시 멍하니 있었다. 그러나 이내 정신을 차리고 담배 한 대를 피워 물고 거리로 나왔다. 그리고 자기 옆으로 지나가는 우아한 차림의 첫 번째 아가씨에게 달콤한 말을 던졌다. 그날 밤에는 친구 하나와 함께 돈 후안 테노리오에 관해서 이야기했다.

"나는 그 친구를 이해할 수가 없어." 마우리시오가 말했다. "그건 연극일 뿐이야."

"그러면 마우리시오, 네가 얘기했듯이 너 자신이 돈 후안이 되면 되잖아. 유혹하는 사람으로 말이야!"

"유혹자? 내가 유혹하는 사람으로? 로헬리오, 무슨 말을 하려는 거야?"

"그 피아니스트와는 어떻게 돼가?"

"어! 로헬리오, 진실을 듣고 싶어?"

"말해 봐!"

"그래, 어느 정도 성실하게 이루어지는 백 건의 애정 관계에서 네가 언급한 것은 지극히 정직한 편이야. 안 그래? 백 건의 애정 관계에서 90퍼센트 이상은 여자 편에서 유혹하고 남자는 유혹을 당하는 쪽이지."

"그렇다면 뭐야? 네가 피아니스트인 에우헤니아를 정복했다는 것을 부정하는 거야?"

"그래, 그렇지. 내가 그녀를 정복한 것이 아니고 그녀가 나를 정복한 거야."

"이런 돈 후안 같으니라고!"

"좋을 대로 생각해…… 하지만 그녀야. 그녀라고. 난 어떻게 할 수가 없었어."

"그런 경우 서로 마찬가지지."

"그런데 이제 이것도 끝날 것 같아. 난 다시 자유로워질 수 있겠어. 그녀에게서 벗어난다면 그렇게 될 거야. 다른 여자가 나를 정복하려 해도 응하지 않을 테니까. 나는 정말 약해! 내가 만약 여자로 태어났다면……."

"그런데 어떻게 끝낼 거야?"

"왜냐하면…… 음…… 난 쓸데없이 그녀 일에 끼어들었지! 난 계속되기를, 말하자면 우리 관계를 계속 이어가기를 원했어. 이해하겠니? 아무런 구속이나 뒷감당 없이……. 그런데 그녀는 나를 옭아매려는 것 같아. 나를 꼼짝 못하게 하려고 해."

"너를 꼼짝 못하게 한다고!"

"아무도 몰라……! 난 너무 약해! 난 여자가 먹여 살리도록 태어났어. 그러나 자존심은 있어. 알겠어? 그렇지 않으면, 아무것도 아니야!"

"네가 말하는 자존심이 뭐야? 말 좀 해봐."

"이봐, 그런 건 묻는 게 아니야! 이 세상엔 정의될 수 없는 일이 있어."

"그건 사실이야!" 로헬리오는 확신을 가지고 대답했다. 그리고 이렇게 덧붙였다. "그 피아니스트가 널 버리면 어떻게 할 거야?"

"그럼 빈자리가 생기는 거지. 다른 여자가 날 다시 정복하겠지. 난 수없이 정복당했거든……! 그런데 에우헤니아는 굴복하는 법이 없고 정조 관념이 강해서 항상 내게서 일정 거리를 두려고 해. 그렇기에 날 변화시키고 제정신을 못 차리게 했지. 그녀에게 완전히 빠졌다고. 그녀가 원하는 대로 나를 딴사람으로 바꿔놓았지. 그런데 지금 와서 날 버린다면, 난 무척 섭섭할 거야. 그러나 자유롭게 되겠지."

"자유롭다고?"

"그래, 자유. 다른 여자에게 말이야."

"난 너희들이 다시 화해하리라 믿어……."

"글쎄, 그건 모르지……! 하지만 쉽지 않아. 왜냐하면 그녀는 성질이 있거든……. 그런데 내가 오늘 그 애를 모욕했어. 화나게 했다고."

17장

"아우구스토, 돈 엘로이노 로드리게스 데 알부르케르케 이 알바레스 데 카스트로 씨 생각나?" 빅토르가 물었다.

"여기저기 싼 물건만 찾아다니는 그 재무부 직원 말이야?"

"그래, 그런데…… 그 사람이 결혼을 했대!"

"늙고 병든 사람이 용감하네!"

"그런데 정말 놀랄 일은 그의 결혼 방식이야. 내 말 잘 들어봐. 너도 알지만 돈 엘로이노 로드리게스 데 알부르케르케 이 알바레스 데 카스트로는 그 대단한 이름에도 불구하고 직장에서 나오는 쥐꼬리만 한 봉급만으로 간신히 연명하고 더구나 건강도 완전히 망가졌잖아."

"그랬었지."

"게다가 이 불쌍한 노인은 불치의 심장병을 앓고 있었다는군. 살날이 얼마 남지 않았다는 거야. 얼마 전 죽음의 문턱까지 가는 아주 심각한 상태에서 겨우 벗어났는데, 바로 이 심각한 병세가 그를 결혼에 이르게 했다는군. 그런데 다른 사람을…… 애먹인 거지. 그 불쌍한 노인은 여기 저기 여인숙을 전전하며 살았는데, 가는 곳마다 금방 나와야만 했어. 왜냐하면 4페세타의 돈으로는 진수성찬을 청할수 없는데 그는 음식에 굉장히 까다로웠고 정직하지도 않았대. 그렇게 이 집 저 집을 전전하다 자기보다 연상인 존경할 만한 여주인을 만났는데, 그녀는 꽤 나이가 들어 예순 가까이 되었고 남편과 두 번이나 사별했다는군. 첫 번째 남편은 그녀가 로헬리오라는 이름으로 종종 기억하는 목수였는데 건축장의 발판에서 뛰어내려 자살했대. 두 번째 남편은 밀수 감시대의 상사였는데 죽을 때 그녀에게 얼마간의 유산을 남겨 매일 1페세타의 수입이 들어온다는군. 그런데 이 과부의 집에 묵게 된 우리 돈 엘로이노는 달리 치료 방법이 없는 심한 중병에 걸려서 거의 죽을 것만 같았대. 그래서 먼저 돈 호세를 부르고 다음에 돈 발렌틴을 불렀다는군. 죽는 날만 기다리는 이 사람의 병이 너무 위중해서 그만큼 특별한 간호가 필요했지. 그런데 여주인이 이 환자에게만 매달리게 되어 여인숙 청소가 제대로 되지 않자 다른 손님들이 떠나겠다고 위협하기 시작했대. 돈 엘로이노 노인은 더 이상 지불할 돈도 능력도 없었고, 두 번씩이나 과부가 된 부인으로서는 자기 사업에 방해가 되기 때문에 그를 더 이상 자신의 집에 놔둘 수 없다고 말했다는군. 그는 '그러나 부인, 제발 자비를 베풀어주시길!' 하며 여주인에게 애원하듯 말했대. '이런 상태로 제가 어디를 가겠습니까? 누가 저를 받아주겠습니까? 당신이 만약

저를 내쫓으면 저는 죽으러 병원에나 가야 합니다……. 제
발, 자비를! 살날도 얼마 안 남았는데……!' 그는 이내 죽
을 거라고 확신하고 있었지. 그러나 그녀에게도 사정이 있
었어. 자신의 집이 병원도 아니고, 여인숙 해서 먹고사는
데 그 벌이를 망치고 있으니 말이야. 상황이 이쯤 되자 돈
엘로이노의 사무실 동료 중 하나가 그를 구할 수 있는 방
법을 생각해 내고 그에게 찾아가 이렇게 말한 거야. '집주
인이 당신을 내쫓지 못하게 할 수 있는 방법이 있어요.'
'그게 뭐지요?' 그가 물었지. '먼저 당신은 자신의 병에 대
해서 잘 알고 있는지 묻고 싶군요.' '아, 나는 살날이 얼마
남지 않았어요. 머지않아 죽을 거예요. 어쩌면 살아서 형
제들을 보지 못하고 죽을 수도 있어요.' '그렇게 심각하다
고 믿으세요?' '죽음의 문턱에 서 있는 느낌이에요…….'
'그렇다면 그 부인이 당신을 거리로 내몰아 병원에 가지
않도록 할 수 있는 방법이 있어요.' '그게 뭐지요?' '그녀
와 결혼하는 겁니다.' '그녀와 결혼을 한다고요? 그 여주
인과? 누가, 제가요? 로드리게스 데 알부르케르케 이 알바
레스 데 카스트로가! 이봐요, 나는 농담할 처지가 아니에
요!' 그런데 그 착상이 어느 정도 그에게 충격을 준 모양
이었어."

"그거 나쁘지 않은 것 같군."

"그 친구는 놀란 마음을 간신히 가라앉힌 노인에게 여주
인과 결혼하면 그가 죽은 후에 그녀가 미망인 연금으로 매
달 65페세타를 받게 될 텐데, 이대로 죽으면 아무도 그 돈
을 이용할 수 없고 그냥 국고에 남을 뿐이라는 사실을 이

해시켰어. 너도 그런 경우를 알지……."

"그래 빅토르, 국가가 미망인 연금을 절약하는 일이 없도록 결혼한 다른 예들을 알지. 그게 바로 애국심이야!"

"그런데 돈 엘로이노가 화를 내며 그 제안을 거절했는데 그 여주인이 뭐라고 말했을지 상상해 봐. '내가? 이 나이에 세 번째로 결혼을 해? 그것도 늙은 병자랑? 구역질 나!' 그런데 그녀는 의사로부터 그가 살날이 며칠밖에 남지 않았다는 얘기를 들었어. '사실 매달 65페세타를 받게 되니.' 이런 생각 끝에 그녀는 결국 그 제안을 받아들였어. 그래서 너도 아는 사람 좋은 신부 돈 마티아스를 불러 절망 상태에 있는 그 노인을 설득하도록 했대. '그래요, 그래, 그래요. 불쌍한 사람! 불쌍한 사람!' 이렇게 말하며 돈 마티아스는 그를 납득시켰대. 이윽고 돈 엘로이노는 코레이타를 불렀어. 그들은 전에 싸워서 서로 사이가 나빴었는데, 돈 엘로이노가 화해하기를 원했다는군. 그리고 결혼의 증인이 돼달라고 부탁했대. '그런데 돈 엘로이노 당신이 결혼을 해?' '그래 코레이타, 이 집 여주인과 결혼해! 상상해 봐, 도냐 신포와 나 로드리게스 데 알부르케르케 이 알바레스 데 카스트로가! 그렇게 하는 것이 얼마 남지 않은 내 여생을 지켜주거든……. 형제들이 내가 눈을 감기 전에 시간 맞춰 도착할지 모르겠어……. 그녀는 내가 죽으면 미망인 연금으로 65페세타를 받아.' 한편 코레이타가 집에 가서 그 얘기를 부인 에밀리아에게 하자 부인은 이렇게 소리쳤어. '그런데 페페, 당신 바보 아니에요! 왜 그에게 엔카르나와 결혼하라고 말하지 않았어요? 그녀도 65페세타의 미망인 연금을 받는다면 그 여자만큼 잘 돌볼 수 있을 텐데.' 엔카르나는 에밀리아가 시집을 때 지참금 조로 데리고 온 젊지도 예쁘지도 않은 하녀였어. 그런데 이들의 대화에 하녀가 끼어들어 얘기한 것이 유명해졌단 말이야. '마님 말씀이 맞아요. 저 역시 그와 결혼한다면 얼마 안 되는 그의 여생을 돌봐줄 텐데요. 65페세타를 받고요.'"

"그런데 빅토르, 모두 지어낸 얘기 같아."

"그렇지 않아. 실제로 있었던 일이야. 꾸며내지 못하는 일들이 있지. 그런데 아직 더 재미있는 부분이 남아 있어. 돈 엘로이노를 가장 많이 치료한 사람은 돈 호세고, 그다음으로 돈 발렌틴이라는 사람이 있는데 그가 내게 얘기해준 바에 의하면, 어느 날 그가 돈 엘로이노를 보러 갔는데, 돈 마티아스 신부가 정장을 하고 있어서 환자의 병자성사를 준비한다고 생각했대. 그런데 결혼식 준비를 하고 있었다는군. 나중에 돈 발렌틴이 집에 돌아가는데, 방금 결혼한 그 여주인이 문밖까지 그를 배웅하면서 '세 번째로구나!'라고 중얼거린 후, 슬픔에 젖고 불안한 목소리로 물었대. '그런데 돈 발렌틴, 말씀 좀 해주세요. 그가 살까요? 계속해서 살까요?' '아닙니다, 부인. 아니에요. 단지 시간 문제지요……' '곧 죽을 거예요. 그렇죠?' '예, 그럼요.' '그런데 정말 죽을까요?'"

"기가 막히는군."

"그게 다가 아니야. 돈 발렌틴은 환자에게 우유만 주되 그것도 매번 조금씩 나누어 먹이라고 일렀대. 그런데 도냐 신포는 다른 손님에게 말했어. '글쎄, 나는 그가 원하는 대로 다 주고 있어요! 살날도 얼마 안 남았는데, 좋아하는 것을 어떻게 뺏어요……!' 후에 발렌틴은 환자에게 관장을 해주라고 했어. 그런데 그녀는 '관장을? 아이, 더러워라! 이 늙어빠진 병자에게요? 나는 못해요, 난 못해요! 만약 전남편 둘 중의 하나라면 몰라도, 난 그들을 사랑했거든요. 그래서 결혼했던 거고요! 그런데 이자는? 관장을? 내가요? 안 돼요……!'라고 했다는군."

"참으로 환상적이로군!"

"아니, 역사적인 거야. 그런데 돈 엘로이노의 형제들이 도착했어. 동생의 불행에 가슴이 짓눌린 형이 말했지. '내 동생, 내 동생 로드리게스 데 알부르케르케 이 알바레스 데 카스트로가 이런 뒷골목 여인숙 주인과 결혼을 하다니! 사라고사, 사-라-고-사 재판소 소장의 아들인 내 동생이 이런…… 도냐 신포와!' 그는 질겁했어. 그런데 전남편이 자살한 과부에서 최근 죽어가는 남자의 신부가 된 그녀가 말했지. '이제 우리가 시아주버니 제수씨 사이가 됐다고 해서 숙박비도 안 내고 갈 거예요? 난 이것으로 먹고사는데!' 그래서 그들이 숙박비를 내긴 낸 것 같은데, 그것도 다 죽어가는 동생이 냈다는군. 그런데 그 작자들이 환자가 가지고 있던 황금 손잡이가 달린 지팡이를 가져가 버렸다는 거야."

"그는 죽었어?"

"그래. 하지만 상당히 오랜 시간이 지나고 나서야. 병세가 상당히 호전되었었거든. 여주인이 말했지. '이건 병을 잘 알았던 돈 발렌틴 책임이야……. 아니 병을 제대로 이해 못했던 돈 호세 책임이야…… 만일 그 사람이 병을 치료했다면 이미 죽었을 텐데. 이제 나만 귀찮게 됐어.' 도냐 신포는 첫 번째 남편과의 사이에서 난 아들들 외에 밀수 감시 대원이었던 두 번째 남편과의 사이에서 딸을 하나 두었어. 결혼한 지 얼마 안 돼서 돈 엘로이노는 그 딸에게 말했어. '애야, 이리 오너라. 이리 와. 네게 뽀뽀해 주마. 이제 난 너의 아버지고 넌 내 딸이다…….' '딸이라니, 아니야.' 어머니가 말했어. '수양딸! 의붓딸이지, 의붓딸! 이리 와……. 내가 너희들을 잘 돌봐야…….' 그리고 어머니가 투덜거린 말이 유명해졌지. '이 염치없는 놈이 내 딸을 건드리려고 했어……! 이 장면을 봤으면……!' 그러고 나서 당연히 그들은 사이가 틀어졌지. '이건 사기야. 완전히 사기라고. 돈 엘로이노. 나는 당신이 죽을 거라고, 그것도 아주 빨리 죽을 거라고 해서 결혼했어. 그렇지 않다면 내가 뭐가 부족해서 그랬겠어! 나를 속였어. 나를 속였다고.' '나 역시 속았소. 내가 어떻게 하기를 바라오? 당신 즐겁게 하려고 나보고 죽으란 말이오?' '그것이 합의된 거였죠.' '이제 죽을 거요. 죽을 거란 말이요……. 되도록 빨리…… 로드리게스 데 알부르케르케 이 알바레스 데 카스트로는!'

그들은 얼마 안 되는 숙박비 문제로 싸웠고, 결국 그녀는 그를 집에서 내쫓고 말았어. '잘 가요, 돈 엘로이노. 잘 지내요!' '신의 가호가 있기를, 도냐 신포.' 결국 이 부인의 세 번째 남편은 죽었고 그녀에게 하루에 2.15페세타의 연금을 남겼지. 그 외에도 부인은 장례식 비용으로 500페세타를 받았어. 물론 그녀는 그 돈을 장례식 비용에 쓰지 않았지. 매달 나오는 65페세타의 연금이 고맙기도 하고 양심의 가책도 느껴서 두 번 정도 미사를 드려줬다는 거야."

"참 기막힌 얘기군!"

"이건 꾸며낸 이야기가 아니고, 꾸며내는 것이 가능하지도 않아. 나는 지금 이 음산한 희비극에 대해 더 많은 자료를 수집하는 중이야. 나는 처음에 이것으로 소극(笑劇)을 만들어볼까도 생각했어. 하지만 다시 고심한 끝에 세르반테스가 자신에게 떠오른 이야기 몇 개를 『돈 키호테』에 삽입한 것처럼 아내의 임신으로 지끈지끈한 머리를 식히기 위해 쓰기 시작한 소설 속에 어떤 식으로든지 삽입하려고 해."

"그렇다면 지금 네가 소설을 쓰고 있다는 거야?"

"그러면 내가 뭘 하길 바라는데?"

"괜찮다면 줄거리가 어떻게 되는지 알려주겠어?"

"내 소설은 줄거리가 없어. 다시 말하면 펜 가는 대로 쓰는 거야. 줄거리는 자기 스스로 만들어지지."

"그것이 어떻게 가능하지?"

"최근 들어서 어느 날 나는 뭘 해야 할지 몰라 방황하던 중 무언가를 해야 한다는 강한 열망을 느꼈었어. 내부에서 뭔가 근질거리고 환상이 꿈틀거리면서 말이야. 그래서 난 혼잣말로 '소설을 하나 써야겠다.'라고 중얼거렸지. 그러나 일반적인 소설이 아니라 사람이 앞으로 다가올 시간을 모른 채 현재 살아가는 모습 그대로를 종이 위에 옮기려고 해. 나는 앉아서 종이 몇 장을 꺼내어 줄거리에 대한 어떤 계획도 없고 그것이 어떻게 전개되어 갈지도 모른 채 내게 떠오른 생각을 그대로 쓰기 시작했어. 등장인물들은 자신들의 말과 행동에 따라서 만들어질 거야. 특히 말에 의해서 말이야. 그렇게 그들의 성격이 조금씩 형성되는데, 때때로 아무 성격도 없는 게 성격이 될 수도 있어."

"내 성격 같겠군."

"글쎄, 모르겠어. 차츰 알게 되겠지. 우선은 지금 그대로 놔둘 거야."

"그런데 심리학은 들어 있어? 서술은?"

"대화가 있지. 무엇보다 대화가 있어. 문제는 인물들이 말을 하는 거야. 말을 많이 해. 비록 별다른 내용이 없더라도 말이야."

"이건 엘레나가 네게 암시한 거겠지? 그렇지?"

"왜?"

"왜냐하면 자네 부인이 한번은 시간 때우기용으로 소설한 권을 빌려달라고 하면서 아주 짧은 대화가 많은 것으로 부탁한 일이 생각났거든."

"그래, 엘레나는 소설을 읽을 때 긴 서술이나 설교, 이야기가 나오면 다 뛰어넘으면서 '쓸모없어! 쓸모없어! 쓸모없어!'라고 말해. 그녀에게는 대화만이 쓸모 있는 거야. 너도 이제 보겠지만 설교도 대화 속에 잘 나누어 담을 수 있어……."

"왜 그래야 하는데?"

"왜냐하면 사람들은 비록 아무 내용이 없더라도 대화 자체를 위한 대화를 좋아하거든. 반 시간의 연설은 참지 못하면서도 카페에서 세 시간 동안 얘기하는 사람이 있어.

그것은 말하기 위해서 말하는 것이고 중간에 남의 말을 자르고 끊어서 말하는 대화의 매력이지."

"나 역시 연설 조의 말은 참기 힘들어……."

"그래, 사람들은 말하는 데서 환희를 느끼지. 생생한 말에서……. 특히 대화로 하면 작가가 사물 자체를 직접 말하지 않는 것처럼 보이지만, 자신의 자아로, 악마적인 자아로 우리를 괴롭히는 일은 없어. 물론 내 작품 속의 인물들이 하는 말은 모두 내가 하는 거지만……."

"어느 정도까지는 그렇지……."

"어느 정도까지라니?"

"그래, 너는 네 손으로 인물들을 이끌어간다고 믿으면서 시작할 거야. 그런데 결국은 그들이 너를 이끌어간다는 것을 쉽게 깨닫게 되지. 작가가 오히려 자신이 낳은 허구적 산물의 장난감이 되며 끝나는 경우가 많거든……."

"그럴 수도 있겠지. 그런데 나는 무엇이든 내 머릿속에 떠오르는 모든 것을 이 소설 속에 집어넣을 생각이야."

"그렇다면 소설이 아닌 것이 될 거야."

"아니겠지. 그건…… 소설이 될 거야."

"그게 뭐야? 소설이?"

"실은 시인이며 안토니오 마차도의 동생인 마누엘 마차도에게 들은 이야기인데, 한번은 안토니오 마차도가 자신을 돈 에두아르도 베놋에게 데려가 14음절인가 아니면 다른 이단적인 형식으로 된 소네트를 읽게 했다는 거야. 그가 그 시를 읽자 듣고 난 돈 에두아르도가 '그런데, 그건 소네트가 아닌데……!'라고 하자, 마차도가 '예, 선생님.

소네트가 아닙니다. 소니테입니다.'라고 대답했대. 내 소설
도 바로 그런 거야. 소설이 아니라 내가 뭐랬지? 소슬……
수설……, 아니, 아니야. 소설. 그래 바로 소설! 그러면 어
느 누구도 소설 장르의 법칙에 어긋난다고 말할 권리가 없
어지는 거야……. 나는 장르를 발명하지. 사실 장르를 발
명하는 것은 단지 새 이름을 붙이는 것일 뿐이야. 내 마음
대로 법칙을 세우는 거지. 그리고 대화가 많아야 돼!"

"그런데 한 인물이 혼자 남게 되면?"

"그렇다면…… 독백이 되지. 그리고 대화 비슷하게 보이
기 위해서 등장인물이 말을 걸 수 있는 개 한 마리를 만드
는 거야."

"빅토르, 네가 뭘 꾸며대고 있다는 생각이 든단 말이야?"

"그럴 수도 있지!"

두 사람이 헤어질 때 아우구스토는 혼잣말로 중얼거렸
다. '이러한 내 삶은 소설인가 소설인가, 아니면 그 무엇인
가? 나와 나를 둘러싼 사람들에게 일어나고 있는 모든 일
은 현실인가 아니면 허구인가? 이 모든 것은 신 아니면 누
군가의 꿈은 아닌가? 그래서 그가 깨자마자 사라져버릴 것
은 아닌가? 그러기에 우리는 그를 잠들게 하고 꿈을 꾸게
하기 위해서 그에게 기도하고 찬미의 노래로 경배하는 것
이 아니겠는가? 모든 종교의 모든 예배와 의식은 신이 깨
어나지 않고 계속해서 우리를 꿈꾸도록 하기 위한 방식은
아닌가? 아, 나의 에우헤니아! 나의 에우헤니아! 그리고 나
의 로사리오……!'

"안녕, 오르페오!"

오르페오는 그를 마중 나와서 깡충깡충 뛰며 앞다리를 들어 그에게 기어오르려 했다. 아우구스토가 잡자 강아지는 그의 손을 핥기 시작했다.

　　"도련님." 리두비나가 말했다. "저기 로사리오가 다림질한 옷을 가지고 와서 기다리고 있어요."

　　"왜 네가 계산하지 않았니?"

　　"제가 뭘 알겠어요……. 도련님이 늦지 않을 테니 기다리라고 했지요……."

　　"그러나 이전처럼 네가 계산할 수도 있었잖아……."

　　"그래요. 하지만…… 결국 도련님이 저를 이해하시겠죠……."

　　"리두비나! 리두비나!"

　　"도련님이 직접 계산해 주시는 게 나을 거예요."

　　"그럼 그쪽으로 가지."

18장

"로사리오. 잘 있었니?" 그녀를 보자마자 아우구스토가 소리쳤다.

"안녕하세요? 돈 아우구스토." 이 아가씨의 목소리는 침착하고 맑았으며 눈길 또한 그러했다.

"내가 집에 없으면 왜 이전처럼 리두비나와 계산하지 않았니?"

"잘 모르겠어요! 도련님이 저를 기다렸다고 하더군요. 제게 무슨 하실 말씀이 있는 줄 알았죠……."

'이런 걸 순진하다고 해야 하나? 아니면 뭐야?' 아우구스토는 이렇게 생각하며 잠시 멍하니 있었다. 불안한 침묵이 흐르는 난처한 순간이 지나갔다.

"로사리오, 지난번 일은 잊어줘. 그 일은 다시 기억하지 말길 바라. 알았지?"

"알겠어요. 좋을 대로 하세요……."

"그래, 그건 미친 짓이었어……. 나는 내가 무엇을 했는지 무슨 말을 했는지 잘 모르겠어……. 지금도 그렇지만……." 그리고 그는 그녀에게 다가갔다.

그녀는 체념한 듯 차분하게 그를 기다렸다. 아우구스토는 소파에 앉아서 그녀를 불렀다. "이리 와!" 지난번처럼 자신의 무릎 위에 앉으라고 하면서 잠시 그녀의 눈을 쳐다보고 있었다. 그녀는 침착하게 그 시선을 물리쳤다. 그러나 버드나무 잎처럼 온몸이 떨렸다.

"떨고 있니……?"

"제가요? 아녜요. 제가 보기엔 도련님이……."

"떨지 마. 진정해."

"저를 다시는 울리지 마세요."

"너 다시 울고 싶은 거 아냐? 말해 봐, 애인 있어?"

"별 질문을 다……."

"말해 봐, 애인이 있어?"

"애인이요……. 애인…… 없어요!"

"그렇다면 네 또래 총각들이 아직도 너한테 접근을 하지 않았단 말이야?"

"이미 다 아시잖아요? 돈 아우구스토……."

"그래 너는 그 애에게 무슨 말을 했지?"

"글쎄, 말씀드리기 힘든 일이 있잖아요……."

"그래 맞아. 그런데 말해 봐. 너희들은 서로 사랑하니?"

"제발, 돈 아우구스토……!"

"이봐, 울고 싶으면 울어."

로사리오는 아우구스토의 가슴에 머리를 묻고 흐느낌을

애써 억누르며 울기 시작했다. '이 애가 정신을 잃겠어.' 그는 그녀의 머리를 쓰다듬으면서 생각했다.

"진정해라! 진정해!"

"그 여자는요……?" 로사리오는 고개도 들지 않고 눈물을 삼키면서 물었다.

"아, 기억하고 있어? 그 여자는 나를 완전히 거절했어. 그녀를 얻은 적도 없었지만 이제 완전히 잃고 말았어! 완전히!"

그녀는 고개를 들고 그가 진실을 말하는지 확인하려는 듯 그를 정면으로 바라보았다.

"절 속이려는 거죠……?" 그녀는 힘없이 말했다.

"내가 어떻게 너를 속일 수 있겠어? 아아, 그래그래. 그래도 아직 미련은 있어. 알겠어? 넌 애인이 있다고 말하지 않았어?"

"전 아무 말도 안 했어요……."

"진정해! 진정하라고!" 그는 그녀를 소파에 앉게 한 후 자신은 소파에서 일어나 거실을 걷기 시작했다.

그런데 아우구스토가 다시 그녀를 돌아보았을 때 그 가련한 처녀는 안색이 달라진 채 부들부들 떨고 있었다. 그는 그녀가 일정한 거리를 두고 자기 앞에 아무런 보호 없이 마치 검사 앞의 죄인처럼 홀로 앉아 있다는 것을 알아차렸다. 그녀는 기절이라도 할 것 같았다.

"모두 사실이야!" 그는 소리쳤다. "가까이 와. 우리는 더 가까이 있을수록 더 보호받는 거야."

그는 다시 소파에 앉아서 자신의 무릎 위에 그녀를 앉게 한 후 팔로 포옹하며 힘껏 껴안았다. 가련한 아가씨는 아우구스토에게 의지하려는 듯 그의 어깨 위에 팔을 얹고 다시 그의 가슴에 얼굴을 파묻었다. 그녀는 그의 심장이 고동치는 소리를 듣고는 그만 걱정이 되었다.

"돈 아우구스토, 어디 편찮으세요?"

"온전한 사람도 있나?"

"뭘 좀 가져오도록 사람을 부를까요?"

"아냐, 내버려둬. 난 내 병을 알아. 내게 필요한 것은 여행을 하는 거야." 잠시 침묵이 흐르고 나서 말했다. "나와 함께 여행 가겠니?"

"돈 아우구스토!"

"'돈' 자는 빼고 불러! 나와 동행하겠어?"

"원하시는 대로……."

안개가 아우구스토의 정신을 침입했다. 피가 머릿속에서 소용돌이치기 시작했고, 가슴에는 심한 압박감이 느껴졌다. 그는 이로부터 자유로워지기 위해서 로사리오의 눈에 입을 맞추었고 그녀는 눈을 지그시 감았다. 그런데 그는 갑자기 일어나서 그녀를 떼어놓으며 소리쳤다.

"내버려둬! 날 내버려둬! 난 두려워!"

"무엇이 두렵다는 거예요?"

로사리오의 갑작스러운 침착함은 그를 더욱 놀라게 했다.

"나는 두렵다. 누구 때문인지는 모르겠어. 너 때문인지, 나 때문인지. 누구든지 간에! 리두비나 때문일지도! 이봐, 가봐, 가봐. 그러나 돌아올 거지? 그렇지? 다시 돌아올 거지?"

"도련님이 원하신다면 언제든지."

"나와 함께 여행할 거지? 그렇지?"

"도련님이 원하신다면……."

"가봐, 그만 가봐!"

"그런데 그 여자는……."

아우구스토는 이미 가려고 서 있는 로사리오에게 달려들어 붙잡고는 그녀를 힘껏 껴안았다. 그리고 그녀의 입술에 자신의 마른 입술을 포개었다. 일반적인 입맞춤은 아니지만 그는 머리를 흔들면서 잠시 그녀의 입술을 지그시 눌렀다. 이어 그녀를 놓아주며 말했다.

"자, 어서 가봐!"

로사리오는 밖으로 나갔다. 그녀가 나가자마자 아우구스토는 산중에서 수 킬로미터를 달려온 사람처럼 피곤해서 침대에 몸을 던졌다. 이어 불을 끄고 혼잣말을 했다.

'나는 그녀에게 거짓말을 해왔고 또 나 자신에게도 거짓말을 해왔다. 항상 그랬었다! 모든 것은 환상이고 환상 외엔 아무것도 없다. 사람은 말을 하면 거짓말을 하게 되고, 스스로에게 말할 때, 즉 생각하는 것이 의식되자마자 거짓말을 하게 된다. 진리라고는 생리적인 삶밖에 없다. 언어라는 이 사회적 산물은 거짓말을 하기 위해서 만들어진 것이다. 우리의 철학자가 진리란 언어와 같이 사회적 산물이며 모든 사람이 믿는 것이고, 그렇다고 믿으면서 사람들은 서로를 이해한다고 말한 것을 들은 바 있다. 사회적 산물이란 거짓이다.'

그는 오르페오가 자기 손을 핥는 것을 느끼자 소리쳤다.

'아! 오르페오, 여기 있었구나! 너는 말을 못하니 거짓말도 하지 않겠구나. 더구나 난 네가 잘못도 안 하고 거짓말도 하지 않는다고 믿는다. 비록 네가 가축으로서 무언가 인간의 영향을 받긴 하겠지만…… 우리는 거짓말만 하고 자신을 중요하게 생각하는 것밖에 모른다. 언어는 우리의 모든 감정과 인상을 과장하기 위해서, 또 어떤 경우에는 그것을 믿기 위해서 만들어졌다. 언어와 키스와 포옹 같은 모든 관습적인 표현 장르는……. 우리는 각자 자신의 역할만을 할 뿐이다. 모두가 페르소나고 모두가 가면이고 모두가 희극배우다! 아무도 자기가 말하고 표현한 대로 고통을 겪거나 즐거워하지 않는다. 아마도 자기가 즐거워하고 고통을 겪는다고 믿는 것일 뿐. 그렇지 않다면 살 수가 없을 테니까. 근본적으로 우리는 지극히 평온하다. 지금 이곳의 나처럼 홀로 연극을 상연하면서 스스로 배우가 되고 동시에 관객도 되는 것이다. 단지 육체적 고통만을 죽일 뿐이다. 유일한 진리는 생리학적인 인간이다. 말도 없고 거짓말도 하지 않는 인간 말이다…….'

문을 두드리는 소리가 났다.

"무슨 일이지?"

"오늘 저녁 식사 안 하세요?" 리두비나가 물었다.

"그렇구나. 기다려. 그리로 갈게."

'그다음 나는 여느 날처럼 잘 것이고 그녀도 잠자리에 들 것이다. 로사리오도 잠을 잘까? 내가 그녀의 평온한 영혼을 혼란케 하지 않았을까? 그 솔직함은 순진한 건가? 아니면 교활한 것인가? 그러나 순진한 것보다 더 교활한 것은 없지. 아니면 교활한 것보다 더 순진한 것이 없거나. 그래, 그래. 이미 나는 본질적으로 뭐라고 할까, 순진한 것보다 더…… 더…… 뻔뻔스러운 것은 없다고 생각했다. 그래, 내가 빠져 들었던 그 침착함. 무엇인지는 잘 모르지만 나를 두렵게 했던 그것. 그것은 바로 순진함이었다. '그 여자는?'이라고 말한 것은 질투였지. 응? 질투? 아마도 사랑이란 질투가 생길 때 태어날 것이다. 사랑을 드러내는 것은 바로 질투다. 한 여자가 한 남자를, 또는 한 남자가 한 여자를 아무리 사랑하더라도 스스로는 알지 못한다. 그들이 진정으로 사랑을 깨닫게 되는 것은 사랑하는 여자가 다른 남자를 쳐다보는 것을 목격할 때, 사랑하는 남자가 다른 여자를 쳐다보는 것을 목격할 때이다. 만일 이 세상에 사회가 형성되지 않고 단 한 명의 남자와 단 한 명의 여자만이 존재한다면 서로 사랑에 빠진다는 것은 불가능한 일이다. 이 밖에 사랑에는 항상 제3의 인물인 중매쟁이 셀레스티나*가 필요한데, 이 중매쟁이는 바로 사회이다. 「위대한 중매쟁이 갈레오토」*! 이 얼마나 좋은가! 그래, 위대한 갈레오토! 비록 언어를 통해서만이라도. 그러기에 사랑이라고 하는 그 모든 것은 또 하나의 거짓말일 뿐이다. 그

★ Celestina: 15세기 말의 작품인 「라 셀레스티나」에 중매쟁이로 나오는 등장인물.
★ 「위대한 중매쟁이 갈레오토」는 호세 에체가라이(José Echegaray, 1832~1916)의 희곡으로, 연인으로서의 순수한 감정보다는 소문의 힘을 통해 남녀가 연결된다는 내용. 여기서 '위대한 갈레오토'는 소문을 통해 남녀를 짝 짓게 하는 존재이다.

럼 생리적인 것은? 음, 생리적인 것은 사랑도 아니고 어떤
가치 있는 것도 아니다. 그러기에 진실한 것이다. 그런
데…… 오르페오, 우리 저녁을 먹어야지. 그래, 이것이 바
로 진실이군!'

19장

이 일이 있고 난 이틀 후에 어떤 부인이 아우구스토와 만나 이야기할 것이 있다고 찾아왔다. 그가 그녀를 맞으러 나가 보니 도냐 에르멜린다였다. 아우구스토가 "부인께서 어떻게?"라고 말하자, 그녀는 "선생님이 우리 집에 안 들르시니……!"라고 대답했다.

이에 아우구스토는 대답했다. "부인께서는 이해하시겠지만 제가 최근 부인 댁에 두 번 갔었습니다. 한 번은 에후혜니아와 단둘이서 만났고, 다른 한 번은 그녀가 저를 만나기를 원치 않았습니다. 그 두 번의 방문 이후 저는 다시 댁에 갈 수 없었습니다. 저는 제가 한 일과 한 말에는 책임을 지지만 그곳에 다시 갈 수는 없습니다……."

"사실은 에우혜니아가 보내서 왔어요……."

"그녀가요?"

"예, 그 애가요. 전 그 애가 애인과 무슨 일이 있었는지는 모르겠어요. 하지만 그 사람 얘기를 하는 것조차 듣기 싫어하고 그에 대해 굉장히 화를 내더군요. 언젠가는 집에 돌아오자 방문을 걸어 잠그고 저녁도 먹지 않았어요. 울어서 눈이 퉁퉁 부어 있었고요. 그런데, 아시겠어요? 쓰라린 그 눈물은 바로 분노의 눈물이었어요……."

"아, 그래요! 그런데 눈물에도 여러 종류가 있던가요?"

"물론이죠. 눈물에는 마음을 시원하고 편하게 해주는 것이 있고 마음에 더 불을 지피고 노하게 하는 눈물이 있죠. 그 애는 울고불고하면서 저녁도 안 먹었어요. 남자들이란 다 난폭하다는 말만 계속해서 되풀이했어요. 요즘 기분이 잔뜩 나빠져서 내내 얼굴을 찌푸리고 있었어요. 그런데 어제는 저를 부르더니 선생님께 한 말을 모두 후회하고 있다고 하더군요. 자기가 선생님께 너무 지나쳤고 올바르지 못했으며, 선생님의 의도가 정직하고 고귀한 것이었음을 인정했답니다. 그리고 선생님이 그 애를 사려고 했다는 것에 대해 이제 선생님이 용서를 구하기를 원치 않을뿐더러 그랬다고 믿지도 않는대요. 특히 이 점을 강조하더군요. 무엇보다 그때 그 애가 흥분하고 절망해서 그런 말을 했다는 것을 선생님이 이해해 주길 바라며, 이제 그 말에 괘념하지 말아달라고 하더군요……."

"저도 그녀가 그렇게 생각하지 않는다고 믿습니다."

"그러고 나서…… 그러고 나서 저보고 당신의 동정을 살펴달라고 부탁하더군요……."

"부인, 최상의 외교는 외교를 하지 않는 것입니다. 특히 저한테는 말입니다……."

“그러고 나서 당신이 자신에게 베풀었던 집에 대한 호의를 아무런 구속 없이 받아들여도 괜찮은지 알아보라고 하더군요⋯⋯.”

“구속 없이라니요?”

“당신의 선물을 아무런 조건 없는 순수한 호의로 받아들인다는 거죠.”

“제가 그렇게 주었는데요. 그게 아니라면 어떻게 받아들인다는 겁니까?”

“그 애 말은 자신의 선의와 전에 당신께 한 말에 대해 진심으로 후회하고 있음을 보여주기 위해 당신의 너그러운 선물을 받아들일 준비가 돼 있다는 거예요. 그러나 다른 뜻이 없다면⋯⋯.”

“됐습니다! 부인. 됐습니다! 고의는 아니겠지만 이제 다시 당신들이 저를 모욕하는 것 같군요⋯⋯.”

“의도한 것은 아니에요⋯⋯.”

“최악의 모욕은 별 의도 없이 저지를 때라고들 하지요.”

“무슨 말씀인지 모르겠는데요⋯⋯.”

“그렇지만 이건 매우 분명한 사실입니다. 제가 한번은 어떤 모임에 갔습니다. 거기에 저를 잘 아는 사람이 있었는데 제게 인사조차 안 했어요. 모임이 끝나고 나갈 때, 저는 한 친구에게 이 얘길 했지요. 그런데 이 친구가 제게 말했어요. ‘이상하게 생각하지 말게. 일부러 그런 것은 아닐 테니까. 사실은 자네가 있는지도 몰랐을 거야.’ 그래서 저는 대답했어요. ‘그래, 거기에 바로 최대의 무례가 있단 말이야. 그것은 내게 인사를 안 했다는 것이 아니고 내가 거기에 왔는지조차 모르고 있었다는 거야.' '그것은 그의 본의가 아니야. 그는 원래 딴 데 정신을 잘 팔거든……' 이렇게 그는 반론했어요. 저는 다시 말했어요. '최대의 무례는 본의가 아니었다고 말하는 것이고, 무례 중의 무례는 사람 앞에서 딴 데 정신을 파는 것이지.' 부인, 이것은 사람들이 본의 아닌 망각이라고 부르는 것으로써 마치 무엇을 임의로 잊어버릴 수 있다는 얘기나 마찬가지예요. 그래서 본의 아닌 망각은 보통 무례가 되는 법입니다."

"왜 그런 말씀을 하시죠?"

"지난번에 저의 선물이 자신에게 감사의 마음을 강요하고 자신을 사려 했다고 제게 공격적으로 쏟아 부었던 말에 대해 용서를 구한 후에, 무엇 때문에 다시 아무런 구속 없이란 말을 하며 그것을 받아들이겠다는 건지 잘 이해가 안 갑니다. 무슨 구속이죠? 얘기해 보세요. 무슨 구속 말입니까?"

"너무 그렇게 흥분하지 마세요, 돈 아우구스토……!"

"흥분해서는 안 되겠지요! 부인, 흥분해서는 안 되겠지요! 그런데 그 아가씨는 나를 조롱하려는 겁니까? 지금 나와 장난하자는 겁니까?" 이렇게 말하면서 그는 로사리오를 떠올렸다.

"제발! 돈 아우구스토, 제발……!"

"제가 저당권 설정을 해제했다는 것은 이미 말씀드렸습니다. 이제 그녀가 자신의 집을 인수하는 문제는 저와는 상관없는 일입니다. 그녀가 제게 감사하거나 말거나 이젠 제게 아무런 상관이 없습니다."

"그러나 돈 아우구스토, 너무 그러지 마세요! 그 애가 원하는 것은 당신과 화해하고 다시 친구로 돌아가는 거예요……!"

"그래요. 그녀가 타자와 벌인 전쟁이 이제 끝났으니까, 그렇지 않아요? 전에는 내가 타자였지요. 이제는 '바로 그 사람'이고요. 그렇지요? 그래서 이제 나를 붙잡으려고 하나요? 그런 건가요?"

"하지만 저는 그런 말을 한 적이 없어요!"

"안 하셨죠. 하지만 미루어 짐작할 수 있습니다."

"그렇다면 완전히 잘못 알고 계시는군요. 왜냐하면 제가 지금껏 당신에게 한 말을 조카딸 애가 제게 말했을 때, 제가 그 애에게 넌지시 암시하며 충고했지요. 이제 그 게으름뱅이 건달과 헤어졌으니 당신을 얻도록 노력해 보라고요. 무슨 말인지 아시겠죠……."

"네, 저를 재정복하라는 거죠……."

"그렇죠! 제가 이렇게 충고를 하니까 그 애 말이 그건 말도 안 된다는 거예요. 당신을 친구로서 존경하고 높이 평가하지만 남편으로는 싫대요. 사랑하지 않는 사람과는 결혼할 수 없다나요……."

"그러니까 저를 사랑하게 될 수는 없을 거라는 얘기죠? 그렇죠?"

"아니에요. 꼭 그런 뜻으로 말한 것은 아닐 거예요……."

"그렇겠죠. 그 역시 외교일 테니……."

"뭐라고요?"

"저보고 그녀를 용서하고 나아가 그녀를 부인으로 맞아

들이라고 이렇게 오신 거죠? 그렇지 않아요? 다 합의된 일이죠. 그렇죠? 그녀는 체념을 하고⋯⋯."

"돈 아우구스토, 맹세해요. 영광 속에 계신 성모님의 성스러운 기억을 두고 당신께 맹세합니다. 정말 당신께 맹세컨대⋯⋯."

"또한 맹세를 해서는 안 됩니다⋯⋯."

"그런데 선생은 분명 지금 제가 누구인지, 에르멜린다 루이스 이 루이스가 누구인지 무의식중에 잊고 있군요."

"그렇다면⋯⋯."

"그래요. 그렇다니까요." 그녀는 이 말을 확실히 강조해서 발음했다.

"그렇다면⋯⋯ 그렇다면⋯⋯ 부인의 조카에게 전해 주세요. 그녀의 해명을 받아들이며 그것에 대해 깊이 감사드린다고요. 저는 계속해서 그녀의 충실하고 귀중한 친구가 될 것입니다. 그러나 친구일 뿐이에요. 알겠어요? 친구일 뿐이에요. 그 이상도 이하도 아닌⋯⋯ 나는 마음대로 칠 수 있는 피아노도 아니고, 오늘 버렸다 내일 취할 수 있는 사람도 아니며, 대용품도 대타로 뛰는 애인도 아니고, 먹다 남은 음식도 아니라는 것을 그녀에게 전하십시오⋯⋯."

"너무 그렇게 흥분하지 마세요!"

"아닙니다. 저는 흥분하는 게 아닙니다! 저는 그녀의 친구로 남을 것입니다⋯⋯."

"그러면 곧 우리를 보러 오실 거죠?"

"그건⋯⋯."

"그렇지 않으면 그 애는 제 말을 안 믿을 거고, 퍽 서운

하게 생각할……."

"사실 저는 길고도 먼 여행을 떠날 생각입니다……."

"그럼 그전에 작별 인사라도……."

"생각해 보죠……."

그들은 헤어졌다. 도냐 에르멜린다가 집에 와서 아우구스토와의 일을 에우헤니아에게 이야기하자 그녀는 생각했다. '다른 여자가 생긴 게 분명해. 의심할 여지가 없어. 그래, 이제 그를 다시 정복하는 거야.'

한편 아우구스토는 홀로 남게 되자 집 안을 이리저리 거닐며 중얼거렸다. '그녀가 나를 갖고 놀아. 내가 마치 피아노 건반이나 되는 것처럼……. 날 버렸다 집었다 또다시 버리겠지……. 난 예비용이었어……. 뭐라고 말하든지 내가 다시 그녀에게 구애하도록 꾸미고 있는 거야. 아니면 저번 애인에게 질투심을 느끼게 하거나 복수하기 위한 거야. 결국 그를 겨냥해서…… 나는 아무것도 아닌 인형이나 되는 것처럼……. 나는 인격을 갖고 있어! 나는 나 자신의 인격이 있단 말이야! 나는 나야! 그래, 나는 나다! 나는 나다! 이건 에우헤니아 덕분이다. 그걸 어떻게 부정한단 말인가? 그녀는 나의 사랑의 능력을 일깨워 줬지. 그러나 한번 깨워주고 자극을 준 이상 이제 그녀는 필요치 않다. 넘쳐나는 게 여자인데.'

생각이 여기에 미치자 그는 미소 짓지 않을 수 없었다. 왜냐하면 최근에 결혼한 헤르바시오가 자기 부인과 함께 파리로 여행을 가서 얼마 동안 머무를 거라고 알리자, 빅토르가 그에게 한 말이 생각났기 때문이다. "파리에 부인과 함께 간다고? 그건 스코틀랜드에 대구를 싸가지고 가는 격이지." 아우구스토는 이 말을 참 재미있게 들었었다.

그는 계속해서 중얼거렸다. '남아도는 것이 여자야. 그리고 로사리오의 심술궂은 순진함, 순진한 재간은 참 매력이 있어. 영원한 이브의 신판(新版)이 아닌가! 참 매력적인 애야! 에우헤니아, 그녀는 나를 추상적인 곳에서 구체적인 곳으로 내려오게 했지. 그러나 곧 보다 일반적인 안목을 갖게 했어. 매력이 넘치는 여자들이 얼마나 많은가. 얼마나 많은가…… 수많은 에우헤니아들! 수많은 로사리오들! 아니야, 아니야. 아무도 나와는 장난을 못하지. 어느 여자라도 말이야. 나는 나다! 내 영혼은 작을지 모른다. 그러나 나의 것이다!' 이렇게 아우구스토는 자신 속의 '나' 라는 존재를 찬양함에 따라 이러한 '나' 가 점점 부풀어 올라 집이 점차 좁아지는 것처럼 느꼈다. 그래서 그는 자신에게 더 큰 공간을 주고 해방감을 맛보기 위해서 거리로 나왔다.

그는 거리에 나오자마자 머리 위의 하늘을 보았다. 사람들은 각자 자기 일에 바쁜 듯 분주히 오가며 아무도 그를 쳐다보지 않았다. 물론 일부러 그런 것은 아니고 틀림없이 그를 잘 모르기 때문이겠지만 어쨌든 아무도 그를 주목하지 않았다. 그의 '나', '나는 나다.' 라는 외침의 그 '나' 는 점점 작아지면서 몸속으로 밀려 들어오고, 이 속에서도 누가 볼까 봐 웅크려 들면서 구석을 찾고 있었다. 거리는 하나의 영화였고 그는 자신이 영화 속의 인물, 그림자, 환영이라고 느꼈다. 그런데 그를 알아보거나 그에게 신경을 쓰지 않는 오가는 군중 속에서 길을 잃고 그 속에 잠기는 일은 언제나 장미 향기 가득한 바람을 맞으며 탁 트인 자연 속에서 즐기는 자연욕과 동일한 효과를 그에게 가져다주었다.

그는 혼자 있을 때만 자신의 존재를 느꼈다. 그는 혼자 있을 때에만 자신에 대해서 말할 수 있고 자신에 대해 깨달을 수 있었다. '나는 나다.' 다른 사람들 앞에서, 그러니까 분주하고 정신없는 군중 속에서는 자기 자신을 느낄 수가 없었다.

그래서 그는 자신이 살고 있는 인적이 뜸한 구역의 고독한 광장에 있는 자그마한 정원에 이르렀다. 그 광장은 항상 아이들 몇 명만이 놀고 있는 고요한 호수와 같았다. 그곳으로는 전차가 다니지 않고 자동차도 거의 없었으며, 온화한 가을 오후가 되면 노인 몇 명이 햇볕을 쬐러 오는 것이 전부였다. 그곳에 뿌리 내린 열두어 그루 정도 되는 칠엽수의 잎들이 북풍을 받으면서 보도에 흩날리거나 늘 신록의 초록색으로 칠해져 있는 나무 벤치를 덮는 것이었다. 사람의 손을 거쳐 가지런히 잘 자라난 도시의 저 나무들은 비가 오지 않을 때면 지정된 시간에 물을 공급받아서 광장의 보도 밑으로 뿌리를 내리고 있었다. 지붕 위로 뜨고 지는 태양을 기다리는 저 감금된 나무들. 어쩌면 먼 숲을 동경할지도 모르는 저 갇혀 있는 나무들이 신비스러운 마력으로 그를 매혹했다. 나무 꼭대기에서는 도시의 새들이 노래하고 있었는데, 그 새들은 거기서 어린이들의 손길을 피하는 법을 배우고 때로는 자신들에게 빵 부스러기를 던져 주는 노인들에게 다가가기도 했다.

그는 저 광장의 녹색 벤치에 홀로 고독하게 앉아서 지붕 위에서 타오르는 석양의 화염을 얼마나 많이 보았던가! 때로는 찬란하게 빛나는 저녁노을의 황금 불길 속에 어떤 집 굴뚝 위에 나타난 검은 고양이의 모습이 눈에 띄기도 했다. 한편 가을이 되면 납작한 모양의 포도 덩굴 잎처럼 넓고 노란 잎들이 광장 중앙의 화단과 화분이 있는 정원 위로 비 오듯 떨어졌다. 아이들은 붉게 타오르는 석양도 잊은 채 낙엽 사이에서 낙엽을 주우면서 뛰어놀았다.

그날 그가 고요한 광장에 이르러 벤치를 덮은 낙엽을 치우고 자리에 앉았을 때——때는 가을이었다——여느 때처럼 그 근처에서 아이들이 놀고 있었다. 그중 한 아이가 다른 아이를 칠엽수 나무에 세워놓더니 가까이 다가가서 말했다. '너는 거기에 잡혀 있는 거다. 도둑들이 너를 잡아놓은 거야……' '나는…….' 다른 아이는 기분이 상하기 시작했다. 그러자 처음 말했던 어린이가 대답했다. '아냐, 너는 네가 아니란 말이야…….' 아우구스토는 더 이상 듣고 싶지 않았다. 일어나서 다른 벤치로 가버렸다. 그리고 혼잣말했다. '우리 어른들 역시 그렇게 논단다. 너는 네가 아니다! 나는 내가 아니다! 그러면 저 불쌍한 나무들은 자기 자신일까? 그들은 산에 있는 형제들보다 빨리, 훨씬 빨리 잎을 잃고 골격만 남는다. 이렇게 뼈만 남은 나무들은 가로등 빛을 받아 자신의 앙상한 그림자를 보도 위에 비추고 있다. 전깃불에 반사된 나무! 아크등에 비춰진 그런 금속성 외관에 비하면 봄에 드러나는 나무의 모습은 얼마나 기이하고 환상적인가! 여기서는 산들바람도 나무를 흔들지 못하는구나……! 생생한 별빛만이 박혀 있는 칠흑같이 어두운 밤. 달빛조차 비치지 않는 그 밤을 향유할 수 없는 가련한 나무들! 인간은 이곳에 이 나무들을 심으면서 그들에게 이렇게 말한 것 같다. '너는 네가 아니다.' 그리고 이 말을 잊어버리지 못하도록 전깃불로 이런 야간 조명을 한 것이다……. 잠들지 못하도록……. 매일 밤을 지새워야 하는 불쌍한 나무들! 아니지, 아니야. 너희들과는 몰라도 나와는 장난하면 안 되지!'

그는 일어나서 몽유병 환자처럼 거리를 헤매기 시작했다.

20장

그는 여행을 할 것인가, 말 것인가? 처음으로 로사리오
에게 여행 얘기를 했었지. 무슨 뜻이 있었다기보다도 무슨
말이든 하기 위해서였지. 아니면 그녀가 여행에 자신을 따
라올 생각이 있는지 알아보기 위한 핑계였는지도 모른다.
그리고 도냐 에르멜린다에게 말했는데, 그것은 그녀에게
증명해 보이려고…… 무엇을? 여행을 떠난다는 말로 무엇
을 그녀에게 증명해 보이려 했던가? 하여튼! 중요한 것은
그가 멀고 긴 여행을 떠나겠다고 두 번이나 약속했으며,
그는 인격자라는 점이다. 이제 그는 그 말을 꼭 실천해야
만 할까?

말에 책임지는 사람은 먼저 말을 하고 다음에 그것을 생
각하며, 일단 생각한 것은 그 결과가 좋든 나쁘든 실천하
는 사람이다. 말에 책임지는 사람은 한번 말한 것에 대해
서 번복하거나 수정하지 않는다. 그는 길고 먼 여행을 떠

나겠다고 말했다.

길고 먼 여행! 왜? 무엇 때문에? 어떻게? 어디로?

어떤 아가씨가 그를 만나러 왔다고 알렸다.

"어떤 아가씨가?"

"네." 리두비나가 말했다. "제가 보기에는…… 그 피아니스트 같아요!"

"에우헤니아!"

"네, 바로 그 아가씨요."

그는 잠시 멍하니 있었다. 다음 순간 자기가 집에 없다고 말해 그녀를 돌려보내야 한다는 생각이 그의 뇌리 속에 번개처럼 스쳐갔다. '나를 정복하려고 온 거야. 인형처럼 데리고 놀려고.' 그는 혼잣말을 했다. '전 애인의 대용품으로 날 희롱하려고 온 거야…….' 그런데 이내 다시 생각했다. '아니야, 내가 강하다는 것을 보여주어야만 돼!'

"곧 간다고 해."

그는 그녀의 당돌함에 넋이 빠졌다. '그녀가 진짜 여자라는 것, 개성이 뚜렷한 여자라는 건 인정해야만 하겠군. 저 대담함! 저 용기! 저 눈! 그러나 안 되지, 안 돼, 안 돼! 나를 굴복시키지는 못해! 나를 정복하지는 못해!'

아우구스토가 응접실에 들어갔을 때, 에우헤니아는 서 있었다. 그는 그녀에게 앉으라는 손짓을 보냈으나 그녀는 앉기 전에 외쳤다.

"돈 아우구스토, 당신도 나와 똑같이 속았어요!"

아우구스토는 자신이 무장해제 당한 불쌍한 군인 같다는 생각이 들면서 무어라 말해야 할지 알지 못했다. 두 사람은 자리에 앉았다. 잠시 침묵이 흘렀다.

"그래요, 말한 대로예요, 돈 아우구스토. 사람들은 나에 대해 당신을 속였어요. 당신에 대해서도 저를 속였고요. 그게 전부예요."

"그러나 에우헤니아, 우리는 서로 직접 이야기했잖아요!"

"제가 했던 말에 신경 쓰지 마세요. 이미 지난 이야기예요! 지난 이야기죠!"

"그렇죠. 지난 일은 항상 지난 것이지요. 다른 것일 수 없지요."

"저를 이해하시죠. 제가 당신의 관대한 선물을 받아들인 데에는 그 본래의 순수한 뜻 이외에 다른 뜻이 없었다는 것을 알아주시길 바랍니다."

"제가 제 선물에 다른 의미를 부여하길 원치 않았던 것 같이 말이죠."

"그렇지요. 성실은 성실로써 대해야만 하죠. 이제 우리는 모든 것을 분명히 해야 하기 때문에, 무엇보다 저는 당신께 지난 일과 제가 말씀드렸던 모든 것에 대해 말씀드리겠습니다. 먼저 저는 당신이 제게 베푸신 자애로운 선물에 대해서 비록 갚고 싶지만 순수한 감사의 마음 이외에는 당신께 지불할 다른 수단을 구할 수가 없어요. 제가 보기에는 당신의 생각도……."

"사실, 저로서도 지난 모든 일, 우리의 마지막 대화에서 당신이 제게 한 말과 고모님께서 제게 하신 말씀, 그리고 저 스스로 짐작해 볼 때, 비록 원할지라도 제가 보인 아량에 가격을 매길 수는 없습니다……."

"그렇다면 우리는 같은 의견이군요."

"완전히 동감입니다. 에우헤니아."

"그럼 우리는 다시 친구로 돌아갈 수 있겠죠? 좋은 친구, 진정한 친구로 말이에요?"

"그렇겠죠."

에우헤니아는 피아노 건반을 익히기 좋도록 길쭉하고 가냘픈, 눈처럼 희고 차가운 손을 뻗어 떨고 있는 아우구스토의 손을 움켜잡았다.

"돈 아우구스토, 우리는 친구가 될 거예요. 좋은 친구. 비록 이러한 우정이 제게는……."

"뭐라고요?"

"사람들 앞에서는 혹시……."

"무슨 말이죠? 얘기해요! 얘기해 봐요!"

"하지만 저는 결국 최근 고통스러운 경험을 겪고 나서 이미 몇 가지 것들은 포기했답니다……."

"에우헤니아, 좀 명확하게 설명해 보세요. 말을 하다 말면 아무 소용이 없어요."

"좋아요, 돈 아우구스토. 일은 분명하게 해야지요. 아주 분명하게요. 사람들이 우리의 지난 일, 즉 당신이 저의 재산을 저당에서 풀어 제게 선사했다는 것을 다 아는데, 누가 제게 청혼하려고 들겠어요?"

'이 여자는 정말 악녀로구나.' 아우구스토는 이렇게 생각했으나 어떻게 대답해야 할지 몰라 바닥을 쳐다보며 고개를 숙였다. 이내 고개를 들었을 때 그는 에우헤니아가 조용히 눈물을 흘리고 있는 것을 보았다.

"에우헤니아!" 소리치는 그의 목소리는 떨리고 있었다.

"아우구스토!" 그녀가 힘없이 속삭였다.

"그러면 우리가 어떻게 하면 좋겠소?"

"아, 안 돼요. 이건 숙명이에요. 숙명일 뿐이에요. 우리는 그 숙명의 장남감이죠. 불행이에요!"

아우구스토는 앉아 있던 의자에서 일어나서 에우헤니아 옆에 있는 소파에 앉았다.

"에우헤니아, 제발 그렇게 날 가지고 놀지 마요! 숙명은 당신이에요. 여기 당신 말고 다른 숙명은 없어요. 나를 데려왔다 데려가고 팽이처럼 빙빙 돌리는 것은 바로 당신이에요. 나를 미치게 만드는 것도 당신이고, 나의 가장 굳건한 의지를 깨뜨리는 것도 당신이고, 내가 내가 아니게 하는 것도 당신이에요……."

아우구스토는 그녀를 끌어당겨 자신의 가슴에 안았다. 그녀는 조용히 모자를 벗었다.

"그래요, 아우구스토. 우리를 이렇게 만든 것은 숙명이에요. 당신도 저도 우리 자신의 운명에 대해 불성실하거나 불충실할 수 없어요. 제가 판단력이 흐렸을 때 말한 것처럼 당신이 절 돈으로 살 수도 없고, 저 역시 고모님이 당신께 말씀드린 것처럼 당신을 전 애인의 대용품이나 먹다 남은 음식 취급할 수는 없어요. 당신의 관용에 보답하기만을 바랐는데……."

"그러나 에우헤니아, 이렇게 보인들 저렇게 보인들 우리에게 무슨 상관입니까? 누구한테요?"

"바로 우리 자신한테지요!"

"왜, 나의 에우헤니아⋯⋯."

그는 다시 그녀를 힘껏 포옹하고는 이마와 눈에 입맞춤을 퍼붓기 시작했다. 두 사람의 숨소리가 들렸다.

"놔주세요! 놔주세요!" 그녀는 옷매무새를 다지고 머리를 정돈하며 말했다.

"안 돼, 당신⋯⋯ 당신⋯⋯ 당신⋯⋯ 에우헤니아⋯⋯ 당신⋯⋯."

"아니에요. 저는 아니에요. 그럴 수가 없어요⋯⋯."

"그럼 나를 사랑하지 않나요?"

"사랑이란 것은⋯⋯ 사랑이 무엇인지 누가 알겠어요? 전 모르겠어요⋯⋯. 전 모르겠어요⋯⋯. 전 확신할 수가 없어요⋯⋯."

"그렇다면 지금 우리의 이 행동은?"

"이것은 순간의⋯⋯ 불운이에요! 후회의 산물⋯⋯. 모르겠어요⋯⋯. 이런 일은 시험을 해봐야 돼요⋯⋯. 더욱이 아우구스토, 우리는 친구, 좋은 친구가 되기로 약속하지 않았나요? 단지 친구로만 말이에요?"

"그래. 하지만⋯⋯ 당신의 희생은 어떻게 하지요? 당신이 나의 선물을 받아들였기 때문에, 단지 나의 친구, 친구가 되었다는 이유로 이제 당신에게 구혼할 사람이 없게 된 것은 어떻게 하지요?"

"아, 그건 상관없어요. 나도 결심한 바가 있어요!"

"혹시 그 결별 후에⋯⋯?"

"아마도요⋯⋯."

"에우헤니아! 에우헤니아!"

이때 문을 두드리는 소리가 났다. 얼굴이 달아오르고 몸을 떨고 있던 아우구스토는 딱딱한 목소리로 소리쳤다.

"무슨 일이야?"

"로사리오가 기다려요!" 리두비나의 목소리가 들렸다.

아우구스토는 순간 안색이 바뀌며 창백해졌다.

"아!" 에우헤니아가 외쳤다. "전 여기서 이제 방해물이군요. 당신을 기다리는 사람이…… 로사리오라고요. 이제 당신은 왜 우리가 친구, 좋은 친구, 아주 좋은 친구 이상은 될 수 없는지를 아시겠죠?"

"그러나 에우헤니아……."

"로사리오가 기다리는데요……."

"에우헤니아, 당신은 나를 거부했었어요. 내가 당신을 돈으로 사려 한다고 말하면서 나를 거부했어요. 그런데, 엄밀히 말하면 다른 사람이 있기 때문이었어요. 당신을 만나고 사랑을 배운 내가 무엇을 하겠어? 당신은 아마도 실연이나 둥지를 잃은 사랑 같은 건 알지도 못하겠지."

"그만 해요, 아우구스토. 그 손 치우세요. 다시 만나요. 그러나 지난 일은 이미 과거라는 사실을 명심하세요."

"아니야. 과거가 아니야. 아직 끝나지 않았어. 아니야! 아니야! 아니야!"

"좋아요. 좋아요. 로사리오가 기다려요……."

"제발 에우헤니아……."

"아니에요. 이상하게 생각하실 것 없어요. 저도 한때 그 사람…… 마우리시오가 기다렸으니까요. 다시 만나요. 우리 자신에게 진지하고 충실해져요."

그녀는 모자를 쓰고 아우구스토에게 손을 내밀었다. 그는 그 손에 무수히 입맞춤을 하고 문까지 나가 그녀를 배웅하였다. 그녀가 요염하고 자신감 있게 계단을 내려가는 모습을 그는 잠시 지켜보았다. 계단을 내려간 후 그녀는 고개를 들어 그에게 눈길을 주고 손을 들어 작별 인사를 했다. 아우구스토가 다시 집 안으로 들어왔을 때 로사리오가 세탁물이 든 바구니를 들고 서 있었다. 그는 갑자기 그녀에게 말했다.

"무슨 일이지?"

"돈 아우구스토, 제가 보기에 그 여자가 도련님을 속이고 있는 것 같아요……."

"그게 너와 무슨 상관이야?"

"도련님의 모든 일은 제게 중요해요."

"네가 정작 하고 싶은 말은 내가 너를 속이고 있다는 거겠지……."

"그건 제게 중요한 일이 아니에요."

"내가 지금까지 네게 희망을 갖도록 행동해 왔는데, 네가 지금 질투하지 않았다고 나를 믿게 할 작정이야?"

"돈 아우구스토, 제가 어떠한 가정에서 어떻게 자라났는지를 아신다면 제가 비록 어리지만 질투라고 하는 것에 이미 초연하다는 것을 이해하실 거예요. 저희는, 저 같은 처지에 있는 사람들은……."

"조용히 해!"

"마음대로 하세요. 그러나 거듭 말씀드리지만 그 여자는 도련님을 속이고 있어요. 만일 그렇지 않다면, 그리고 도런님이 그 여자를 사랑하신다면 그것은 도련님께 기쁜 일이 겠지요. 도련님이 그녀와 결혼하신다면 뭘 더 바라겠어요?"

"너 지금 그 말 진심으로 하는 얘기니?"

"진심이고말고요."

"몇 살이지?"

"열아홉 살이에요."

"이리 와." 그러고는 두 손으로 그녀의 어깨를 잡고 마주 보게 한 다음 눈을 빤히 쳐다보았다.

그런데 얼굴이 붉어진 것은 그녀가 아니라 아우구스토 였다.

"이봐, 사실 너를 이해할 수 없구나."

"그러실 거예요."

"난 이런 네 모습이 뭔지 모르겠어. 순진한 건지, 악의 가 있는 건지, 조롱하는 건지, 조숙한 탈선인지……."

"애정일 뿐이에요."

"애정? 왜?"

"왜인지 알고 싶으세요? 제가 말해도 화내지 않으시겠어 요? 화내지 않겠다고 약속하세요?"

"자, 어서 말해 봐."

"좋아요. 그건 왜냐…… 왜냐…… 왜냐하면 도련님이 불 행한 사람, 가련한 사람이기 때문이에요."

"너마저도?"

"마음대로 생각하세요. 그러나 이 소녀를 믿으세요. 로 사리오를…… 믿으세요. 도련님께 가장 충실한……. 오르 페오도 이만큼은 안 될 거예요!"

"언제나?"

"언제나요!"

"무슨 일이 있어도?"

"예, 무슨 일이 있어도요."

"네, 네가 진정한⋯⋯." 그리고 그는 그녀를 끌어안았다.

"안 돼요. 지금은 안 돼요. 도련님이 좀 더 안정되었을 때요. 그렇지 않을 때는⋯⋯."

"됐어. 무슨 말인지 알겠다."

그리고 그들은 헤어졌다.

홀로 남게 된 아우구스토는 이렇게 중얼거렸다. '이 두 여자 사이에서 꼼짝 못하고 미쳐버리고 말겠어⋯⋯. 난 이미 내가 아니야⋯⋯.'

"제가 보기에 도련님은 정치나 그와 비슷한 분야에 종사해야 할 것 같아요." 리두비나가 그에게 식탁을 차려주며 말했다. "그러면 도련님은 집중할 수 있을 거예요."

"어떻게 그런 생각을 했지? 천사 같은 여자야!"

"다른 사람들이 도련님을 집중하게 하는 것보다는 자기 스스로가 집중하는 것이 나을 테니까요."

"좋아. 그러면 식사 후에 네 남편 도밍고를 불러. 내가 카드놀이를 한판 하고 싶다고 말하고⋯⋯ 집중 좀 하게."

카드놀이를 하던 아우구스토는 갑자기 탁자에 카드를 내려놓더니 물었다.

"도밍고, 한 남자가 동시에 두 명 혹은 그보다 많은 여자를 사랑할 때 어떻게 하지?"

"형편에 따라서요!"

"형편에 따라서라니?"

"네! 돈이 있고 원기가 왕성하면 모두와 결혼하는 거고, 그렇지 않다면 아무하고도 결혼하지 않는 거죠."

"그런데 이봐, 첫 번째는 가능성이 없어!"

"돈만 많으면 모든 것이 가능해요!"

"하지만 탄로 나면?"

"그 여자들에겐 아무 상관없어요."

"뭐라고, 상관이 없다고? 다른 여자가 자기 남편의 애정을 가져가는데 아무 상관이 없단 말이야?"

"자기 몫에 만족하는 거죠. 여자들에게 쓰는 돈에 인색하지만 않으면 됩니다. 여자들은 남자가 먹을 것, 입을 것, 그리고 그 밖에 사치품을 사는 데 통제하면 싫어합니다. 그러나 원하는 대로 쓰게 내버려두면……. 그런데 아이가 생기면……."

"그래, 아이가 생기면 어째?"

"도련님, 진정한 질투는 자식들에게서 생겨납니다. 어머니는 다른 어머니를 참지 못하죠. 어머니는 다른 여자나 다른 아이들 때문에 자기 자식이 받을 애정이 줄어드는 것을 참지 못합니다. 그러나 아이가 없고 먹는 것, 입는 것 그리고 사치와 허영에 제한을 가하지 않는다면 아무런 문제가 없을 겁니다……. 돈이 많이 드는 여자와 돈이 전혀 안 드는 여자가 있을 때, 돈이 많이 드는 여자는 안 드는 여자에 대해서 거의 질투를 느끼지 않습니다. 그리고 돈이 안 드는 여자는 돈이 안 들 뿐만 아니라 다른 문제도 전혀 일으키지 않습니다…… 만일 한 여자의 돈을 다른 여자에게 갖다 주면, 그때는……."

"그때는 뭐야?"

"말만 잘하면 만사형통입니다. 절 믿어주세요. 도련님. 여자 오셀로는 없습니다……."

"남자 데스데모나도 없지."

"그럴 수 있지요……!"

"그런데 별것을 다 아는구나……."

"실은 리두비나와 결혼하고 도련님 댁에 오기 전에 저는 수많은 주인님을 모셨고…… 어려서부터 그분들 집에서 살았었죠……."

"그러면 너희 계층에서는 어때?"

"저희 계층에서요? 이런! 저희에게 그런 사치는 허용되지 않습니다……."

"무엇이 사치인데?"

"연극이나 소설에 나오는 그런 일들이요……."

"그래서 너희 계층에는 열정과 질투에 의한 애정 범죄가 거의 없나보지……."

"아, 그런 건달들은 극장에 가거나 소설을 읽기 때문이죠. 그렇지 않다면……."

"그게 아니면 뭐야?"

"도련님, 우리는 모두 어떤 배역을 맡기를 원합니다. 아무도 본래의 자신일 수 없고 다른 사람들이 만들어주는 역을 맡아서 할 뿐이지요."

"너는 철학자로구나……."

"제가 마지막으로 모셨던 주인님도 저를 그렇게 불렀습

니다. 그러나 저는 리두비나가 도련님은 정치에 종사하셔
야 한다고 말씀드렸던 것이 옳다고 믿습니다."

21장

　　"네, 맞습니다." 그날 오후 카지노 한쪽 귀퉁이에서 단둘이 이야기하며 돈 안토니오가 아우구스토에게 말하였다. "맞습니다. 제 인생에는 고통스러운, 아주 고통스러운 미스터리가 깃들어 있습니다. 선생께서는 어느 정도 짐작하셨을 겁니다. 누추한 제 집에 몇 번밖에 안 와보셨죠…… 집? 그러나 알아차리셨을 겁니다……."

　　"네, 뭔가 이상한 것을 느꼈지요. 잘은 모르겠지만 저를 잡아끈 어떤 슬픔이 서려 있었습니다……."

　　"제 자식들, 제 불쌍한 자식들이 있었음에도 불구하고 선생께는 자식 없는 집으로 보였을 겁니다. 어쩌면 부부도 없는……."

　　"글쎄…… 잘 모르겠어요."

　　"우리는 멀리서, 아주 멀리서 도망쳐 왔습니다. 그러나 항상 신비스러운 경내처럼 우리를 둘러싸고 포위하며 따라

다니는 것이 있습니다. 제 불쌍한 아내는……."

"네, 당신 부인의 얼굴에는 어떤 인생 역정이 나타나 있더군요……."

"순교자의 얼굴이지요. 그런데 돈 아우구스토, 잘은 모르겠지만 당신은 드러나지 않는 호감으로 우리에게 최대의 애정을, 아니 동정을 보여주었습니다. 이제 저는 다시 한 번 저를 짓누르는 중압감으로부터 벗어나기 위해 저의 불행을 당신께 털어놓으려 합니다. 제 아이들의 어머니인 그 여자는 제 아내가 아닙니다."

"저도 짐작은 했습니다. 그러나 그녀가 당신 애들의 어머니고 당신과 함께 산다면 당신의 부인이지요."

"아닙니다. 저는 이른바 합법적인…… 아내가 따로 있습니다. 저는 결혼했습니다만 당신이 아는 그 여자와 한 것이 아닙니다. 제 아이들의 어머니인 이 여자도 결혼했습니다. 그러나 저하고 한 것은 아니지요."

"아, 이중 결혼이군요……."

"아닙니다. 사중 결혼입니다. 이제부터 그 이유를 말씀드리죠. 저는 미쳐서, 완전히 사랑에 미쳐서 결혼했죠. 과묵하고 신중한 여인이었는데 말수는 적었으나 항상 표현한 것 이상의 이야기를 더 하려는 듯했죠. 잠든 것 같은 다정한, 아주 다정한 푸른색의 눈을 가지고 있었죠. 그 눈은 가끔 깨어날 때면 반짝반짝 빛났어요. 그녀의 모든 것이 그랬어요. 보통 잠든 것처럼 보이는 그녀의 심장, 영혼, 몸이 갑자기 급습이라도 당한 듯이 깨어났었죠. 그러나 번개 같은 그런 삶의 순간이 지나고 나면 마치 아무 일도 없었다는 듯이 지난 모든 일을 망각한 것처럼 이내 다시 잠들어버리는 것이었어요. 우리는 마치 항상 삶을 시작하는 것 같았고 끊임없이 생을 재정복하는 것 같았죠. 간질병 발작이 일어난 것 같은 상태에서 저와 약혼했고, 그다음 발작 때 우리는 혼인 서약을 했어요. 그런데 저는 그녀가 저를 사랑하는지 아닌지 말하는 것을 들어보지 못했습니다. 결혼 전이나 후에 수없이 물어보았죠. 그러면 그녀는 한결같이 대답했어요. '그런 건 질문하는 게 아녜요. 바보짓이죠.' 또 어떤 때에는 사랑이란 동사는 이제 연극 아니면 책에나 나오는 거라고 하더군요. 제가 만일 '당신을 사랑해요.'라고 편지를 썼다면 그 순간 저와 헤어지자고 했을 겁니다. 우리는 결혼해서 이렇게 이상하게 이 년을 넘게 살았습니다. 저는 그 스핑크스를 정복하려고 날마다 새로 시작했지요. 우리는 자식이 없었습니다. 그런데 어느 날 밤, 그녀가 집에 들어오질 않았습니다. 저는 미친 사람처럼 사방으로 그녀를 찾아다녔죠. 그런데 이튿날 매우 건조하고 간결하게 쓰인 편지 한 장을 통해 그녀가 멀리, 아주 멀리 다른 남자와 떠나버렸다는 것을 알게 되었어요……."

"그러면 전에 전혀 의심해 보지 않으셨나요? 미리 예감하지 못했나요?"

"전혀요. 제 아내는 혼자서 자주 외출을 했는데, 친정어머니나 친구들 집에 가곤 했어요. 그리고 그녀의 독특한 냉정함이 제게 아무런 의심의 여지를 주지 않았습니다. 전 그 스핑크스가 무슨 생각을 하는지 짐작도 못했습니다! 함

께 달아난 남자는 유부남으로 제 마누라와 도망가기 위해
자기 부인과 어린 딸을 버렸을 뿐만 아니라, 자기 마음대
로 관리하던 얼마 안 되는 부인의 재산마저 모두 가져가
버렸어요. 말하자면 그 사람은 자기 부인을 버렸을뿐더러
그녀의 재산까지 훔쳐 감으로써 그녀를 완전히 파멸시킨
것이지요. 제가 받은 그 건조하고 간결하며 냉정한 편지에
제 아내를 납치한 자의 가련한 부인이 처한 상태에 대한
암시가 있더군요. 납치한 자인지 납치당한 자인지 잘 모르
겠군요! 전 며칠 동안 자지도 먹지도 쉬지도 못하고 도시
의 외진 뒷골목을 헤매었습니다. 가장 천박하고 비열한 악
의 수렁에 빠질 뻔했죠. 그런데 고통이 가라앉기 시작하면
서 차츰 생각할 마음의 여유가 생겼고, 그때 재산과 애정
을 모두 빼앗기고 아무 보호도 받지 못한 채 남겨진 그 여
자, 그 불쌍한 피해자를 기억해 냈습니다. 양심의 가책이
느껴졌습니다. 왜냐하면 제 아내가 그녀가 당한 불행의 원
인이었으니까요. 저는 금전적으로 도움을 주려고 그녀를
찾아갔습니다. 신은 그래도 제게 재산은 주었으니까요."

"나머지는 알만 합니다. 돈 안토니오."

"상관없어요. 저는 그녀를 보러 갔습니다. 한번 상상해
보세요. 우리의 첫 대면이 어땠을지를. 우리는 우리에게
닥친 공통된 불행에 대해 울었습니다. 저는 혼잣말을 했지
요. '내 아내 때문에 그자가 이 여자를 버렸구나.' 그리고
느낀 것이 있는데, 그걸 당신께 고백 못할 이유가 없지요.
저는 제가 그자보다 선택을 잘했다는 것, 그가 인지하지
못한 것을 알아보았다는 것 같은 어떤 형언키 어려운 내적

만족감을 느꼈습니다. 그자의 부인이었던 그녀도 후에 털어놓기를, 저와 비슷한 생각을 했었더랍니다. 저와는 입장이 반대지만 말입니다. 저는 제가 가진 재산으로 그녀에게 필요한 금전적인 도움을 주었습니다. 하지만 그녀는 '내가 일해서 생활하고 딸애도 키우겠다.'고 말하면서 제 도움을 거절했죠. 그렇지만 저는 고집을 꺾지 않았고 그렇게 계속 고집하니까 결국 받아들였습니다. 저는 그녀에게 고향으로부터 멀리 떨어져 있으니 집안일도 맡아 하면서 함께 사는 것이 어떻겠냐고 제안했습니다. 그녀는 한참을 생각한 후에 그 역시 받아들였습니다."

"그래서 함께 살기로 한 거군요……."

"아닙니다. 얼마간, 얼마간 시간이 걸렸어요. 정확히 말하기는 어렵지만 우리는 일종의 복수심과 원망 등의 감정으로 함께 살게 된 것이었죠. 나는 이제 그녀가 아니라 그 아이, 내 아내의 정부의 불행한 딸을 사랑하게 되었습니다. 아버지로서의 사랑을 얻게 된 것이지요. 지금 제가 그 애에게 품는 것처럼 아버지로서의 강렬한 사랑을 얻었죠. 저는 그 애를 저의 친자식만큼 더할 나위 없이 사랑합니다. 전 그 애를 품에 힘껏 껴안고는 입맞춤을 마구 퍼부었습니다. 그리고 울고 또 울었지요. 그 불쌍한 아이는 제게 '아빠, 왜 울어?'라고 물었어요. 저를 아빠라 부르고 아빠처럼 생각하라고 했거든요. 그런데 그 애의 불쌍한 엄마도 제가 우는 것을 보더니 따라 울더군요. 언젠가는 내 행복을 강탈한 그자, 내 아내의 정부인 그자의 딸아이의 금발 머리 위에 우리는 함께 눈물을 쏟았습니다.

어느 날 저는 제 처가 그 남자의 아들을 낳았다는 것을 알았습니다. 그날 제 오장육부는 뒤집어졌고 평생 한번도 겪지 못한 고통을 맛보았습니다. 저는 미치는 줄 알았고 목숨을 끊어버릴까 생각했습니다. 이 세상에서 가장 혹독한 질투가 무엇인지 그때 알았습니다. 아문 줄 알았던 영혼의 상처가 터져서 피가 흘렀습니다…… 불 같은 피가 흘러내렸습니다! 이 년이 넘도록 그 여자, 바로 그 여자와 살 때는 아이라곤 없었는데, 그 도둑놈하고는……! 제 아내가 이제는 완전히 깨어나 정열적으로 살리란 생각이 들더군요. 저와 함께 살던 여자가 뭔가를 눈치 챘는지 제게 묻더군요. '무슨 일이에요?' 우리는 딸애가 이상하게 생각하지 않도록 부부처럼 말하기로 했었습니다. 그래서 '날 좀 내버려둬!'라고 대답했지요. 그러나 결국 모든 사실을 고백하고 말았습니다. 그녀는 제 얘기를 들으면서 부들부들 떨었어요. 저의 무시무시한 질투를 그녀에게 전염시킨 것 같았죠……."

"물론 그렇겠죠. 그런 얘기를 들었으니……."

"아닙니다. 더 지독한 일은 후에 찾아왔습니다. 다른 식으로 말입니다. 어느 날 우리 둘은 딸애와 같이 있었습니다. 저는 그 애를 무릎 위에 앉히고 얘기를 해주면서 뽀뽀도 하고 우스갯소리도 하였습니다. 그 애 엄마 역시 다가와서 애를 쓰다듬어주기 시작했죠. 그런데 그때 그 애가, 그 불쌍한 애가 조그만 손 하나를 제 어깨 위에 올려놓고 다른 손은 자기 엄마 어깨 위에 올려놓고는 '아빠, 엄마……. 왜 나는 같이 놀 동생이 없어? 다른 애들은 다 있는데. 나도 동생 하나 만들어줘……'라고 말하는 것이었습니다. 우리는 안색이 창백해져서 서로 눈길을 마주했습니다. 그 시선에 영혼이 발가벗겨져 우리의 영혼이 알몸으로 드러났습니다. 그러고는 이내 부끄러워져서 아이에게 연신 키스만 퍼부었습니다. 그런데 이 키스 중의 하나가 방향을 바꾸었지요. 그날 밤 질투로 인한 눈물과 분노 속에서 저의 행복을 앗아간 도둑놈의 딸의 첫 번째 동생이 잉태됐습니다."

"이상한 이야기군요!"

"당신이 그렇게 말씀하신다면 그렇겠지요. 우리의 사랑은 달콤한 속삭임 없이 불과 분노로 만들어진 건조하고 말 없는 사랑이었습니다. 제 아이들의 어머니인 저의 아내는 다른 여자가 아니고 바로 이 여자입니다. 제 아내는 당신도 보셨겠지만 애교가 있고 어쩌면 아름답다고 볼 수도 있죠. 그러나 결코 제 욕망을 불러일으키지 못했습니다. 비록 함께 살았지만요. 그리고 당신께 말씀드린 그 일이 있고 난 후에도 그녀를 그리 사랑한다고 생각하지 않았습니다. 사실은 그 반대임을 깨닫게 해주는 일이 일어나기 전까지는 말입니다. 출산하고 나서 한번은, 그러니까 넷째 아이를 낳은 후 그녀는 몸이 너무 나빠져서 저는 그녀가 죽는 줄만 알았어요. 피를 너무 많이 쏟아서 몸이 하얀 초처럼 백지장이 되어 축 늘어지고 눈까풀이 감겼습니다……. 정말 그녀를 잃는 줄만 알았지요. 저 역시 양초처럼 하얗게 되어 반쯤 정신이 나갔었습니다. 피가 얼어붙는 것 같았고요. 저는 사람의 눈길이 닿지 않는 집 안 구석으로 가서 무릎을 꿇고 저 성스러운 여자를 죽이려거든 먼저 저를 죽여달라고 하느님께 기도했습니다. 그리고 울부짖고 몸을 비틀고 피가 날 정도로 가슴을 긁어댔습니다. 저는 제 심장이 아이들 어머니의 심장과 떼어낼 수 없을 정도로 강하게 연결되어 있음을 깨달았습니다. 그녀는 의식을 회복하고 건강을 조금 되찾아 위험한 상황에서 벗어났을 때, 침대에 누워 다시 태어난 생명에 미소 짓고 있었습니다. 저는 그녀의 귓가에 입을 대고 결코 말한 적 없고 앞으로도 같은 방식으로 말하지 못할 이야기를 속삭였습니다. 그녀는 천장을 바라보면서 미소 짓고 또 지었습니다. 저는 제 입을 그녀의 입에 맞추었습니다. 저는 그녀의 맨 팔을 제 목에 걸고서 그녀를 마주 보았습니다. 눈과 눈을 마주하자 결국 저는 눈물을 터뜨리고 말았습니다. 그녀는 제게 말했죠. ‘고마워요. 안토니오. 저를 위해서, 우리 아이들을 위해서, 모든 우리 아이들을 위해서…… 모든…… 모든……, 그 애 리타를 위해서…….’ 리타는 우리의 큰딸입니다. 도둑놈의 딸……. 아닙니다. 아닙니다. 우리의 딸이에요. 내 딸이에요. 도둑놈의 딸은 다른 애죠. 한때 제 아내로 불렸던 여자의 딸이죠. 이제 모든 걸 이해하시겠습니까?”

“네, 말씀하신 것 이상으로요. 안토니오.”

“더 많이 아신다고요?”

“네, 더 알지요! 그러니까 당신은 부인이 둘이군요, 돈 안토니오.”

“아닙니다. 아니에요. 하나뿐이에요. 단 한 명, 아이들의 어머니뿐이에요. 다른 여자는 제 아내가 아닙니다. 그 딸애 아버지의 부인일지는 몰라도 말입니다."

"그런데 그 슬픔은……."

"법은 항상 슬픈 법이지요, 돈 아우구스토. 다른 사람의 무덤에서 나서 자란 사랑은 더욱 슬픕니다. 그 사랑은 마치 다른 식물을 거름 삼아 자라난 식물 같지요. 범죄, 그렇죠. 타인들의 범죄가 우리를 결합시킨 겁니다. 우리의 결합이 혹시 범죄는 아닐까요? 그들은 깨서는 안 될 것을 깼습니다. 그런데 토막 난 끈을 우리가 다시 이은 것은 괜찮을까요?"

"그런데 그들 소식은 다시 못 들으셨나요……?"

"우린 아무것도 알고 싶지 않았어요. 그리고 우리 리타가 벌써 숙녀가 다 됐거든요. 조만간 시집도 갈 거고…… 물론 제 성을 따라서요. 제 성으로요. 그다음엔 법대로 하라지요. 그 애는 제 딸이에요. 그 도둑놈 딸이 아닙니다. 제가 키웠어요."

22장

　"좋아, 그래서?" 아우구스토가 빅토르에게 물었다. "어떻게 침입자를 받아들였지?"

　"아, 난 꿈에도 그런 걸 믿지 않았지! 출생 전날까지도 우리는 너무 흥분하고 분노한 상태였어. 아기가 세상에 나오려고 싸우는 동안에도 엘레나가 얼마나 내게 모욕적인 말들을 내뱉었는지 자넨 모를 거야. '네, 네 잘못이야! 네 잘못!' 이라고 말하질 않나, 또 어떤 때는 '내 앞에서 꺼져, 눈앞에서 사라지란 말이야! 여기 있는 게 부끄럽지도 않아? 내가 죽으면 순전히 네 책임이야.' 라고 말하기도 하고, 또 어떤 때에는 '이번만이야, 더 이상은 안 돼. 이번만이야, 더 이상은 안 돼!' 라고 말하기도 했지. 그러나 아기를 낳고는 모든 것이 바뀌어버렸어. 마치 어떤 꿈에서 깨어난 것 같았고, 이제 막 결혼한 것 같았어. 난 눈이 멀어버렸지. 완전히 멀어버렸어. 그 애가 내 눈을 멀게 했지.

내 눈이 얼마나 멀었냐 하면, 모두들 엘레나가 임신과 출산으로 몰골이 말이 아니고 뼈만 앙상하게 남은 게 적어도 십 년은 늙어 보인다고 하는데, 내가 보기엔 더 싱싱하고, 더 발랄하고, 더 젊고, 그 어느 때보다도 고와 보였다네."

"빅토르, 그 얘기를 들으니 포르투갈에서 들었던 화포(花砲) 제조공의 전설이 생각나는군."

"어디 말해 봐."

"자네도 알다시피, 포르투갈에서는 불꽃놀이라는 것이 정말 아름다운 예술이잖아. 포르투갈에서 불꽃놀이를 보지 못한 사람은 그것이 얼마나 다양한 모습인지 상상도 못할 거야. 거기에 붙는 그 다양한 이름들이라니! 정말 대단하지!"

"어서 그 전설 이야기나 해봐."

"그러지. 옛날 포르투갈의 어느 마을에 화포 제조공이 있었는데, 그의 부인이 무척 아름다웠대. 그래서 그 부인은 남편의 위안이고 기쁨이자 자부심이었대. 그는 자기 아내를 미치도록 사랑했지만 자부심이 사랑보다 컸지. 그는 부인과 함께 산책하면서 다른 사람들에게 '이 여자 보여요? 어때, 대단한 미인이죠? 그렇죠? 제 아내예요! 제 아내란 말이에요! 화나지요!'라고 말하면서 사람들에게 부러움을 불러일으키는 데서 기쁨을 찾는 듯했대. 그렇게 그는 자기 부인의 탁월한 아름다움을 자랑했지. 심지어는 가장 아름다운 불꽃을 만드는 데 영감을 주는 대상으로, 불꽃의 뮤즈로까지 추앙하려 했다는군. 그러던 어느 날, 여느 때처럼 영감을 받기 위해서 자기 부인을 곁에 두고 불꽃을 제조하고 있었는데, 그만 화약에 불이 붙어서 폭발이 일어났지 뭐야. 사람들이 실신한 남편과 아내를 꺼냈는데, 두 사람 다 심각한 화상을 입었대. 부인은 얼굴과 몸통의 상당 부분에 화상을 입어 그만 흉측하게 변해 버렸다는군. 그러나 화포 제조공인 남편은 장님이 되어서 흉하게 변한 자기 부인의 모습을 볼 수 없는 행운을 얻었대. 그래서 그는 그 일이 있고 난 후에도 계속 자기 부인의 아름다움에 대해서 자부심을 가졌다는 거야. 이제 앞 못 보는 자기 길을 안내해 주는 부인 옆을 예전처럼 거만하고 도전적인 모습으로 따라가면서 지나가는 모든 사람들에게 자랑을 늘어놓더라는 거야. '당신들은 이렇게 아름다운 여인을 본 적이 있습니까?'라고 질문하면서 말이야. 그의 지난 이야기를 아는 사람들은 그 가련한 화포 제조공을 동정해 그에게 그 부인의 아름다움을 찬양하였다는군."

"그럼 그에게 그녀가 계속 아름답지 않단 말인가?"

"어쩌면 전보다 더 아름답겠지. 침입자를 낳아준 뒤로 자네의 부인에 대한 생각이 바뀐 것처럼 말이야."

"침입자라고 부르지 마!"

"그건 네가 먼저 한 말이야."

"그래, 하지만 다른 사람이 그렇게 부르는 건 싫어."

"그런 경우가 많지. 같은 말이라도 다른 사람에게 들으면 아주 색다르게 들리거든.

"그래, 어느 누구도 자기 목소리를 알지 못한다고 하지……."

"자기 얼굴도 마찬가지야. 최소한 이것만은 나에 대해서 자네에게 말할 수 있어. 내게 가장 무서운 일 중 하나인데, 아무도 안 보는 데서 나 혼자 거울 속의 나를 쳐다보는 거야. 그러면서 나 자신의 존재를 의심하고 나를 타인으로 보면서 내가 꿈이며 허구적 존재라고 생각하는 거야…….”

“그럼 그렇게 쳐다보지 마…….”

“어쩔 수가 없어. 나는 거울을 바라보며 생각하는 데 푹 빠져 있거든.”

“그렇다면 자넨 자기 배꼽을 보며 명상한다는 이슬람교의 고행자처럼 되겠군.”

“내 생각에 사람이 자기 목소리와 얼굴을 모른다면 자기에게 속한 것도 자기 몸을 모르듯이 알 수 없을 거야…….”

“예를 들면, 자기 부인.”

“그렇지. 함께 사는 여자를 안다는 것은 불가능하리란 생각이 들어. 왜냐하면 결국 그녀는 우리의 한 부분이 되고 말거든. 스페인의 가장 위대한 시인 중 하나인 캄포아모르*가 한 말 들어본 적 없나?”

“못 들어봤어, 뭔데?”

“그가 말하길, 어떤 사람이 진정으로 사랑해서 결혼하게 되면, 처음에는 자기 부인의 몸을 만지려면 투정해야지만 육체적 욕망이 불타오른대. 그러나 시간이 지나고 서로 익숙해지면 부인의 맨 허벅지를 만지는 것이 자신의 허벅지를

★ Ramón de Campoamor(1817~1901): 19세기 후반에 대중적으로 명성을 얻은 스페인의 시인.

만지는 것과 마찬가지로 무감각해지는 날이 온다는 거야. 물론 자기 부인의 허벅지를 떼어낸다고 하면 자신의 살을 잘라내는 것 같은 고통을 겪게 되는 것도 바로 그때지."

"사실이야. 아내가 출산할 때 내가 얼마나 고통을 겪었는지 자넨 상상도 못할 거야!"

"자네 아내는 더했을 거야."

"누가 알아……! 이제 내 아내는 나의 것, 내 존재의 일부가 되었으니 그녀의 몸이 망가지고 흉해졌다 해도 자신의 몸이 망가지고 늙고 흉해지는 것을 모르는 것처럼 알아채지 못할지도 모르지."

"그러나 자네는 정말 자신이 늙고 추해지는 것을 알지 못한다고 믿나?"

"그렇게 말들 하지만 나는 안 믿어. 꾸준히 점진적으로 변해 간다면 그럴 수 있지. 지금 당장 무슨 일이 벌어진다면 모르지만 자신이 늙어간다고 느끼기란, 글쎄! 힘든 일이지. 자기 주위의 사물이 늙어가거나 젊어지는 것은 느낄 수 있지. 내가 아이를 갖고 나서 유일하게 느낀 것도 그거야. 왜, 부모가 자식들을 가리키며 종종 하는 말 자네도 알잖아. '이 녀석들, 이 녀석들이 우리를 늙게 하는 거야!' 그래서 내가 보기엔 자식이 성장하는 것을 지켜보는 일이 가장 흐뭇하고도 가장 무서운 일이지. 결혼하지 마, 아우구스토. 영원한 청춘의 환상을 향유하기 원한다면 결혼하지 말게."

"결혼을 하지 않으면 무엇을 하란 말이야? 어떻게 시간을 보내지?"

"철학에 투신해."

"그런데 결혼이야말로 최고의, 어쩌면 유일한 철학 학교가 아닐까?"

"아냐, 이 사람아, 아니야! 얼마나 많은 위대한 철학자들이 독신이었는지 몰라? 지금 기억나는 사람만 해도 신부였던 사람을 제외하더라도 데카르트, 파스칼, 스피노자, 칸트……."

"독신 철학자 얘기는 하지도 말게!"

"그러면 소크라테스는 어때? 그가 죽어야 했던 날 자기를 방해하지 못하도록 부인 크산티페를 어떻게 쫓아버렸는지 기억이나 하나?"

"그 얘기도 꺼내지 말게. 내가 보기에 플라톤이 한 말은 소설 같단 말이야……."

"소설일지도 모르지……."

"자네 좋을 대로 해."

그러더니 아우구스토는 한창 빠져 있던 대화의 흥을 갑자기 깨고는 밖으로 나가버렸다.

거리에 나서자 어떤 거지가 그에게 다가와 말했다. "선생님, 제발 도와주세요. 저는 애가 일곱이나 된답니다……!" "낳지 않았으면 될 것 아니오!" 그는 기분이 상해서 대답했다. "선생님도 제 처지가 되시면 아실 겁니다." 거지는 이렇게 대답하고는 덧붙여 말했다. "저희 같은 가난한 사람들이 부자들을 위해서 자식이나 만들지 않으면 뭘 하겠습니까?" "맞는 말이오." 아우구스토는 이렇게 대답하고는 "자, 우리 철학자를 위해서, 여기 받으시오!"라

고 말하며 1페세타를 거지에게 건네주었다. 돈을 받아 쥔
거지는 그 즉시 가장 가까이 있는 술집으로 달려갔다.

23장

가련한 아우구스토는 괴로워하고 있었다. 왜냐하면 그는 뷔리당의 당나귀*처럼 에우헤니아와 로사리오 사이에서 방황하고 있었을 뿐만 아니라 그가 보았던 거의 모든 여자들을 사랑하게 되었는데, 이런 증상이 점차 약화되기는커녕 점점 심해져 갔기 때문이었다. 그는 운명적인 사실을 발견하기에 이르렀다.

"나가, 나가, 리두비나, 제발! 나가, 나 좀 혼자 내버려 둬! 빨리 나가!" 언젠가는 하녀에게 이렇게 소리쳤다.

그녀가 나가자마자 그는 책상 위에 팔꿈치를 대고 두 손으로 머리를 감싼 채 중얼거렸다. '이건 무서운 일이군.

★ 14세기에 활동했던 프랑스의 철학자 장 뷔리당의 비유적 표현으로, 양과 질이 동일한 건초 더미를 같은 거리에 두면 당나귀는 굶어 죽는다는 이론이다. 인간의 자유의지와 선택의 문제에 관계되는 표현이다.

정말 무서운 일이야! 나도 모르는 사이에 사랑에 빠져 들고 있잖아…… 그것도 리두비나에게까지! 불쌍한 도밍고! 그녀가 쉰 살이 되었다고 하나 확실히 아직까지는 괜찮은 외모를 유지하고 있어. 특히 살이 포동포동하단 말이야. 언젠가 팔뚝을 걷어 올리고 부엌에서 나왔을 때, 그 통통한…… 이런! 내가 무슨 생각을 하는 거지, 미쳤어! 목에 잡힌 주름이며 보송보송한 솜털……! 이건 무서운 일이야. 정말 무서운, 무서운…….'

'이리 와, 오르페오.' 아우구스토는 개를 끌어안으며 말을 이어갔다. '넌 내가 어떻게 해야 한다고 생각하니? 내가 끝내 결심하여 결혼할 때까지, 이 상태에서 나를 어떻게 지킨단 말인가? 아, 이제 됐다! 오르페오! 생각이, 좋은 생각이 떠올랐다! 여자로 변하자꾸나. 그렇게 해서, 여자로 변한 나를 연구 재료로 추적해 보는 거야. 여성 심리학을 공부해 보면 어떻겠니? 그래, 그래, 논문 두 개를 쓰는 거야. 요즘 많이 나오고 있는 논문들이지. 하나는 '에우헤니아', 다른 하나는 '로사리오'로 제목을 붙이고, '여성 연구'라고 덧붙이는 거야. 내 생각이 어때, 오르페오?'

그리고 그는 비록 실제 삶이 아니라 책을 통해서이긴 하지만 당시 여성 연구에 몰두하고 있던 안톨린 S.(산체스의 머리글자) 파파리고풀로스와 이 문제를 상의하러 찾아갈 결심을 하였다.

안톨린 산체스 파파리고풀로스는 박학한 학자로 알려져 있었는데, 이제까지 묻혀 있던 스페인의 빛나는 업적을 밝혀내어 영광스러운 과거를 조국에 되돌려 준 젊은이였다.

산체스 파파리고풀로스라는 이름이 소란을 피워서 대중적 관심을 끌려고 하는 떠들썩한 젊은이들 사이에 아직 소문이 나지 않았다면, 그 이유는 그가 힘의 진정한 내적 자질인 인내를 소유하고 있기 때문이었다. 또한 그는 대중과 자신을 매우 존중했기에 충분히 준비해서 자신이 내딛을 땅이 확실하다고 느끼기 전까지는 대중 앞에 나가는 시간을 미루었다.

그는 결코 타인의 무지에 바탕을 둔 어떤 흥미롭고 새로운 사실로 일시적인 명성을 구하려 들지 않았다. 그는 자신이 계획한 모든 문학 연구가 인간적인 면에서 완전해지기를 열망했으며, 특히 사려와 고상한 취미의 경계를 벗어나지 않으려 했다. 그리고 주의를 끌기 위해서 엉뚱한 소리를 내지 않고, 완전히 훈련된 목소리로 진정으로 순수하고 국민적인 심포니를 아름답게 강화하려 했다.

산체스 파파리고풀로스의 지혜는 조금도 번잡하거나 애매하지 않고 놀랍도록 투명하고 맑은 것이었다. 그는 북쪽 지방의 가공할 만한 바다 안개의 영향도 받지 않고, 파리 번화가의 퇴폐적인 말씨에도 물들지 않고, 순수한 스페인어로 생각했다. 그는 민중을 지탱해 주었던 민중의 영혼으로 사유했기에 견고하고도 심오한 생각을 이끌어낼 수 있었다. 북극의 안개는 독한 맥주를 즐겨 마시는 사람들에게는 잘 어울리나 찬란한 하늘과 질 좋은 발데페냐스 포도주를 가지고 있는 이렇게 투명하고 맑은 스페인에는 맞지 않는 것이다. 이미 고인이 된 베세로 데 뱅고아*는 쇼펜하우어를 이상한 아저씨라 부르며 만약 그가 맥주 대신 발데페

냐스 포도주를 마셨다면 그에게 있었던 일들이 벌어지지 않았을 테고 그렇게 염세주의자가 되지도 않았을 거라고 확신했다. 또한 그는 신경쇠약은 자신과 상관없는 일에 간섭함으로써 생기는 것으로, 버터 샐러드를 먹으면 치료가 된다고 말하였다. 산체스 파파리고풀로스는 바로 이 사람의 철학을 이어받았다.

산체스 파파리고풀로스는 마지막 순간에는 모든 것이 형식, 내적인 형식이라는 것을 확신하며, 우주 자체도 어떤 형식에 다른 형식들이 끼워 맞춰진 만화경이라고 하였다. 그리고 이러한 형식을 통하여 수많은 위대한 작품들이 세기를 거쳐 살아남는다는 것을 확신하고 미래의 연구에 소용될 언어를 르네상스 시대의 훌륭한 예술가들이 기울였던 정성으로 다듬었다.

그는 신낭만주의적 감상주의의 모든 조류와 사회문제화된 퇴폐적인 유행에 저항할 수 있는 지조 있는 용기를 갖추고 있었다. 그는 부자와 가난한 사람은 늘 있기 마련이므로 사회문제는 해결이 불가능하며 부자의 자비심과 가난한 사람들의 체념만이 그 문제를 완화시킬 수 있다고 보았다. 따라서 아무 소용없는 논쟁을 피하고 인간 정욕의 찌꺼기가 뻗치지 못하는, 한 점의 흠도 없이 맑은 지순한 예술의 영역에 몸을 맡겼다. 그곳에서 인간은 삶의 환멸을 달랠 수 있는 위안처를 발견할 것이다. 이 밖에 그는 인간

★ Becerro de Bengoa(1845~1902) : 여러 신문에 수많은 글을 기고한 다재다능한 스페인의 작가.

정신을 무기력한 공상과 활기 없는 유토피아로 침잠시키는 무익한 세계주의를 혐오했으며, 적지 않은 스페인 사람들이 잘 알지도 못하면서 비방만 일삼는 자신의 우상화된 스페인을 숭배하였고, 자신에게 미래의 명성을 가져다주고 연구의 원천을 제공해 줄 스페인을 사랑하고 있었다.

파파리고풀로스는 자신의 강력한 정신적 에너지를 스페인 민족이 걸어온 내부의 삶을 연구하는 데 바쳤다. 그의 작업은 헌신적이며 견고하였다. 그는 바로 동포들의 눈앞에 우리의 과거, 즉 우리 조상의 삶을 부활시키기를 열망했다. 그런데 순수한 환상에만 의존하여 과거를 부활시키려던 사람들이 저지른 오류를 잘 알고 있었기에, 그는 자신의 박식한 역사학 건물을 부동의 반석 위에 세우고자 지나간 기억의 세세한 부분까지도 찾고 또 찾았다. 아무리 무의미한 것처럼 보이는 과거의 사건일지라도 그의 눈에는 귀중한 가치를 지니는 것이었다.

고생물학자가 뼈 하나로 완전한 동물을 만들고, 고고학자가 질그릇 손잡이 하나로 모든 고대 문명을 재구성할 수 있듯이 그는 물 한 방울에서 우주를 보는 법을 배워야 함을 알았다. 해학가들이 종종 그러듯 상식을 뒤집기 위해서 현미경으로 별을 보고 망원경으로 적충류를 관찰해서는 안 된다는 것도 그는 인식하고 있었다. 천재 고고학자가 망각의 가장자리에 매장된 예술을 재구성하기 위해서는 질그릇 손잡이 하나면 충분하지만, 그는 겸손했기에 자신을 천재로 생각하지 않아 하나의 손잡이보다는 두 개를 원했고 많으면 많을수록 좋다고 생각했다. 그래서 손잡이 하나보다는 질그릇 전체를 택하였다.

'넓이로 얻을 수 있는 모든 것은 깊이로 잃게 된다.' 이 말이 그의 표어였다. 파파리고풀로스는 가장 세분화된 연구, 가장 구체적인 논문에서 철학 전체를 담아낼 수 있다는 것을 알았고, 특히 개구리 실험, 어원 연구, 미래 예측 실험, 그리고 물 입자를 연구하는 일 등에 헌신하는 사람들을 통해 세분화된 연구의 경이로움과 과학의 거대한 진보를 생각했다.

그는 프루덴시오*의 '조국의 문제'처럼 스페인 문학사의 가장 힘들고 어려운 문제에 특별히 관심을 보였다. 비록 최근에는 딱지 맞은 남자들 때문에 지난 세기의 스페인 여성에 대해 연구를 했지만 말이다.

겉보기에 무의미할 듯한 성질의 연구에서 우리는 산체스 파파리고풀로스의 예리함과 신중함, 혜안, 경이로운 역사적 직관과 비판적 통찰을 바라보고 찬양해야만 했다. 이렇게 그의 자질은 추상적이고 순수한 이론이 아니라 구체적이고 생생한 적용에서 나타난다. 그 결과는 성공으로 이어졌다. 그가 발표하는 논문은 모두 귀납적 논리의 과정이었으며, 버드나무 벌레에 관한 리오네트의 작품처럼 기념비적인 것이었다. 특히 성스러운 진리에 대한 엄격한 사랑이 무엇인가를 보여주는 훌륭한 표본이었다. 그는 전염병 피하듯이 잔재주를 멀리했고, 아무리 작은 일일지라도 오직

★ Prudencio(348~410): 주로 교훈적이고 신학적인 시를 쓴 로마 시대 스페인 시인.

신성한 진리에 합당하도록 길들어져야 한다고 믿었다. 그럼으로써 우리는 위대한 것에 상응하는 경의를 표할 수 있을 것이다.

그는 일반 대중을 위한 『칼릴라와 딤나』* 우화 판본을 준비하고 있었다. 그 서문에는 스페인 중세 문학에 영향을 미친 인도 문학에 관하여 다루고 있다. 이 책이 출판되면 얼마나 좋을까! 그렇게만 된다면 틀림없이 우리 국민들을 술집과, 불가능한 경제적 구원에 관한 위험한 학설로부터 떨어지게 할 수 있을 것이다. 그러나 파파리고풀로스가 구상하고 있는 두 개의 대작은 스페인 문학에서 알려지지 않은 채 잊힌 작가들의 이야기이다. 말하자면, 첫 번째 책은 문학사에서 아예 언급이 되지 않은 작가들이나, 나오더라도 그들의 작품이 별 의미가 없다고 보고 간단하게 언급만 하고 지나간 작가들을 다루고 있다. 그럼으로써 그가 그토록 개탄했을 뿐만 아니라 두려워하기까지 했던 부당성, 시대의 부당성을 시정하고자 했던 것이다. 두 번째 책은 작품은 소실되고 단지 지은이의 이름과 작품의 제목만이 남아 있는 작가들에 대해서 다루고 있다. 그리고 작품을 쓰려고 생각했으나 실행에 옮기지 못한 작가들의 이야기까지도 다루려 하였다.

그는 자신의 연구에서 최상의 성과를 내기 위해 일단 국문학의 핵심적인 정수를 파악하는 데 힘썼고 이어 외국 문학에도 매진하였다. 그러나 그에게는 괴로운 일이었으니,

★ 13세기 중엽에 스페인어로 번역된 인도의 우화집.

그는 외국어에 약했을 뿐만 아니라 자신의 연구에 필요한 수준까지 도달하는 데 필요한 시간적 여유가 없었다. 하는 수 없이 그는 저명한 스승에게서 배운 획기적인 방법에 호소했다. 그 방법은 외국에서 출판되었던 주요 비평서와 문학사 중 프랑스어로 된 것을 읽고, 해당 작가에 대해 가장 명성 있는 비평가들의 일반적인 견해를 취한 다음, 짧은 시간이나마 작품을 직접 훑어보는 데 할애하여 양심을 만족시키는 한편 완전무결한 비평가로서 다른 비평가들의 견해를 재평가하는 것이었다.

실제로 S. 파파리고풀로스는 여기저기 튀는 불똥처럼 사고와 환상의 영역을 정해 놓은 목적도 없이 왔다 갔다 하며 방랑하는 산만한 요즘 젊은이들과는 달랐다. 완전히! 그는 성품이 엄격했고 어느 곳으로 가야 할지 아는 흔들림 없는 일관성을 갖고 있었다. 만약 그의 연구에서 두드러진 것이 하나도 나타나지 않는다면, 그것은 연구 전체가 정상에 도달해 있다고 봐야 할 것이다. 그것은 마치 알맹이가 충실한 황금빛 곡물이 물결치는 광대하고 햇빛 찬란한 카스티야 평원 전체가 고원인 것과 같은 이치이다.

신이 스페인에 수많은 안톨린 산체스 파파리고풀로스를 내려주시기를! 그들과 함께 우리 모두는 우리의 전통적인 자산의 주인이 됨으로써, 그 속에서 풍부한 이익을 끌어낼 수 있을 것이다. 파파리고풀로스는 새로운 자양분으로 곡식이 더 싱싱하게 자라고 이삭에는 더 좋은 곡식알들이 여물고 밀가루가 더 풍성해져서, 우리 스페인 사람들이 값싸고 질 좋은 정신적 빵을 먹을 수 있도록 자신의 전문 분야에서 선행 연구자들의 비평의 쟁기 날보다 1센티미터라도 더 긴 날을 도입하기를 열망하였고, 지금도 계속 자신의 연구를 준비하며 그 열망을 이어가고 있었다.

파파리고풀로스가 이러한 열망을 실현하기 위해서 준비하며 연구를 거듭하고 있음을 우린 이미 언급하였다. 실제로 그렇다. 아우구스토는 그와 자신이 둘 다 알고 지내는 친구에게서 그가 여성 연구에 매진하고 있다는 소식을 들었었다. 그러나 지금까지도 출판된 것은 하나도 없었다.

그런데 파파리고풀로스가 유명해지리라고 미리 예견하여 시기하면서 그를 깎아내리려는 학자들도 있었다. 그들은 파파리고풀로스가 사냥꾼을 따돌리기 위해 암탉을 잡으러 간 곳이 어디인지 알지 못하도록 여러 길로 돌고 또 돌면서 꼬리로 자신의 흔적을 지워버리는 여우와 같다고 말한다. 그런데 그가 실수한 게 있다면 그것은 탑을 완성시킨 후에도 사다리를 그대로 방치함으로써 탑을 제대로 바라보고 감상하지 못하게 한 것이다. 어떤 사람은 설교가 최상의 예술이 되지 못하는 것처럼, 그를 경멸하는 투로 설교쟁이라고 부른다. 또 어떤 사람은 단지 그가 외국 사상을 번역하고 정리해 놓았을 뿐이라고 말한다. 하지만 그런 사람은 파파리고풀로스가 외국 사상을 그렇게도 순수하고 깨끗하며 투명한 스페인어로 옮김으로써 그것을 스페인화하고 결국은 스페인 고유의 것으로 만든다는 사실을 망각하고 있었다. 이슬라 신부가 르사주의 『질 블라스』를 번역한 것은 좋은 예가 될 것이다. 또 어떤 사람은 그의 주된 학문적 토대가 무지에 대한 깊은 신앙이라고 조롱하지만, 그런 자는 신앙이 산을 움직인다는 사실을 알지 못했다. 파파리고풀로스에게 아무런 해도 입지 않은 사람들의 이런저런 악의에 찬 비판과 그 비판의 부당성은 파파리고풀로스가 아직 아무것도 출판하지 않았다는 사실만 놓고 보더라도 분명하다. 그의 발꿈치를 물어뜯는 사람들은 소문만 가지고 말을 계속 옮기는 자들이다.

결론적으로 이 기이한 학자에 대해서 글을 쓰려면 여하한 종류의 소설적인 효과와 무관하게 고요한 마음을 가져야 한다.

그가 여성 연구에 헌신하였고 그것도 여성이 거의 다루어지지 않은 책에서 오늘날에 비해 여성 연구가 표면화되지 않은 지난 세기의 여성을 연구하고 있음을 알고 있는 아우구스토는 이 사람, 이 학자를 머릿속에 그려보았다.

현실에서는 수줍어서 여성에게 접근하지 못하고 책 속에서나마 이러한 수줍음을 벗어나고자 여성을 연구하는 고독한 학자 안톨린에게 조언을 구하기 위해 아우구스토는 그를 찾아갔다.

아우구스토가 자신의 방문 목적을 밝히자마자 이 학자는 말하기 시작했다.

"아, 딱하군요, 페레스 씨. 당신을 정말로 동정합니다! 여성을 연구하고 싶으세요? 부단한 노력이 필요하죠……."

"선생이 연구하시는 것처럼요……."

"무엇보다 희생을 각오하셔야 합니다. 어둠 속에서 인내하며 침묵을 요하는 연구, 그러한 연구가 제 존재 이유입니다. 그러나 저는 아시다시피 보잘것없는, 정말 보잘것없는 지식의 노동자로서 제 뒤에 오는 사람들이 이용할 수 있도록 자료들을 모으고 정리할 뿐입니다. 인간이 하는 일은 집단적인 것입니다. 그렇지 않은 것은 견고하지 않고 오래 지속되지도 않습니다……."

"그렇다면 위대한 천재의 작품은요? 『신곡』, 『아이네이스』, 셰익스피어의 비극, 벨라스케스의 그림 등은……."

"모두 집단적인 것입니다. 사람들의 생각 이상으로 훨씬 더 집단적이지요. 예를 들면 『신곡』은 모든 부류에 의해서 준비된……."

"네, 저도 이미 그건 알고 있습니다."

"벨라스케스에 대해서는…… 그런데 당신은 벨라스케스에 관해 주스티가 쓴 책을 아십니까?"

안톨린에게는 인간의 재능에서 비롯한 위대한 걸작의 중요한, 아니 거의 유일한 가치는 비평서 또는 주해서를 낳게 했다는 생각이 있다. 위대한 예술가, 시인, 화가, 음악가, 역사가, 철학자들은 학자들이 그의 전기를 쓰고 비평가들이 그의 작품을 평론하도록 태어났다는 것이다. 말하자면 위대한 작가의 모든 구절은 어느 학자가 그 구절이 있는 페이지와 작품, 그리고 출판사를 인용하고 반복할 때에 비로소 그 가치를 얻을 수 있다는 것이다. 집단적 작품의 연대성이란 모두 시기와 무능에 불과하다. 안톨린은 만약 호메로스가 다시 살아나서 노래를 부르며 자신의 사무실에 들어온다면 그를 난폭하게 밀어젖혀 내쫓을 그런 호메로스 연구자에 속했다. 왜냐하면 원저자는 이제 죽은 텍스트로 된 작품을 연구하고 그 속에서 단지 한 번만 나타나는 낱말을 찾아내는 데 방해가 되기 때문이다.

"좋습니다. 그런데 선생은 여성 심리에 대해서 어떻게 생각하십니까?" 아우구스토가 그에게 질문을 던졌다.

"페레스 씨, 그런 막연하고 일반적이며 추상적인 질문은 천재도 아니고, 그렇게 되기를 바라지도 않는 저처럼 보잘것없는 연구자에게는 확실한 의미가 없습니다……."

"바라지도 않는다고요?"

"네, 바라지 않습니다. 잘못된 일이고요. 제가 보기에 그 질문에는 명확한 의미가 결여돼 있습니다. 거기에 대답하려면 아마……."

"아, 알겠소. 보아하니 본인도 스페인 사람이고, 스페인 사람들 사이에 살면서 스페인 민족의 심리에 관한 책을 썼던 선생의 동료 학자처럼 선생은 이 사람은 이 말을 했고 저 사람은 저 말을 했다고 하는 참고 문헌을 만들고 싶은 거군요."

"아, 참고 문헌! 그렇지요……."

"아닙니다. 그만 하세요, 파파리고풀로스 선생. 그리고 가능하다면 선생이 아는 범위에서 여성 심리에 대해 어떻게 생각하시는지 좀 더 구체적으로 말씀해 주십시오."

"가장 기본적인 문제부터 시작해야겠군요. 여성에게도 영혼이 있는가라는 문제입니다."

"뭐라고요!"

"이 문제를 그렇게 단호하게 배격하지는 마십시오……."

'이 사람은 영혼이 있을까?' 아우구스토는 생각했다. 그러고는 말했다.

"좋습니다. 그렇다면 선생은 여성의 영혼의 문제에 대해서…… 어떻게 생각하십니까?"

"페레스 씨, 제가 지금 말씀드리려는 것에 대해서 비밀을 지켜주겠다고 약속하시겠습니까……? 비록 당신이 학자는, 학자는 아니지만 말입니다."

"무슨 말을 하고 싶은 거죠?"

"당신은 좀 전에 들은 이야기를 훔쳐서 자기 것인 양 떠벌리는 그런 사람이 아니라는 얘깁니다……."

"정말 그런 사람이 있습니까……?"

"아! 페레스 씨, 학자라는 사람들은 본래 좀도둑입니다. 제가, 제가 그런 사람이니 당신께 말씀드리는 겁니다. 우리 학자들은 이런저런 조사한 것을 짜 맞춰서 다른 사람보다 먼저 세상에 내놓는 사람들입니다."

"알겠습니다. 창고를 가진 사람이 공장을 가진 사람보다 자기 상품을 더 잘 챙기기 마련이지요. 강물보다는 우물물을 신경 써야 하고요."

"그럴 수도 있죠. 그럼, 당신이 학자는 아니지만 제가 발표할 때까지 비밀로 해주겠다고 약속하신다면 드릴 말씀이 있습니다. 저는 세상에 거의 알려지지 않은 17세기 네덜란드 작가에게서 여성의 영혼에 관한 매우 흥미로운 이론을 발견했습니다……."

"말씀해 주세요."

"이 작가는 라틴어로 쓴 글에서 말하기를 남자들이 각자 자신의 영혼을 갖고 있는 데 반해 여자들은 하나의 동일한 영혼, 말하자면 집단적인 영혼을 갖고 있다고 주장했습니다. 그것은 모든 여성 사이에 분배되어 있는 하나의 영혼을 의미하는 것으로, 아베로에스가 말하는 능동 이성과 유사한 것입니다. 그리고 그는 각각의 여성들이 느끼고 생각하고 사랑하는 방식에서 나타나는 차이점은 단지 인종, 기후, 음식 등의 차이에 기인한 것이며, 따라서 그러한 차이점은 별 의미가 없다고 덧붙입니다. 또한 여자들은 남자들보다 서로 닮은 점이 훨씬 많은데, 이는 모든 여자는 한 여자이고 같은 여자이기 때문이라는 것입니다."

"파파리고풀로스 선생, 선생은 거기서 제가 한 여자와 사랑에 빠지자 이내 모든 여자를 사랑하게 된 이유를 아셨군요."

"그렇지요! 그리고 매우 흥미로운 면이 있으나 세상엔 거의 알려지지 않은 한 산부인과 의사의 말에 의하면 여자는 남자보다 강한 개성을 갖고 있으나 인격은 남자에 훨씬 못 미친다는 것입니다. 즉 여성은 남성보다 개별적이고 더 강한 자아를 느끼지만 그 내용에 있어서는 남성에 이르지 못한다는 말입니다."

"네, 네, 무슨 말인지 짐작할 수 있을 것 같군요."

"그러므로 페레스 씨, 한 여자를 연구하나 여러 여자를 연구하나 결과는 같습니다. 문제는 당신의 연구가 얼마나 깊이 있느냐는 것이죠."

"그렇다면 비교 연구를 하기 위해서 둘 또는 그 이상을 택하면 더 좋지 않을까요? 왜냐하면 선생님도 아시다시피 요즘 비교 연구가 한창 유행하고 있어서……."

"그렇죠. 과학은 비교입니다. 그러나 여자의 문제에 있어서는 비교가 필요치 않습니다. 한 여자, 단 한 명의 여자를 잘 아는 사람은 모든 여자를 잘 알게 되고 여자라는 종을 알게 되는 것입니다. 더구나 아시다시피 넓이를 확장하면 깊이는 잃게 됩니다."

"맞습니다. 저도 여성 연구에 대해 양이 아니라 질로 헌신하고 싶습니다. 그러나 최소한 두 명…… 최소한 두 명은……."

"안 됩니다! 두 명은 안 됩니다! 절대로 안 됩니다! 제가 보기에 한 명이면 가장 좋고 충분하지만, 만일 한 명으로 만족하지 못한다면 적어도 세 명이 있어야 합니다. 이원(二元)은 닫히지 않습니다."

"왜 이원이 닫히지 않는다는 겁니까?"

"분명하지요. 두 선으로는 공간을 닫을 수가 없습니다. 가장 단순한 다각형은 삼각형입니다. 최소한 세 명이 필요하죠."

"그러나 삼각형은 깊이가 없습니다. 가장 단순한 다면체는 사면체입니다. 따라서 최소한 네 명이죠."

"그러나 두 명은 안 됩니다. 절대로 안 됩니다. 한 명 이상은 세 명입니다. 그러나 한 명을 깊이 연구하시지요."

"잘 알겠습니다."

24장

아우구스토는 파파리고풀로스와 인터뷰를 마치고 나오면
서 혼자 중얼거렸다. '그러면 둘 중 하나를 포기하거나 아
니면 세 번째 여자를 찾아야만 하겠군. 심리 연구를 위한
이상적인 비교 작업에서 볼 때 리두비나가 세 번째 항으로
서 쓸모가 있기는 하겠지. 그렇다면 나는 세 명의 여자를
갖고 있는 셈이다. 상상, 즉 머리에 연결되는 에우헤니아,
심장에 호소하는 로사리오 그리고 위(胃)에 해당되는 요리
사 리두비나가 있다. 머리와 심장과 위는 사람들이 지능,
감정, 의지로 부르는 영혼의 세 가지 능력이다. 머리로 생
각하고 심장으로 느끼며 위로 사랑한다. 이것은 명백하다!
그리고 지금은……'

'지금은,' 그는 계속해서 생각했다. '빛나는, 매우 빛나
는 생각이 떠오른다! 에우헤니아에게 다시 구애하는 척해
야겠다. 다시 청혼해야겠다. 어디 그녀가 나를 애인으로,

미래의 남편으로 받아들이는지 보자. 물론 이것은 심리적인 실험으로 단지 그녀를 시험하기 위한 것이다. 그녀가 거절할 것이 확실하지만…… 아니 그래야 해. 나를 거절해야만 해. 지난번 일을 보더라도, 우리의 마지막 대면에서 그녀가 내게 말했던 것을 보더라도 그녀가 나를 받아들인다는 것은 이제 불가능한 일이야. 내가 보기에 그녀는 자신이 한 말에 책임을 지는 여자야. 그러나……, 여자들이 말에 대한 권리가 있는가? 여자, 이렇게 대문자로 쓴 여자(Mujer)가, 유일한 여자가, 수백만 여성의 아름다운 육체에 분산되어 있는 그 여자가 자신이 한 말을 지키도록 되어 있는가? 자신이 한 말을 지킨다는 것은 남성적인 것이 아닌가? 그러나 아니다! 아니야! 에우헤니아는 나를 받아들일 수 없어. 나를 사랑하지 않거든. 나를 사랑하지 않아. 그리고 이미 나의 선물을 받았어. 그녀가 나의 선물을 받았고 이미 그것을 향유했다면 이제 무엇 때문에 나를 좋아하겠어?'

'그러나…… 그녀가 말한 것을 돌이켜볼 때,' 이어서 그는 생각했다. ' '네.' 하고 나를 애인으로 미래의 남편으로 받아들인다면? 모든 경우에 대비하고 있어야만 한다. 만일 나를 받아들인다면? 진저리 나겠지! 내 낚싯바늘에 내가 걸린 격이지! 그래, 그렇지. 그야말로 낚시에 걸린 낚시꾼이 되겠군. 그러나, 안 돼, 안 되지. 그럴 수는 없어! 하지만 만일 그렇다면? 아! 그렇다면, 체념하는 수밖에 없겠군. 체념한다고? 그래, 체념하는 거야. 운이 좋을 때 체념할 줄 알아야 해. 행운을 단념하는 것이 어쩌면 가장 어려운 학문인지도 몰라. 핀다로스는 탄탈로스의 모든 불행은 자신의 행복을 제대로 소화할 수 없었던 것에서 유래한다고 말하지 않았던가? 행복을 소화시켜야만 한다. 그런데 만일 에우헤니아가 '네.'라고 대답하고 나를 받아들인다면 그때는…… 심리학을 이겨낸 거야. 심리학 만세! 그러나 아니지, 아니야, 아닐 거야! 나를 받아들이지 않을 거야. 비록 그녀가 자기 뜻을 이루려 해도 나를 받아들일 수 없어. 에우헤니아와 같은 여자는 스스로 자기 팔을 비틀지 않아. 남녀가 대결할 때, 누가 더 고집스럽고 끈질긴가가 목적 달성의 수단이 된다면 여자는 어떻게든 해내고 말지…… 아니야. 나를 받아들이지 않을 거야!'

"로사리오가 기다리고 있어요." 감정이 담긴 이 세 마디 말로 리두비나는 자기 주인의 사색을 중단시켰다.

"말해 봐, 리두비나. 여자들은 자신이 한 말에 충실하니? 자기가 한 말을 잘 지킬 줄 아느냐 말이야?"

"경우에 따라 다르죠."

"네 남편이 늘 입에 달고 다니는 그 후렴이구나. 너희 여자들은 묻는 말에는 잘 대답하지 않고 질문할 거라고 생각하는 것에만 답하는데 그러지 말고 똑바로 대답해 봐."

"제게 무엇을 물어보려고 하셨죠?"

"너희 여자들은 자기가 한 말을 잘 지키느냐고 물었어."

"어떤 말이냐에 따라 다르죠."

"어떻게 말에 따라 다르다는 거야?"

"분명하지요. 어떤 말은 지키기 위해서 하고, 또 어떤 말은 지키지 않으려고 하지요. 어느 누구도 속이자는 것이 아니에요. 이것은 다 아는 사실이잖아요…….”

“좋아, 좋아. 로사리오보고 들어오라고 해.”

로사리오가 들어오자 아우구스토는 그녀에게 물어보았다.

“말해 봐, 로사리오. 어떤 여자가 한번 약속을 했으면 그걸 지켜야만 할까 아니면 지키지 않아도 될까? 너는 어떻게 생각해?”

“전 도련님께 어떤 약속도 한 기억이 없는데요…….”

“그런 말이 아니고, 어떤 여자가 자기가 한 말에 책임을 져야 하는가 아니면 그러지 않아도 되는가…….”

“아, 네. 다른 여자를 두고 하시는 말씀이군요. 그 여자에 대해서…….”

“그렇다고 치자. 넌 어떻게 생각하지?”

“전 그런 일은 잘 모르겠어요…….”

“상관없단 말이야!”

“정 그러시면 말씀드리지요. 약속을 하지 않는 것이 상책이에요.”

“이미 약속을 했다면?”

“하지 말았어야죠.”

‘이 아이는 만만치가 않군. 그러나 이미 여기 왔으니 심리학을 이용해 실험을 한번 해봐야겠다.’

“이리 와서 여기 앉아라.” 그는 자기의 무릎을 펼쳐 보였다.

소녀는 얼굴색 하나 변하지 않은 채 미리 약속되어 있고 예견된 일인 양 조용히 그의 말에 복종하였다. 반대로 아우구스토는 어디서부터 심리적 경험을 시작해야 할지 알지 못한 채 당황하였다. 그는 무슨 말을 해야 할지 몰랐기 때문에 그냥…… 행동으로 옮겨버렸다. 로사리오를 자신의 불타는 가슴에 힘껏 껴안고 얼굴에 키스를 퍼부으면서 생각하는 것이었다. '지금 심리학 조사를 위해 필요한 냉정을 잃을 것 같아.' 그러고 나서 돌연 행동을 멈추고 진정하는 듯하더니 로사리오를 자기로부터 조금 떨어뜨리고는 갑자기 말했다.

"그런데 넌 내가 다른 여자를 사랑하고 있다는 것을 모르고 있니?"

로사리오는 그를 뚫어지게 응시한 채 어깨를 움츠리며 침묵을 지켰다.

"그걸 모르느냔 말이야?" 그는 반복해 물었다.

"지금 그 얘기가 저와 무슨 상관이 있나요……?"

"어떻게 너와 상관이 없어?"

"지금은 상관없어요! 지금은 도련님이 저를 사랑하시는 것 같아요."

"나도 그런 것 같다. 하지만……."

그런데 그때 아우구스토가 여성에 관한 심리적 경험의 계획에서 미리 예측하지 못한 이상한 일이 일어났다. 왜냐하면 로사리오가 갑자기 그의 목에 두 팔을 감고서 기습적으로 키스를 시작했기 때문이다. 그는 생각할 겨를도 없었다. '이제 내가 시험을 당하는구나. 이 애는 지금 남성 심리학을 연구하는 중이야.' 그는 무의식중에 로사리오의 허벅지를 떨리는 손으로 애무하고 있는 자신을 보고 흠칫 놀랐다.

아우구스토는 별안간 일어나서 로사리오를 어정쩡하게 들어 올리고는 소파에 던졌다. 그녀는 얼굴이 달아오른 채 그가 하는 대로 내버려두었다. 그는 두 손으로 그녀를 붙잡고는 그녀의 눈을 쳐다보고 있었다.

"제발, 로사리오, 눈을 감지 마, 눈을 감지 마! 눈을 떠. 그래, 그래, 점점 더 크게. 네 눈 속에서 나를 보도록 해다오. 저렇게 작은 나를……."

선명한 거울처럼 로사리오의 눈 속에서 자기 자신을 보자 그는 처음의 흥분이 차츰 가라앉는 것 같았다.

"거울에서처럼 네 눈 속에서 나를 보게 해다오. 저렇게 작은 나를…… 그래야만 나 자신을 알 수 있을 것이다……. 여인의 눈 속에서 나를 보면서……."

거울은 그를 이상하게 쳐다보았다. 로사리오는 생각했다. '이 사람은 여느 사람 같지 않구나. 정신이상임에 틀림없어.' 아우구스토는 그녀로부터 갑자기 몸을 떨어뜨리고는 자기 자신을 바라보고 더듬으면서 소리쳤다.

"로사리오, 이제 나를 용서해 다오."

"도련님을 용서하라고요? 무엇을?"

가련한 로사리오의 목소리에는 다른 어떤 감정보다도 두려움이 가장 많이 묻어 있었다. 그녀는 달아나고픈 욕구를 느꼈다. 그녀는 이렇게 생각했던 것이다. '사람이 한번 이상한 말이나 행동을 하기 시작하면 어디에서 멈출지 모른다. 이 사람은 미친 상태에서 충분히 나를 죽일 수 있어.' 그녀의 눈에선 눈물이 쏟아지기 시작했다.

"그것 봐." 아우구스토가 말했다. "그것 보란 말이야.

로사리오. 날 용서해 줘. 날 용서해 줘. 난 내가 무슨 짓을 하는지도 몰랐어."

그녀는 생각했다. '알지 못하는 것은 행동으로 옮겨지지도 않는 법이지.'

"이제 가! 가버려!"

"저를 내쫓으시나요?"

"아니야. 나를 위해서야. 너를 내쫓는 게 아니야. 아니라고! 신이여, 저를 자유롭게 하소서! 네가 원한다면 내가 나가겠어. 내쫓기고 싶지 않거든 네가 여기 있으면 되잖아."

'확실히 정상이 아니군.' 그녀는 생각했다. 그리고 측은한 생각이 들었다.

"가, 가란 말이야. 날 잊지 마. 알았어?" 그는 그녀의 턱 끝을 잡고는 애무를 했다. "날 잊지 마. 이 불쌍한 아우구스토를 잊지 말란 말이야."

그는 그녀를 포옹하고는 길고도 진한 키스를 했다. 나가면서 소녀는 그에게 신비스러운 두려움으로 가득한 시선을 보냈다. 그녀가 나가자마자 아우구스토는 혼자 이렇게 생각했다. '틀림없이 나를 경멸하고 있어. 나를 경멸하고 있어. 내가 우스웠겠지. 우스웠어. 우스웠어…… 그러나 저 불쌍한 애가 이런 일에 대해서 무엇을 알아? 저 애가 심리학에 대해서 무엇을 안단 말이야?'

만일 그때 가련한 아우구스토가 로사리오의 마음을 제대로 읽을 수 있었다면 더욱더 절망했을 것이다. 왜냐하면 그 순진한 여자 애는 이렇게 생각하고 있었기 때문이다. '다른 여자를 위해 잠시 이런 일을 해야 하는 날이 또 오

겠지…….'

아우구스토는 다시 흥분하기 시작했다. 그는 잃어버린 시간, 이미 허비한 기회를 되살릴 수 없다는 사실을 절감하고 있었다. 스스로에 대해 화가 치밀었다. 그는 무엇을 할지 몰라 시간을 보내려고 리두비나를 불렀다. 그런데 그는 자기 앞에 나타난 그녀가 통통한 몸매로 침착하면서도 심술궂게 미소 짓는 것을 보고 그만 이상한 감정에 사로잡혀 소리를 질렀다. "나가, 나가, 나가라고!" 그러고는 거리로 뛰쳐나왔다. 자제하지 못하고 리두비나에게 덤벼들까 봐 겁이 났던 것이다.

거리로 나오자 마음이 가라앉았다. 군중은 숲과 같이 사람을 안정시킨다. 다시 제자리로 오게 한다.

'내 정신이 멀쩡한 건가?' 아우구스토는 걸으면서 생각했다. '내가 보통 사람들처럼 — 보통 사람이란 무엇인가? — 여러 가지 몸짓과 표정을 지으며 예절 바르게 거리를 걸을 때 사람들이 나를 쳐다보지 않고 무관심하게 지나친다고 보통 생각하는데, 사실은 모두 나를 주의 깊게 보면서 비웃거나 동정하는 것은 아닌가……? 이런 생각이 혹시 비정상은 아닐까? 나는 정말 미쳤을까? 최악의 경우에 설령 그렇더라도 뭐가 문제야? 마음이 따뜻하고 예민하고 선량한 사람이 미치지 않는다면, 그것은 완벽한 바보이기 때문이다. 미치지 않은 사람은 바보거나 악당이다. 물론 악당이나 바보가 미치지 않는다는 얘기는 아니다.'

그는 계속해서 생각했다. '내가 로사리오에게 한 짓은 조롱거리가 될 만했어. 한마디로 말해서 조롱거리였어. 나를 어떻게 생각했을까? 그런데 그런 애가 나를 어떻게 생각하든 무슨 상관이란 말이야……? 불쌍한 아이지! 하지만…… 어떻게 그토록 천연스럽게 행동할 수가 있지! 그것은 인간이 생리적인 존재이기 때문이야. 어떤 심리 작용도 없는 완전히 생리적인 존재야. 그렇다면 심리 실험을 위해 그 애를 모르모트나 개구리처럼 취급하는 것은 다 쓸데없는 짓이야. 기껏해야 생리적인…… 그렇지만 심리학, 특히 여성 심리학은 생리학 이상의 것인가? 아니면 생리학적 심리학인가? 여자는 영혼이 있는가? 그런데 내가 직접 생리 심리학 실험을 하기에는 기술적인 준비가 부족해. 나는 어떤 실험에도 참석한 적이 없어……. 게다가 실험 장비도 없고. 생리 심리학에는 기구가 필요하지. 그러면 난 미쳤을까?'

아우구스토는 자신의 고민에는 아랑곳하지 않고 분주하게 움직이는 군중 틈에서 헤매다 이러한 거리의 명상에서 벗어나 안정을 되찾고 집으로 돌아왔다.

25장

아우구스토는 빅토르를 보러 갔다. 늦게 얻은 그의 아들
도 보고 그 가정의 새로운 행복을 지켜보며 더불어 자신의
정신 상태에 대해 그와 상의하려는 것이었다. 빅토르와 단
둘이 만나자 그는 이렇게 말하였다.

"그런데, 그 소설…… 음, 뭐였지……? 아, 그래, 소
설……! 자네가 쓰고 있다는 것 말이야. 아마 지금은 아들
녀석 때문에 그만뒀겠지."

"잘못 생각했어. 바로 그것 때문에, 아버지가 되었기 때
문에 다시 쓰게 되었어. 그리고 그 속에서 가슴 뿌듯하게
차오르는 편안한 기분을 느끼지."

"내게 조금만 읽어주겠나?"

빅토르는 원고를 꺼내서 이곳저곳을 자기 친구에게 읽어
주기 시작했다.

"어, 이 사람 보게. 사람이 변했군!" 아우구스토가 소리

쳤다.

　"어디가?"

　"외설적인 부분이 들어 있잖아. 때로는 도가 지나치기도
하고……."

　"외설적이라고? 천만에! 여기 있는 글은 자연 그대로일
뿐이지 외설적이지 않아. 가끔 나체가 있지만, 옷이 벗겨
진 사람은 없어……. 여기 있는 것은 리얼리즘이야……."

　"리얼리즘. 그렇구나. 그런데 거기에다……."

　"냉소 말이야?"

　"그래, 냉소!"

　"그러나 냉소는 외설적이지 않아. 이런 자연 그대로의
것은 실제 사물의 본성을 가장 잘 꿰뚫어 볼 수 있도록 상
상력을 자극하는 방식의 하나지. 그러한 자연 그대로의 것
은 교육적인 의미에서…… 자연 그대로의 것이지. 그래,
교육적이야!"

　"그리고 기괴한 것도 있어……."

　"사실이야. 부정하진 않겠어. 난 장난치는 것을 좋아해."

　"그 속에는 항상 우울한 것이 들어 있겠지."

　"그렇지. 침울한 농담, 서글픈 재치 속에 즐거움이 있
지. 웃기기 위한 웃음은 불쾌하고 심지어는 공포까지 불러
일으키지. 웃음이란 비극을 위한 준비일 뿐이야."

　"나는 그런 적나라한 장난을 혐오한단 말이야."

　"아우구스토, 그것은 네가 고독하기 때문이야. 고독하다
고. 잘 들어봐, 이 고독한 사람아……. 나는 치료하기 위
해 그것을 쓰지…… 아니, 아니야. 무언가를 위해서 쓰는

것이 아니라 쓰는 것이 재미있어. 그리고 읽는 사람들이 즐거워하면 난 그것으로 보상을 받은 거지. 그러나 동시에 너와 같은 고독한 사람, 이중으로 고독한 사람을 치료하는 방법이 된다면…….”

“이중으로?”

“그래, 육체적으로 고독하고 정신적으로도 고독하고.”

“그런데, 빅토르…….”

“그래, 네가 무슨 말을 하려는지 알겠어. 얼마 전부터 위태로워진, 아주 위태로워진 네 상태에 대해 상의하려고 왔지. 그렇지 않아?”

“그래, 바로 그거야.”

“그럴 줄 알았지. 아우구스토, 결혼해. 될 수 있는 대로 빨리 결혼해.”

“그러나 어느 사람과?”

“아! 한 여자가 아니던가?”

“그건 또 어떻게 알아맞혔지?”

“매우 간단하지. 네가 만일 ‘그런데 누구와?’라고 질문했다면 한 사람 이상이 있는지 아니면 한 사람이라도 있는지 생각 못했을 거야. 그러나 네가 ‘어느 사람과?’라고 질문했으니 둘이나 셋, 열 혹은 그 이상의 여자들이 있다고 생각할 수 있지.”

“그렇군.”

“그렇다면 결혼해. 결혼해. 네가 사랑하는 여자 중 누구라도 괜찮아. 너와 가장 가까이 있는 사람이면 돼. 너무 많이 생각하지 말고. 너도 알다시피 나도 별생각 없이 결혼했잖아. 우린 결혼해야만 했지."

"그런데 나는 지금 여성 심리학 실험을 하고 있어."

"여성에 관해 할 수 있는 유일한 심리적 실험은 결혼이야. 결혼하지 않는 사람은 결코 여성의 영혼을 심리적으로 경험할 수 없을 거야. 여성 심리학의 유일한 실험실은 결혼이야."

"그러나 그것은 구제 대책이 없잖아!"

"진실한 실험이라면 구제 대책 같은 건 없어. 무언가 실험하기를 원하는 사람이 배를 불사르지 않고 후퇴의 길을 열어놓는다면 아무것도 확실히 알지 못하는 거야. 자신의 육체 일부를 절단해 보지 못한 외과 의사를 결코 신뢰해서는 안 되며 미치지 않은 정신과 의사에게 너를 맡기지 마. 그러기에 결혼해. 네가 심리학을 알기 원한다면 말이야."

"그러면 독신자들은……."

"독신자들의 심리학은 심리학이 아니야. 형이상학일 뿐이지. 말하자면 물리학 저편에, 자연적인 것 저편에 있는 것이지."

"그것이 뭔데?"

"자네의 현재 상태와 비슷하지."

"내가 형이상학 속에 있단 말이야? 하지만 빅토르, 나는 자연적인 것 저편이 아니라 이편에 있는데!"

"마찬가지야."

"어떻게 마찬가지야?"

"그래, 공간의 저편과 이편이 똑같은 것처럼 자연적인 것의 이편과 저편도 같은 거지. 이 선을 보게나." 그는 종이 위에 선을 그었다. "이 선의 양쪽 끝을 무한히 연장하면 양쪽 끝은 서로 만나게 되고 무한 속에서 닫히면서 모든 것은 서로 만나고 얽이게 되지. 모든 직선은 반지름이 무한한 원주의 곡선이고 닫힌 무한 속에 있는 거야. 그러기에 자연적인 것의 이편이나 저편이나 마찬가지라는 거야. 어때, 분명하지?"

"아니, 매우 모호하고 불분명해."

"그것은 자네가 불분명하니까 그런 거야. 결혼해."

"그래, 하지만…… 별의별 의심이 다 엄습하네!"

"좋아, 어린 햄릿, 좋은 일이야. 의심한다고? 그리고 생각하지. 생각한다고? 그리고 너는 존재하지."

"그래, 의심하는 것은 생각하는 것이야."

"생각하는 것은 의심하는 것이지. 단지 의심하는 것일 뿐이야. 그런데 사람들은 의심하지 않고도 믿고 알고 상상할 수 있지. 신앙, 지식, 상상 어느 것도 의심을 전제로 하지 않아. 의심이 그러한 것들을 파괴할 때까지는 말이야. 그러나 의심 없이는 생각할 수가 없어. 의심은 정적이고 고요하고 생기 없는 신앙과 지식을 역동적이고 깨어 있는 생생한 것으로 만들어."

"그러면 상상은?"

"그래, 상상에는 의심의 여지가 있어. 나는 내 소설의 등장인물들에게 말이나 행동을 시키려 할 때마다 의심해. 더욱이 이미 시키고 난 후에도 그것이 잘한 일인지, 그들에게 실제로 적합한 것인지를 의심하지. 그렇지…… 모든 것을 다 고려하지! 그래, 그래, 상상에는 의심의 여지가 있어. 그것은 생각하는 것이니까……."

　아우구스토와 빅토르가 이러한 소설적인 대화를 나누는
동안 독자 여러분이 손에 들고 읽고 있는 이 소설의 작가인
나는, 나의 소설적인 인물들이 나를 변호하고 나의 방법론
을 정당화하는 것을 보면서 수수께끼 같은 미소를 지었다.
그리고 나 스스로에게 이렇게 말하였다. '이 불행한 이들은
내가 그들에게 하고 있는 일이 단지 내가 하고 있는 일을
정당화하기 위함이라는 걸 전혀 눈치 채지 못하고 있지 않
은가! 이처럼 사람이 자기 자신을 정당화하려는 이유를 찾
으려 하는 것은 엄밀히 말해서 신을 정당화하려는 것밖에
안 된다. 그리고 나는 이 가련한 두 소설적 존재에게는 악
마의 신이다.'

26장

아우구스토는 에우헤니아에게 거절당할까 봐 두려웠지만
마지막이자 결정적인 심리 실험을 시도하려고 에우헤니아
의 집으로 갔다. 그는 그녀의 집 계단을 올라가다가 외출
하려고 계단을 내려오던 그녀와 마주쳤다.

"아우구스토 씨, 여긴 어떻게?"

"네, 저는…… 그런데 지금 외출하시려고 하니 다른 날
에 오도록 하지요. 그만 돌아가겠습니다."

"아니에요. 위에 고모부가 계세요."

"고모부님이 아니라 당신을 만나러 왔습니다. 에우헤니
아, 당신과 할 말이 있어서요. 다른 날 하기로 하지요."

"아닙니다. 아니에요. 들어가시죠. 문제는 있는 즉시 풀
어야죠."

"그런데 고모부님이 계시면……."

"상관없어요! 무정부주의자이시잖아요! 부르지 않으면

돼요."

어쩔 수 없이 아우구스토는 그녀와 함께 올라가야만 했다. 당당히 실험을 하려고 갔던 이 불쌍한 사람은 이제 자신이 실험실의 개구리처럼 느껴졌다.

응접실에 단둘이 있게 되자 들어온 그대로 외출복에 모자도 벗지 않은 채 에우헤니아는 말했다.

"자, 그럼 제게 하려던 얘기를 하세요."

"실은…… 실은……." 불쌍한 아우구스토는 말을 더듬고 있었다. "실은……, 실은……."

"말씀하세요. 뭔데요?"

"에우헤니아, 나는 마음이 안정되지가 않아요. 지난번 우리가 마지막으로 했던 이야기를 수백 번 곱씹어 생각해 보았지만 난 단념할 수가 없어요. 정말이오. 난 단념이 안 돼요. 단념할 수가 없어요!"

"무엇을 단념할 수 없다는 거죠?"

"음, 그것, 그것 말이오, 에우헤니아."

"그것이 뭔데요?"

"그것 말이오. 친구 이상으로 되는 것……."

"친구 이상으로……! 아우구스토 씨, 그럼 그것에 만족하지 않는단 말인가요? 아니면 친구 이하로 되자는 얘긴가요?"

"아니오, 에우헤니아. 아니오, 그게 아니오."

"그럼 뭔가요?"

"제발 나를 힘들게 하지 마시오……."

"힘들게 하는 건 당신 자신이에요."

"나는 단념할 수가 없어요. 단념할 수 없다고!"

"그럼 무엇을 원하시는데요?"

"우리가…… 남편과 아내가 되자는 거지요!"

"끝내자고요!"

"끝내기 위해서는 시작해야만 하오."

"그럼 제게 하신 그 말씀은요?"

"무슨 말을 했는지 모르겠소."

"그러면 저 로사리오라는 아이는……."

"오, 제발, 에우헤니아. 그 얘기는 꺼내지 마시오! 로사리오 생각은 하지 말란 말이오!"

그때 에우헤니아는 모자를 벗어 조그만 탁자 위에 올려놓고 다시 돌아와 앉았다. 그리고 천천히 엄숙하게 말했다.

"좋아요, 아우구스토. 어찌 됐건 남자인 당신이 자신이 한 말에 책임을 지지 않는데, 단지 여자인 제가 그것을 지킬 의무는 없지요. 게다가 저는 당신 주위에 있는 로사리오 같은 여자들에게서 당신을 구하고 싶어요. 당신이 해주신 일에 감사의 마음을 갖지 않은 것이나, 저와 마우리시오와의 일에 대해 당신이 원망하지 않은 것이 동정을 불러일으키네요. 이제 제가 솔직하다는 것을 알겠지요. 그래요, 아우구스토! 절 힘들게 하네요! 무척이나 힘들게 하네요!" 이 말을 하면서 그녀는 오른손으로 아우구스토의 무릎을 가볍게 두 번 쳤다.

"에우헤니아!" 그는 그녀를 껴안을 것처럼 두 팔을 벌렸다.

"그만, 조심하세요!" 그녀는 비켜서면서 그의 팔을 슬쩍 피하며 소리쳤다. "조심하세요."

"그렇지만 지난번에는…… 저번에는……."

"그랬지요. 하지만 그때는 경우가 달랐지요!"

'난 개구리 역할을 하고 있군.' 실험 심리학자는 생각했다.

"그래요." 에우헤니아는 계속해서 말했다. "친구, 단순한 친구에게는 그러니까 음…… 약혼자에게는 줄 수 없는 약간의 자유를 허락할 수 있어요!"

"무슨 말인지 모르겠는데……."

"아우구스토, 우리가 결혼하면 그 이유를 설명할게요. 그러니 지금은 얌전히 있어요. 알겠어요?"

'이제 됐구나.' 이제 완전하고 완벽하게 개구리가 된 아우구스토가 생각했다.

"그럼 지금," 에우헤니아는 일어나면서 덧붙였다. "고모부를 부를게요."

"왜?"

"고모부께 알려야지요!"

"그렇지!" 약간 실망한 아우구스토가 소리쳤다.

이내 돈 페르민이 나타났다.

"고모부." 에우헤니아가 말했다. "여기 있는 아우구스토 페레스 씨가 제게 청혼을 하러 왔어요. 그래서 전 그 청혼을 받아들였고요."

"훌륭해! 훌륭해!" 돈 페르민이 소리쳤다. "훌륭해! 얘야, 이리 와라. 한번 안아보자! 훌륭해!"

"고모부, 우리가 결혼하는 것이 그렇게 감격스러우세요?"

"아니다. 내가 감격하고 흥분하고 전율하는 것은 이 일을 해결하는 방식이다. 단둘이서, 어떤 중재자도 없이 말이야…… 무정부주의 만세! 너희가 목적을 달성하기 위해서 어떤 권위에 의존해야 한다는 것은 심히 유감스러운 일이야. 유감스러운 일이지……. 물론 너희는 제삼자의 권위에 따르지 않고 너희 자신의 양심에 따라 결정했지. 그렇지 않아? 형식적인 절차지. 단지 형식적인 절차일 뿐이야. 나는 이미 너희가 서로를 배우자로 생각했으리라는 것을 알고 있었어. 아무튼 나는, 나 홀로라도 무정부주의 신의 이름으로 너희를 결혼시킨다! 이것으로 충분해. 훌륭해! 훌륭해! 돈 아우구스토. 오늘부터 이 집은 자네 집이네."

"오늘부터요?"

"맞네. 그래. 항상 그랬었지. 내 집은…… 내 집? 내가 사는 이 집은 항상 자네의 것이었지. 내 형제 모두의 집이었지. 그러나 오늘부터는…… 내 말뜻 알겠지."

"네, 잘 알겠습니다. 고모부님."

그 순간 누군가 문을 두드렸다. 에우헤니아가 말했다.

"고모님이다!"

고모가 응접실에 들어와 그 장면을 보고 소리쳤다.

"이미 알고 있었어! 그렇다면 성사된 거지? 난 벌써 알고 있었지."

아우구스토는 생각했다. '개구리, 완벽한 개구리! 여러 사람들이 보는 데서 나는 꼼짝 못하고 잡혀버렸어.'

"오늘 여기서 우리와 함께 식사해요. 물론 축하하기 위해서……." 에르멜린다는 말했다.

"별도리가 없죠!" 불쌍한 개구리의 입에서 새어 나온 말
이었다.

27장

이렇게 해서 아우구스토는 새로운 생활을 시작했다. 약혼녀의 집에서 거의 온종일 지내면서 이제는 심리학이 아니라 미학을 공부하고 있었다.

그런데 로사리오는? 그녀는 두 번 다시 그의 집에 들르지 않았다. 그다음에 세탁된 옷을 가져온 사람은 다른 여자였다. 그는 왜 로사리오가 오지 않았느냐고 감히 묻지 못했다. 그 이유를 이미 짐작하는데 무엇 때문에 묻겠는가? 이 경멸, 그것은 분명 경멸이었는데, 그는 잘 알고 있었다. 그는 가슴이 아프기보다 재미있다는 생각이 들었다. 그는 에우헤니아에게서 보상받을 것이다. '이런, 조심하세요. 손 좀 얌전히 있어요.'라는 말이 떠올랐다. 애무하는 데는 로사리오가 참 좋았는데!

그에게 에우헤니아는 눈요기, 단지 눈요기일 뿐이었다. 그러기에 더 욕구를 자극했다. 한번은 그가 말했다.

"너의 눈에 대한 시를 쓰고 싶은데!"

그녀는 대답했다.

"해보세요."

"그러나 그러려면." 그가 덧붙였다. "네가 피아노를 좀 치는 게 좋겠어. 네 전문인 피아노 소리를 들으면 영감이 떠오를 거야."

"그러나 다 아시잖아요. 당신의 도움 덕분에 피아노 가르치는 것을 그만두게 되어 피아노 친 지가 오래되었다는 걸. 그리고 피아노 치는 것에 넌더리도 나고요. 얼마나 고생했는데요!"

"괜찮아. 에우헤니아. 연주해 봐. 내가 시를 쓸 수 있도록 한번 쳐봐."

"알았어요. 그러나 이번 한 번뿐이에요!"

에우헤니아는 피아노를 치려고 앉았다. 그녀가 연주하는 동안 아우구스토는 다음과 같은 시를 썼다.

육체로부터 멀리 떨어진 나의 영혼은
전하는 바에 의하면 천체가 노래한다는
음악의 선율 저편에서 길을 잃고,
관념의 길 잃은 안개 속을 헤매고 있다.
영혼 없이 대지를 떠도는 슬프고 고독한
나의 육체가 있다.
영혼과 육체는 함께 삶을 꾸려가도록 태어났건만
그만 떨어져 있구나. 육체는 순전히 물질이고
영혼은 완전함을 추구하는 정신일 뿐이었기에.

그러나 감미로운 에우헤니아!
그대의 눈은 나의 길 위에
생생한 빛의 샘물처럼 솟아 나왔고
내 영혼을 포박하여
몽롱한 하늘에서 불확실한 지상으로 데려와
내 육체 속에 불어넣었다.
에우헤니아! 그 순간부터
단지 그 순간으로부터 나는 생을 부여받았소!
불에 달구어진 못같이 당신의 눈은
나의 육체를 나의 정신에 붙들어 매고
내 속의 피가 열띤 꿈을 꾸게 하여
나의 관념을 살로 만들어줍니다.
만일 정신과 물질이 분리되어
내 생명의 빛이 꺼진다면
나는 천상의 안개 속에서 소멸될 것입니다!
모든 것을 빨아들일 심원(深遠)한 암흑 속으로!

"어때?" 아우구스토는 시를 읽자마자 그녀에게 물어보았다.

"내 피아노 같아. 아주 조금, 아니면 전혀 음악적이지 않은걸. 그리고 '전하는 바에 의하면'이라는 말은……."

"그건 친밀감을 주기 위한 거야……."

"'감미로운 에우헤니아'는 쓸데없는 말 같군요."

"뭐라고? 그럼 네가 쓸데없다는 말이야, 네가?"

"거기 그 시에서는 그렇단 말이에요! 그리고 제가 보기에 시 전체가 매우…… 매우……."

"말해 봐. 그래, 매우 소설적이지."

"그게 무슨 말이에요?"

"아무것도 아니야. 빅토르와 내가 만든 말이지."

"이봐요, 아우구스토. 우리가 결혼하면 집에서 그런 이상한 말을 하는 것은 용납 못해요. 그런 말도 싫고 개도 싫어요. 오르페오를 어떻게 할 것인지 지금부터 생각해 두세요……."

"그러나 에우헤니아, 제발! 내가 어떻게 그 불쌍한 놈을 데려왔는지 잘 알잖아! 더구나 나의 충실한 심복인데……! 내 모든 독백을 들어주는……!"

"우리가 결혼하면 우리 집에는 독백이 있어서는 안 돼요. 개는 필요 없어요!"

"제발, 에우헤니아. 아이를 가질 때까지만이라도……."

"만일 아이를 가지면요……."

"물론 아이를 가지면. 그런데 그렇지 않다면 개는 왜 안되지? 돈만 있다면 사람의 가장 좋은 친구가 될 거라고 다들 말하는데, 왜 개는 안 된다는 거야……?"

"아니에요. 돈이 있다면 개는 사람의 친구가 될 수 없을 거예요. 난 그럴 거라고 확신해요. 돈이 없기 때문에 당신의 친구가 될 수 있는 거죠."

어느 날 에우헤니아가 아우구스토에게 말했다.

"아우구스토, 당신에게 이야기해야 하는 심각한, 아주 심각한 문제가 있어요. 제가 말하는 것에 대해 먼저 용서해 주시길……."

"제발, 에우헤니아, 말해 봐!"

"제게 애인이 있었던 거 당신도 알지요……."

"그래, 마우리시오."

"그러나 제가 왜 그 뻔뻔스러운 사람을 쫓아버려야 했는지는 모르지요……."

"알고 싶지 않아."

"그러한 점이 당신이 존경을 받는 이유예요. 저는 그 게으르고 뻔뻔한 자를 쫓아버려야만 했어요. 그러나……."

"뭐야, 그러면 아직도 쫓아다닌다는 거야?"

"네, 아직도!"

"이런, 내가 그놈을!"

"아니에요. 그게 아니에요. 저를 따라다니긴 하지만 당신이 생각하는 그런 의도가 아니라 다른 의도가 있어요."

"뭔데, 말해 봐! 말해 봐!"

"아우구스토, 염려하지 마세요. 염려하지 마세요. 불쌍한 마우리시오는 물진 않고 짖어댈 뿐이에요."

"아! 그렇다면 아랍의 격언을 따르면 되겠군. '만약 당신이 가는 길에 개가 튀어나와 짖을 때마다 발걸음을 멈춘다면 당신은 결코 목적지에 도달할 수 없을 것이다.' 그에게 돌을 던질 필요 없어. 상관하지 마."

"그것보다 더 좋은 방법이 있어요."

"그게 뭔데?"

"호주머니에 미리 빵 부스러기를 준비하고 짖어대는 개에게 던져주는 거예요. 개들은 배가 고파서 짖는 거니까요."

"무슨 말이지?"

"지금 마우리시오는 어떤 직업이라도 좋으니 살 방도를 찾아달라는 거예요. 그러면 저를 괴롭히지 않겠다고 해요. 그렇지 않으면……."

"그렇지 않으면……."

"저를 해하려고 쫓아다니겠다며 위협해요."

"저런 파렴치한 놈! 도둑놈!"

"너무 흥분하지 마세요. 제가 생각하기에 그가 먹고살 수 있도록 될 수 있는 대로 멀리에 어떤 직장이든 하나 구해 주는 것이 그를 우리로부터 떨쳐낼 수 있는 가장 좋은 방법이에요. 더구나 저로서는 그에게 동정 비슷한 마음이 있어요. 그 불쌍한 사람을 지금 그대로 두면……."

"에우헤니아. 당신 말이 옳을지도 모르겠군. 그리고 그 문제는 해결할 수 있을 것 같아. 내일 당장 내 친구와 얘기하겠어. 그에게 일자리를 구해 줄 수 있을 것 같아."

실제로 아우구스토는 그에게 일자리를 구해 주어 그를 꽤 먼 곳으로 떠나게 할 수 있었다.

28장

어느 날 아침 리두비나가 들어와 어떤 청년이 찾아왔다
고 전한 뒤 이내 마우리시오가 모습을 드러내자 아우구스
토는 미간을 찌푸렸다. 그는 말을 들을 것도 없이 그를 돌
려보내려고 했다. 그러나 그는 한때 에우헤니아의 애인으
로 그녀가 사랑했고 지금도 어떤 방식으로든 그녀의 사랑
을 받을지 모를 그 사람, 어쩌면 자신의 부인이 될 그녀에
대해 자신이 모르는 비밀을 알고 있을지도 모르는 그 사람
에게 흥미가 동했다. 아무튼 그들 사이에는 서로 통하는
무언가가 있었다.

"선생님," 마우리시오는 공손하게 말하기 시작했다. "에
우헤니아를 통하여 제게 베풀어주신 크나큰 호의에 감사드
리러 왔습니다⋯⋯."

"내게 감사할 필요는 없습니다. 내가 원하는 것은 앞으
로 내 아내가 될 사람을 더 이상 괴롭히지 말아달라는 것

뿐입니다."

"하지만 저는 그녀를 조금도 괴롭히지 않았는데요!"

"다 알고 있습니다."

"그녀가 저를 버린 후, 저를 버리길 잘했죠, 저는 그녀에게 어울리는 짝이 아니니까요. 저는 그 불행으로부터 저 자신을 위로했습니다. 그리고 물론 그녀의 결정을 존중하고자 최선의 노력을 다했습니다. 만약 그녀가 당신께 다른 얘기를 했다면……."

"내 아내가 될 사람에 대하여 더 이상 아무 말도 하지 않기를 바랍니다. 더구나 사실에 조금이라도 어긋나는 말은 말할 것도 없고. 당신 자신이나 잘 위로하시고 우리를 제발 가만히 놔두시오."

"진정입니다. 제게 직장을 마련해 주신 호의에 두 분께 다시 한 번 감사드립니다. 그곳으로 일하러 갈 것입니다. 저도 어떻게든 제 마음을 달래야지요. 그런데 저도 처녀 한 명을 데리고 갈 생각입니다……."

"여보시오, 그게 나하고 무슨 상관이 있단 말이오?"

"제가 알기론 당신이 그녀를 알고 있는 것 같은데요……."

"뭐라고요? 뭐라고요? 당신 지금 누구를 비웃으려는 거요……?"

"아닙니다…… 아닙니다……. 로사리오라고 하지요. 세탁소에서 일하며 당신 집에도 종종 세탁물을 배달했던 것 같은데요……."

아우구스토는 창백해졌다. '이자가 다 알고 있는 것일

까?' 그는 생각했다. 그리고 저자가 자기보다도 에우헤니 아에 대해서 더 많이 알고 있을 거라고 의심했을 때보다도 더욱 당황했다. 그러나 즉시 정신을 차리고 소리쳤다.

"그래서 지금 무엇 때문에 나를 찾아온 거요?"

"제 생각에," 마우리시오는 아무 말도 듣지 않은 것처럼 계속해서 말했다. "우리처럼 버림받은 사람들은 서로 위로할 수 있도록 내버려둬야 합니다."

"그런데, 이봐요. 그게 무슨 말이오? 그게 무슨 말이오?" 아우구스토는 로사리오와 마지막 모험을 했던 그 장소에서 그 사람의 목을 졸라버릴까 생각했다.

"돈 아우구스토, 그렇게 흥분하지 마세요! 그렇게 흥분하지 마세요! 말씀드린 것 이상의 다른 뜻은 없습니다. 그녀…… 제가 입에 담는 것을 싫어하시는 그녀는 저를 경멸하고 버렸습니다. 그때 저는 다른 사람에게 멸시받고 버림당한…… 그 불쌍한 아이를 만났습니다."

아우구스토는 더 이상 참을 수가 없었다. 얼굴이 창백해지더니 이내 상기되었고, 일어나 자신이 무슨 짓을 하는지도 모른 채 두 팔로 마우리시오를 붙들고 마치 목을 조르려는 듯 그를 어정쩡하게 일으켜 세워 소파에 내던졌다. 소파에 내던져진 자신을 발견한 마우리시오는 아주 냉정하게 말했다.

"이봐요, 돈 아우구스토, 지금 내 눈동자를 바라보시오. 당신이 얼마나 작은지 보일 겁니다……."

불쌍한 아우구스토는 자신이 용해되고 있다고 생각했다. 팔의 힘이 모두 빠지고 응접실 안이 눈앞에서 안개로 변하

기 시작했다. 그는 생각했다. '내가 꿈꾸고 있는 것일까?'
그리고 그는 일어나 자기 앞에 와서 교활한 미소를 흘리며
자신을 바라보고 있는 마우리시오를 발견했다.

"오! 돈 아우구스토, 아무것도 아닙니다! 아무것도 아닙
니다! 용서하세요, 제가 흥분했어요……. 제가 무슨 짓을
했는지조차 모르겠군요……. 전혀 몰랐어요……. 감사합니
다. 감사합니다. 다시 한 번 감사드립니다! 당신께 그리고
그…… 여자 분께 감사드립니다! 안녕히 계십시오!"

마우리시오가 나가자마자 아우구스토는 리두비나를 불
렀다.

"리두비나, 말해 봐. 누가 여기에서 나와 함께 있었지?"

"어떤 젊은이요."

"어떻게 생겼는데?"

"그런데 제가 도련님께 그걸 말씀드릴 필요가 있을까요?"

"정말 누군가가 여기 나와 함께 있었니?"

"도련님!"

"아니야……, 아니야……, 여기 나와 함께 키 크고 금발
인 청년이 있었다고 맹세해라……. 그렇지 않아? 콧수염을
기르고 약간 통통한 편이며 매부리코인…… 청년이 있었
지?"

"돈 아우구스토, 어디 편찮으세요?"

"꿈이 아니었을까……?"

"그 꿈을 둘이서 꾸지 않았으니……."

"그래, 두 사람이 동시에 같은 꿈을 꿀 순 없지. 다른
사람도 똑같이 경험했다면 그것은 꿈이 아니라는 것을 말

해 주지……."

"네, 침착하세요. 네! 말씀하시는 그 청년이 다녀갔어요."

"나갈 때 무슨 말을 했지?"

"저하고는 아무 말도 하지 않았어요……. 그를 보지도 못한걸요……."

"그런데 리두비나, 넌 그가 누군지 알아?"

"네, 누군지 알아요. ……애인이었던 사람이죠."

"그래, 됐어. 그런데 지금은 누구의 애인이지?"

"거기까진 제가 관여할 바가 아니죠."

"여자들은 가르쳐주지 않아도 그렇게 많은 일들을 알고 있잖아……."

"네, 그런데 반대로 우리에게 가르치려는 일들은 배우지 못하지요……."

"좋아, 리두비나, 진실을 말해 봐. 지금 그…… 놈이 누구와 놀아나는지 몰라?"

"몰라요. 하지만 짐작은 가요."

"어떻게?"

"도련님이 말씀하시는 것을 들어보니까요."

"좋아. 도밍고를 좀 불러봐."

"왜요?"

"내가 아직도 꿈꾸고 있는지 아닌지를 알기 위해서. 그리고 너도 실제로 그의 부인인 리두비나가 맞는지 아니면……."

"도밍고 역시 꿈꾸고 있다면요? 더 좋은 수가 있어요."

"뭔데?"

"오르페오를 불러오는 거예요."

"그렇지. 그 녀석은 꿈을 꾸지 않아!"

잠시 후 리두비나가 나가고 개가 들어왔다.

"이리 와, 오르페오." 그의 주인이 말했다. "이리 와! 불쌍한 놈! 이제 나와 함께 살날도 얼마 남지 않았구나! 그녀는 널 집 안에 두고 싶지 않대. 그러면 너를 어디로 내보내지? 널 위해 난 무엇을 해야 하지? 내가 없으면 넌 어떻게 될까? 넌 죽을 수도 있어. 난 그걸 알아! 오직 개만이 자신의 주인이 세상을 떠나면 죽을 수 있지. 그런데 나는 너의 주인 이상이었어. 아버지이자 신이었지! 널 집 안에 두고 싶지 않대. 내 곁에서 너를 쫓아내는 거야! 충성의 상징인 네가 그녀에게 귀찮은 존재가 될까? 누가 알아……? 어쩌면 개는 함께 사는 사람의 가장 비밀스러운 생각을 발견하기도 하지. 비록 침묵하고 있지만……. 그런데 난 결혼해야만 해. 결혼 이외에는 다른 방법이 없어…… 그렇지 않으면 나는 결코 몽상에서 탈출할 수 없을 거야! 나는 깨어나야만 해.

그런데 오르페오, 왜 그렇게 날 쳐다보지? 눈물은 흘리지 않지만 울고 있는 것 같구나……! 내게 무슨 할 말이라도 있니? 표현할 언어를 갖지 못해 괴로워하는구나. 네가 꿈꾸지 않는 것을 나는 바로 확인했구나! 오르페오, 너는 꿈꾸는 중이야! 사람은 개, 고양이, 말, 소, 양과 같은 온갖 종류의 동물, 특히 가축이 있기 때문에 사람일까? 인간은 자신의 동물적인 면을 대신해 줄 가축이 없었다면 인간성에 도달할 수 있었을까? 만일 인간이 말을 가축으로 만들지 않았다면 인간의 반은 등에 짐을 지고 다녀야 하지 않았을까? 그래, 너희들 덕분에 인간의 문명이 존재하는 거야. 그리고 여자. 여자는 또 다른 형태의 가축이 아닐까? 그런데 여자가 없었다면 사람은 사람일 수 있었을까? 아아! 오르페오, 밖에서 들어온 사람이 너를 집 안에서 쫓아내는구나!"

그는 개를 가슴에 힘껏 껴안았다. 실제로 울고 있는 것 같았던 개는 그의 수염을 핥고 있었다.

29장

　이제 결혼식을 올릴 만반의 준비가 갖추어졌다. 아우구스토는 조촐하고 소박한 결혼식을 원했다. 그러나 그의 부인이 될 에우헤니아는 식이 화려하고 성대하기를 바라는 것 같았다.

　결혼 날짜가 다가옴에 따라 신랑은 신부와 좀 더 친밀한 관계를 열망했다. 그런데 그러면 그럴수록 그녀, 에우헤니아는 더욱 몸을 도사렸다.

　"에우헤니아, 며칠만 있으면 우린 한 몸이 될 텐데!"

　"바로 그렇기 때문에 안 돼요. 이제 우리는 서로 존경해야 해요."

　"존경…… 존경…… 존경은 애정을 배척하지."

　"당신은 그렇게 생각하겠죠……. 결국 남자들이란!"

　아우구스토는 그녀가 어딘가 이상하고 억지를 부린다는 생각이 들었다. 언젠가는 자신의 시선을 피하려는 것 같았다. 그는 어머니, 그 불쌍한 어머니를 떠올렸다. 항상 자기 아들이 결혼을 잘하기를 염원했던 어머니의 열망을 떠올렸다. 그런데 이제, 에우헤니아와 결혼이 임박한 이때에 그를 더 괴롭게 한 것은 로사리오를 데려가겠다고 한 마우리시오의 말이었다. 그는 질투를, 불 같은 질투를 느꼈다. 그리고 그는 그 좋은 기회를 놓치고 그 아이 앞에서 웃음거리가 된 자신을 돌아보니 화가 치밀었다. '이제 두 연놈이 나를 비웃고 있겠지.' 그는 생각했다. '그리고 그놈은 이중으로 나를 비웃겠지. 에우헤니아를 내게 내던지고 로사리오를 데려가니까 말이야.' 그래서 어느 때인가는 결혼 약속을 파기하고 마우리시오로부터 로사리오를 탈취하여 정복하고 싶은 강렬한 욕구를 느꼈다.

"그 아가씨, 로사리오는 어떻게 됐어요?" 결혼식을 며칠 앞두고 에우헤니아가 물었다.

"지금 왜 그 얘기를 꺼내지?"

"아, 기억하기 싫으면 그만둬요!"

"아니야…… 아니야……. 하지만……."

"흠, 그녀가 우리의 대화를 끊어놓은 적이 있었죠……. 그녀 소식 못 들었어요?" 그러고는 그를 뚫어지게 쳐다보았다.

"아니, 못 들었는데."

"누가 이 시간에 그녀를 정복하고 있을 것이며 누가 정복할 것인가……?" 그녀는 아우구스토에게서 시선을 돌려 저 먼 허공에 고정시켰다.

신랑의 마음에 이런저런 이상한 예감이 스치고 지나갔

다. '이 여자는 뭔가를 알고 있는 것 같다.' 그는 생각했다. 그리고 큰 소리로 물었다.

"당신 뭔가 알고 있지?"

"내가요?" 그녀는 짐짓 무관심한 척 대답하고는 그를 다시 쳐다봤다.

두 사람 사이에 이상한 그림자가 감돌고 있었다.

"그녀를 잊었겠지요……."

"그런데 왜 그…… 그 애 얘기를 자꾸만 하지?"

"내가 뭘 알겠어요……! 사실 이건 다른 얘긴데, 한 남자가 사랑을 구했던 여자를 다른 남자가 빼앗아 데려간다면 처음 남자는 어떻게 될까요?"

이 말을 듣자 아우구스토는 피가 거꾸로 솟구치는 것을 느꼈다. 그는 로사리오를 찾으러 밖으로 뛰쳐나가 그녀를 찾아서 함께 돌아와 에우헤니아 앞에서 이렇게 외치고 싶었다. '여기 있어. 이 애는 내 거야. 네 마우리시오…… 의 것이 아니란 말이야!'

결혼식까지는 사흘이 남았다. 아우구스토는 생각에 잠긴 채 애인의 집에서 나왔다. 그날 밤 거의 잠을 이룰 수 없었다.

다음 날 아침, 잠에서 깨어나자마자 리두비나가 방에 들어왔다.

"여기 도련님께 온 편지가 있어요. 방금 배달됐어요. 에우헤니아 아가씨의 편지 같아요……."

"편지? 그녀의? 그녀에게서 편지? 거기 놔두고 가!"

리두비나는 나갔다. 아우구스토는 떨기 시작했다. 불길

한 예감이 심장을 뛰게 했다. 그는 로사리오를 생각했다. 그리고 마우리시오를 떠올렸다. 그러나 그는 편지를 뜯어 보고 싶지 않았다. 두려운 마음으로 봉투를 바라보았다. 일어나서 세수를 하고 옷을 입은 후 아침 식사를 청하여 순식간에 먹어치웠다. 그러고는 '안 돼, 여기서 읽고 싶지 않아.'라고 혼잣말을 했다. 그는 밖으로 나가 가장 가까운 성당으로 들어갔다. 거기서 미사에 참석 중인 독실한 신자들 사이에서 편지를 뜯었다. 그리고 생각했다. '여기서 나는 진정해야 할 거야. 왜냐하면 내 심장이 어떻게 반응할지 모르겠으니 말이야.' 편지 내용은 다음과 같았다.

친애하는 아우구스토 씨. 당신이 이 편지를 읽고 있을 때쯤이면 저는 당신의 호의로 마우리시오가 직장을 얻게 된 곳으로 그와 함께 가고 있을 것입니다. 그곳에서 역시 당신의 호의로 받게 된 집세와 마우리시오의 봉급을 합치면 우리는 어느 정도 편안하게 살아갈 수 있을 겁니다. 저를 용서해 달라고 하진 않겠어요. 왜냐하면 이런 일이 있고 난 후 제가 당신을 행복하게 할 수 없고, 더더구나 당신은 저를 행복하게 할 수 없다는 사실을 깨달으실 것이기 때문이지요. 이 순간이 지나고 조금 진정이 되면 왜 지금 이런 행동을 이렇게 해야 했는지를 설명하는 편지를 쓰겠어요. 마우리시오는 결혼식 날 성당에서 식을 마치고 나온 후에 달아나기를 원했으나 그의 계획은 너무 번거롭고 더구나 쓸데없이 잔인한 행동으로 생각됐어요. 제가 언젠가 당신께 얘기했듯이 우리는 친구로 남을 거라고 믿어요.

당신의 친구인 에우헤니아 도밍고 델 아르코

추신. 로사리오는 우리와 함께 오지 않았어요. 거기에
남아 있으니 함께 위로하세요.

아우구스토는 절망하여 의자에 주저앉았다. 잠시 후 무
릎을 꿇고 기도를 드렸다.

성당에서 나올 때 그는 침착한 것처럼 보였다. 그러나
무더운 바람을 불러오는 지독한 침묵이었다. 그는 에우헤
니아의 집으로 갔다. 그곳에는 슬픔에 젖어 있는 불쌍한
고모님 부부가 있었다. 조카딸은 편지로 자신의 결심을 그
들에게 전달했으며 밤새 나타나지 않았다. 그 연인들은 해
질 무렵 열차를 탔던 것이었다. 그것은 아우구스토가 자기
신부와 마지막 이야기를 나눈 조금 후의 일이었다.

"이제 어떻게 하죠?" 도냐 에르멜린다가 말했다.

"무엇을 할 수 있겠습니까? 부인, 참을 수밖에요!" 아우
구스토가 대답했다.

"이것은 야비한 짓이야." 돈 페르민이 소리쳤다. "이런
일은 본보기가 되게 벌을 받아야 해!"

"그런데 돈 페르민, 당신은, 당신은 무정부주의자가 아
닙니까……?"

"그게 어떻다는 거지? 이런 일은 용납이 안 돼. 그렇게
한 사람을 농락해서는 안 되지!"

"다른 사람을 속이진 않았어요!" 아우구스토는 냉정하게
말했다. 그런데 이 말을 하고 나서 자신이 그렇게 냉정하

게 말한 데에 스스로 놀랐다.

"그러나 그도 당할 거야……. 그도 당할 거야……. 의심할 여지가 없어!"

아우구스토는 에우헤니아가 결국은 마우리시오를 배반할 거라고 생각하자 악마적인 쾌감을 느꼈다. '그러나 나한테는 더 이상 안 되지.' 그는 자신도 듣지 못할 정도의 작은 목소리로 혼잣말을 했다.

"이런 일이 벌어져 유감스럽군요. 무엇보다 당신네 조카따님을 위해서도 말입니다. 이만 물러가겠습니다."

"돈 아우구스토, 이해하시겠죠. 우리는……." 도냐 에르멜린다가 말하기 시작했다.

"물론이죠! 물론이죠! 그러나……."

대화는 더 이어질 수 없었다. 아우구스토는 몇 마디 더 하고는 밖으로 나왔다.

그는 자기 자신과 자신에게 일어나고 있는 일, 아니 오히려 자신에게 일어나지 않은 일에 대해 경악하고 있었다. 극도의 비웃음의 충격을 적어도 겉으로 보기에는 담담히 받아들인 그 냉정함, 그 고요함은 스스로의 존재까지 의심해 보게 했다. 그는 혼잣말로 '내가 다른 사람들처럼 심장을 가진 사람이라면, 하다못해 내가 사람이고 실제로 존재한다면, 어떻게 내가 지금 이 일을 이렇게 침착하게 받아들일 수 있단 말인가? 그는 자신도 모르게 스스로를 만져 보고 심지어는 꼬집어보기까지 했다.

그는 갑자기 누군가 다리를 잡아끄는 것을 느꼈다. 그를 위로하려고 마중 나온 오르페오였다. 그는 오르페오를 보자 이상하게도 큰 기쁨을 느꼈다. 그는 오르페오를 품에 안고 말했다. '오르페오야, 기뻐해! 기뻐하란 말이야! 우리 둘이서 기쁨을 나누자꾸나! 이젠 너를 집에서 쫓아내지 않는다! 이제 너를 내게서 떼어놓지 못할 거야! 이제 우리 둘을 떼어버리지 못할 거야! 이제는 어떤 일이 있어도 함께 살 것이다. 불행이 아무리 크고 좋은 일이 아무리 작아도 또는 그 반대일지라도 끝까지 지속되는 불행은 없어. 결국은 좋은 일이 오지. 오르페오, 너, 너는 충실하지, 나의 오르페오, 너는 충실해! 언젠가 너도 암컷을 찾겠지. 그러나 그렇다고 해서 집에서 달아나거나 나를 버리지는 않겠지. 너는, 너는 충실하니까. 이봐, 네가 떠나지 않도록 집으로 암캐를 한 마리 데려올게. 그래, 데려올게. 그런데 지금, 너는 내가 겪고 있는 고통을 위로하기 위해서 마중 나온 것이냐, 아니면 너의 암캐를 만나고 돌아오는 길에 나를 만난 것이냐? 어쨌든 너는 충실한 놈이고, 이제 아무도 너를 집에서 내쫓지 못할 거야. 아무도 우리를 갈라놓지 못해.'

그는 집으로 들어갔다. 그 속에서 다시 홀로 남긴 자신을 보자 잔잔하게 보였던 폭풍우가 영혼 속에서 마구 날뛰기 시작했다. 그에게 슬픔, 쓰디쓴 슬픔, 질투, 분노, 공포, 증오, 사랑, 동정, 경멸, 특히 수치심, 심한 수치심과 자신이 웃음거리가 됐다는 무서운 자의식이 뒤섞인 감정이 밀려왔다.

"나를 죽였어!" 그는 리두비나에게 말했다.

"누가요?"

"그 여자가."

그는 자신의 방에 들어박혔다. 에우헤니아와 마우리시오의 모습이 떠오름과 동시에 자신을 비웃고 있는 로사리오의 모습이 나타났다. 그리고 어머니 생각이 났다. 그는 침대 위에 쓰러져 베개를 물어뜯었다. 어떤 말도 제대로 할 수 없었다. 독백도 막혀버린 것이다. 그는 마치 영혼이 마비되는 것처럼 느꼈다. 결국 울음을 터뜨렸다. 울고 울고 또 울었다. 소리 없는 눈물 속에 생각도 녹아내리고 있었다.

30장

빅토르는 소파 한쪽 구석에 파묻혀 바닥을 내려다보고 있는 아우구스토를 발견했다.

"그 모습이 뭐야?" 그는 한 손을 아우구스토의 어깨 위에 올려놓으며 물었다.

"이게 뭐냐고 묻는 거야? 자넨 내게 무슨 일이 있었는지 모르고 있나?"

"알아, 겉으로 드러난 일은 알고 있지. 즉 그 여자가 한 일 말이야. 내가 모르는 것은 자네 안에서 벌어지고 있는 일이야. 이를테면 자네가 왜 그러고 있는지 모르겠어."

"감당할 수 없을 것 같아!"

"자네에게서 사랑 하나가 떠나버렸지. A의 사랑. 하지만 B의 사랑, C의 사랑, 또는 X의 사랑, 아니면 무수한 이들 중 그 누군가의 사랑은 아직 남아 있지 않겠어?"

"농담할 때가 아니야."

"그 반대지. 지금이야말로 농담할 수 있는 기회야."

"나는 사랑 때문에 괴로워하는 게 아니야. 조롱당한 것 때문에 괴로워! 조롱! 조롱! 나를 조롱했단 말이야. 나를 비웃었단 말이야. 나를 웃음거리로 만들었어. 잘은 모르지만…… 그들은 내가 존재하지 않는다는 것을 내게 증명하려고 했어……."

"축하하네!"

"놀리지 마, 빅토르."

"왜 내가 놀리면 안 되지? 친애하는 아우구스토, 자네는 그녀를 실험하러 갔었지. 그런데 결국 자네가 실험을 당한 거야. 자네는 그녀를 개구리로 취급하려고 했는데 그녀가 자넬 개구리로 만들어버린 거지. 웅덩이로 뛰어들어 개굴개굴 울면서 살아보지그래!"

"다시 한 번 부탁하는데……."

"농담하지 말라고, 응? 하지만 나는 하겠어. 농담이란 이런 경우를 위해 만들어진 거야."

"농담에는 부식성이 있어."

"부식시켜야지. 혼동시켜야 하고. 특히 혼동시키는 게 중요해, 모든 것을 혼동시켜야 해. 꿈과 현실을 혼동시키고 허구와 현실을 혼동시키며 진실과 거짓을 혼동시켜야 해. 단 하나의 안개 속에 모든 것을 혼동시켜야 해. 부식성이 없고 혼동을 일으키지 않는 농담은 아무 쓸모가 없어. 어린이는 비극에 웃고 늙은이는 희극에 울어. 자네는 그녀를 개구리로 만들려고 했지. 그런데 그녀가 자네를 개구리로 만들었어. 그렇다면 현실을 받아들이고 직접 개구리가 되어봐."

"무슨 말을 하려는 거야?"

"너 자신을 실험해 보는 거야."

"그래, 자살을 하라는 말이군."

"긍정도 부정도 않겠어. 여러 방법 중 하나의 해결책은 되겠지. 그러나 최상의 방법은 아니야."

"그렇다면 그들을 찾아서 죽이는 거야."

"죽이기 위해서 죽이는 것은 미친 짓이지. 증오에서는 벗어나게 되더라도 영혼을 부패시킬 뿐이야. 왜냐하면 원한을 원한으로 치료한 사람은 그 상대에게 자비심을, 심지어는 사랑까지도 느끼게 돼. 한번 그 피해자에 대한 증오심을 만족시키고 나면 말이지. 악한 행동은 악한 감정에서 벗어나게 해주지. 그것이 법이 죄를 만들어내는 이유야."

"그러면 어떻게 하란 말이야?"

"이 세상은 먹든지 아니면 먹히는지 둘 중 하나라는 말 들어봤지……."

"그래, 다른 사람을 조롱하든지 아니면 자기가 조롱당하든지."

"아니야, 세 번째 항목이 있어. 자기 자신을 삼켜버리는 거야. 자기 자신을 조롱하는 거지. 너를 삼켜버려! 삼키는 자는 기쁨을 맛볼 수 있어. 하지만 기쁨의 종말을 되새기는 일에 싫증을 안 내다가는 염세주의자가 돼. 삼켜진 자는 괴로워하지. 하지만 고통에서 해방되리라 기대하는 일에 싫증을 안 내다가는 만족하지 못해 낙천주의자가 되는 거야. 너 자신을 삼켜버려. 자신을 삼키는 기쁨이 삼켜지는 고통과 섞이고 중화되어 완벽하게 마음이 평온한 상태, 즉 아타락시아*에 도달할 거야. 그러면 자네는 스스로를 단순한 구경거리로 남게 할 수 있겠지."

"이런 말을 하려고 내게 온 사람이 자네, 빅토르, 자네, 자네 맞나?"

"그래 나야, 아우구스토. 나, 나란 말이야!"

"그런데 한때는 자네가 그렇게…… 부식시키는 방식으로 생각하면서 살진 않았던 것 같은데."

"그때는 아버지가 아니었기 때문이지."

"그럼, 아버지가 되는 것은……?"

"아버지가 된다는 것은 미쳤거나 바보가 아닌 다음에야 인간에게 있는 가장 무서운 면을 일깨워 주는 일이야. 책임감! 나는 인류의 이 영원한 유산을 내 아들에게 건네주는 거야. 부성애의 신비를 명상하다 보면 미치게 되는 수가 있어. 그런데 대다수의 아버지들이 미치지 않는다면 그것은 그들이 바보거나…… 아니면 아버지가 아니기 때문이지. 그러니까 아우구스토, 기뻐하란 말이야. 그 일에 실패함으로써 자네는 아버지가 되는 것을 피할 수 있었던 거야. 나는 자네에게 결혼하라고 말했지만 아버지가 되라고 한 것은 아니었어. 결혼은 심리적인…… 실험이야. 부성애는 병리적인…… 실험이고."

"빅토르, 그 실험이 나를 아버지로 만들었어!"

"뭐라고? 네가 아버지가 되었다고?"

★ ataraxia: 에피쿠로스 학파가 말한 정신적 평정 상태.

"그래, 나 자신의 아버지가 되었다고! 이것으로 나는 진정으로 태어났다고 생각해. 고통을 겪고 죽기 위해서 말이야."

"그래, 진정한 탄생인 제2의 탄생은 우리가 항상 죽어가고 있다는 끝없는 죽음에의 의식에서 비롯되는 고통 속에서 탄생하지. 그러나 네가 너 자신의 아버지가 되었다면 마찬가지로 너 자신의 아들이 됐다는 거야."

"믿을 수가 없군, 빅토르. 그녀! 그녀가 내게 그런 일을 저지른 후에…… 지금 내게 벌어지고 있는 일들, 이런 미묘한 말들, 이런 관념의 유희, 이런 신랄한 농담을 침착하게 들을 수 있다는 사실을 난 믿을 수 없네. 게다가 더 심한 건……."

"더 심한 건?"

"내 마음을 다른 데로 돌리게 한다는 거야. 난 나 자신에게 화가 나!"

"그건 희극이야, 아우구스토. 우리 내부의 무대, 즉 양심의 무대에서 희극배우와 관객의 역할을 동시에 수행하면서 우리 자신 앞에서 우리가 연기하는 희극이야. 우리가 무대에서 고통의 장면을 재현해 낼 때 갑자기 웃고 싶은 생각이 들면 그것은 우리에게 부자연스럽게 보인단 말이야. 이때가 더욱 웃고 싶을 때지. 희극, 희극은 고통이야!"

"그런데 만일 고통의 희극이 사람을 자살로 이끈다면?"

"자살의 희극이지!"

"이건 진짜로 죽는 문제야!"

"그래도 희극이야!"

"그렇다면 실제인 것, 진실한 것, 의미 있는 것은 무엇이지?"

"희극이 실제가 아니고 진실하지 않으며 의미 있는 것이 아니라고 누가 말했어?"

"그렇다면?"

"모든 것은 하나며 동일해. 혼동시켜야만 해, 아우구스토. 혼동시켜야만 해. 혼동시키지 않는 자는 혼동되지."

"혼동시키는 자 역시 혼동돼."

"아마도."

"그렇다면?"

"그러면 이것은, 잡담하고 재주를 부리며 말장난을 하는 것은…… 시간을 허비하고 있는 것이야!"

"그들은 시간을 잘 보내고 있겠지!"

"자네도 마찬가지야! 여태까지 지금보다 더 흥미로운 자신의 모습을 네 눈으로 직접 본 적 있나? 아프지 않으면 어떻게 수족이 있는지 안단 말이야?"

"좋아, 그런데 난 지금 무엇을 해야 하지?"

"하다…… 하다, 하다라……! 어럽쇼! 이제 자네는 자신을 연극이나 소설의 인물로 여기고 있는 거야! 우리는 소설의 인물이 되는 것으로 만족하자! 하다…… 하다…… 하다라……! 자네는 우리가 이렇게 얘기하고 있는 것이 별일 아닌 것 같나? 그건 행동에 집착하는 거야. 팬터마임에 집착하는 거라고. 배우들이 몸짓을 많이 하고 발걸음을 크게 뛰고 결투를 가장하며 뛰어오르는 등의 행동을 하면 연극에서 많은 사건이 이루어질 수 있다고들 하지. 팬터마임!

팬터마임! 어떤 때는 너무 말을 많이 한다고들 하지. 마치 말하는 것은 행동이 아닌 것처럼. 태초에 말씀이 있었고 그 말씀으로 말미암아 모든 것이 이루어졌다. 예를 들어 만일 지금 어느…… 소설가가 저기 저 옷장 뒤에 숨어 우리가 여기서 이야기하는 모든 것을 속기하였다가 나중에 그것을 재생하면 그걸 읽는 독자들은 아무 일도 없다고 말하기 쉬워. 그럼에도 불구하고……."

"오! 빅토르, 만일 사람들이 내 속을 들여다볼 수 있다면 그렇게 말하지 않을 것이라고 난 확신하네!"

"속? 누구의 속? 자네의? 나의? 우리는 속이 없어. 여기에 어떤 일도 없어서 아무런 말도 하지 않을 때가 그들, 독자들이 자신의 내부를 볼 수 있을 때야. 연극이나 소설, 즉 소설에 나오는 인물의 영혼은 그에게 주어진 것 이외에 다른 영혼은 없어……."

"그래, 작가의 영혼 말이지."

"아니, 독자의 영혼이야."

"그렇다면 자네에게 단언하는데, 빅토르……."

"아무것도 확신하지 말고 자네나 삼켜버려. 그것이 확실한 거야."

"나를 삼킨다. 나를 삼킨다. 빅토르, 나는 그림자로써 허구로써 시작했어. 나는 수년 동안 나 자신의 존재를 믿지 않고, 어느 숨은 천재가 기분 전환용으로 만들어낸 환상적 인물인 것으로 상상하면서 안개 속의 인형처럼 유령처럼 방황했어. 그러나 그녀가 내게 한 일을 겪고 난 지금, 그들이 내게 한 일을 당하고 난 지금, 이러한 조롱, 이러한 조롱의 잔인함을 겪고 난 지금은 내 존재를 믿어! 난 지금 나를 느끼고 나를 만져보면서 이제는 내가 실제로 존재한다는 사실을 의심하지 않아."

"희극이로군! 희극이야! 희극!"

"뭐라고?"

"희극이라고. 희극에서는 자신을 왕이라고 믿는 자가 그 역을 맡게 되지."

"그런데 자넨 지금 무슨 말을 하고 싶은 건데?"

"자네 기분을 풀어주려는 거야. 게다가 아까 말한 것처럼 만일 우리 얘기를 듣고 있는 숨어 있는 소설가가 그것을 재생하기 위해 기록해 두었다면, 소설의 독자는 비록 한순간일지라도 자신의 실체를 의심하게 되어 우리와 같이 자신이 단지 소설적 인물에 지나지 않는다고 믿게 되지."

"그것은 어째서지?"

"그를 구해 내기 위해서지."

"그래. 나는 예술의 가장 구원자적인 요소는 자신의 존재를 잊어버리게 하는 데 있다고 말하는 것을 들었어. 기분 전환하고 고통을 잊기 위해서 독서 삼매경에 빠지는 사람들이 있지……."

"아니야. 예술의 가장 구원자적인 요소는 자신의 존재를 의심하게 하는 데 있어."

"존재한다는 것이 뭔데?"

"자, 보라고. 이제 너는 치료가 되는 중이야. 너를 삼키기 시작하고 있어. 이런 질문이 그걸 증명하는 거야. '사느냐 죽느냐……!' 셰익스피어가 만들어낸 인물 중 하나인

햄릿이 한 말이지."

"그런데, 빅토르. '사느냐 죽느냐.'라는 말은 내게 항상 엄숙한 공허로 보일 뿐이야."

"문장은 심오하면 심오할수록 더욱 공허한 법이지."

"바닥이 없는 우물보다 더 심오한 것은 없어. 자네가 보기에 가장 진실한 것은 뭐지?"

"음…… 음…… 데카르트의 말. '나는 생각한다. 고로 존재한다.'"

"아니야. 그것은 단지 이런 말이야. A는 A와 동일하다."

"하지만 그 말은 아무것도 아닌데!"

"그렇기 때문에 가장 진실한 것이야. 왜냐하면 아무것도 아니기 때문이지. 그러나 너는 데카르트의 저 헛소리를 그렇게까지 논의할 필요가 없다고 생각하니?"

"그렇고말고……!"

"좋아. 그걸 말한 사람이 데카르트였나?"

"그렇지!"

"그런데 그것은 사실이 아니야. 왜냐하면 데카르트는 단지 허구적 존재로 역사에 의해서 만들어졌어. 그렇기 때문에…… 그는 존재하지도 않았고…… 그런 생각도 하지 않았어……."

"그러면 누가 그 말을 했어?"

"아무도 그 말을 한 적이 없지. 그것은 그 자체로써 말해졌던 거야."

"그렇다면 존재하고 사고했던 것이 생각 그 자체였단 말이야?"

“물론이지! 생각해 봐. 그건 존재하는 것은 생각하는 것
이고 생각하지 않는 것은 존재하지 않는다고 말하는 것과
같아.”

“그렇구나!”

“그러니 아우구스토, 생각을 하지 마. 생각을 하지 말라
고. 만일 계속 생각하게 되면……”

“그러면?”

“너를 삼켜버려!”

“말하자면 자살하란 말이지……?”

“거기까진 끼어들고 싶지 않아. 잘 있어!”

빅토르는 골똘히 생각 속에 빠져 어찌할 바를 모르고 있
는 아우구스토를 남겨둔 채 나가버렸다.

31장

　아우구스토의 그 영혼의 폭풍우는 무서운 고요 속에 자
살하기로 결심함으로써 끝났다. 그는 그 모든 불행의 원천
이었던 자기 자신과 결별하기를 원했다. 그러나 자신의 목
적을 수행하기 전에 난파된 자가 얇은 널빤지라도 붙잡는
심정으로 이 이야기의 저자인 나와 이 문제를 상의하고 싶
은 생각이 떠올랐다. 그 당시 아우구스토는 비록 단편적이
지만 자살에 관하여 다뤘던 나의 수필을 읽은 적이 있었
다. 나의 다른 글들과 함께 이때 받은 인상으로 나를 한번
만나서 잠시라도 얘기를 나눈 후에 이 세상을 하직하고 싶
었던 것이다. 그래서 그는 나를 방문하러 내가 이십 년 넘
게 살고 있는 이곳 살라망카로 여행을 왔다.
　그가 찾아왔다는 말에 나는 야릇한 미소를 짓고는 그를
서재로 안내하도록 했다. 그는 유령처럼 들어오더니 서가
에 꽂힌 책들 위에 걸려 있는 유화로 된 나의 초상화를 쳐

다보고는 나의 손짓에 따라 내 앞에 앉았다.

그는 나의 문학 작품들과 어느 정도 철학적 성격을 띤 연구 업적에 대해서 말하기 시작했는데 그에 대해 상당히 잘 알고 있었다. 물론 이 사실은 나를 기쁘게 하였다. 그리고 그는 즉시 자신의 삶과 불행에 대해서 이야기하기 시작했다. 나는 그가 그런 말을 하는 수고를 덜어줄 요량으로 그만큼이나 나도 그의 인생의 부침(浮沈)을 잘 알고 있다고 말하면서 말을 가로막았다. 그리고 이를 증명하기 위하여 그만이 알고 있다고 생각하는 가장 사적이고 비밀스러운 일들의 세세한 부분까지 인용하였다. 그는 어떤 믿을 수 없는 존재를 보듯이 정말 공포에 찬 눈으로 나를 쳐다보았다. 나는 그의 안색이 변하고 표정이 일그러지며 심지어는 떨기까지 하는 것을 보았다. 나는 그의 넋을 빼앗았던 것이다.

"거짓말 같군요! 거짓말 같군요!" 그는 반복해서 말했다. "보지 않고는 믿을 수가 없군요…… 전 제가 깨어 있는지 꿈꾸고 있는지 모르겠어요……."

"깨어 있지도 꿈꾸고 있지도 않아." 나는 그에게 대답했다.

"무슨 말씀인지 잘 모르겠어요…… 이해가 안 돼요……." 그리고 그는 덧붙여 말했다. "그러나 선생님이 저에 관하여 저 자신만큼 알고 계신 것 같으니 어디 제가 의도하는 바를 맞혀보세요……."

"그래." 그에게 말했다. "너." 나는 이 '너'라는 말을 위압적인 어조로 힘주어 발음했다. "너는 너의 불행에 짓눌

려서 자살하려는 극악한 생각을 하게 되었지. 그리고 내가
최근에 쓴 수필 하나를 읽고 마음이 움직여 자살을 실행하
기 전에 이 문제를 내게 상의하러 온 거야."

불쌍한 아우구스토는 신들린 사람처럼 나를 쳐다보면서
수은중독에 걸린 사람같이 떨고 있었다. 그는 일어나려고
했다. 아마 내게서 벗어나기 위해서였을 것이다. 그러나
그럴 수 없었다. 그는 힘을 낼 수가 없었다.

"움직이지 마라!" 그에게 명령했다.

"실은…… 실은……." 그는 말을 더듬었다.

"비록 네가 원할지라도 너는 자살할 수 없어."

"뭐라고요?" 그는 자기의 의사가 이렇게 거부되고 반박
되는 것을 보고 소리쳤다.

"그래. 자기 자신을 살해하기 위해서는 무엇이 필요하
지?" 그에게 질문했다.

"실천할 용기가 있어야 합니다." 그는 대답했다.

"아니야." 나는 그에게 말했다. "살아 있어야 해!"

"그거야 물론이죠!"

"그런데 너는 살아 있지 않아!"

"왜 제가 살아 있지 않죠? 제가 죽었단 말입니까?" 그는
자신도 모르게 자기 몸을 만져보기 시작했다.

"아니야! 아니야!" 나는 그에게 반박했다. "조금 전에
나는 네가 깨어 있지도 꿈꾸고 있지도 않다고 말했지. 그
런데 지금은 네가 죽어 있지도 않고 살아 있지도 않다고
말하고 있는 거야."

"제발, 무슨 말인지 설명 좀 해주세요! 설명 좀 해 주세

요!" 그는 낙담하여 내게 간청했다. "오늘 오후 제가 보고 들은 일들이 너무 엄청나서 미쳐버릴 것만 같아요."

"친애하는 아우구스토, 사실은……." 나는 가장 부드러운 목소리로 말했다. "너는 자살할 수가 없어. 왜냐하면 살아 있지 않기 때문이야. 너는 살아 있지도 않고 그렇다고 죽은 것도 아니야. 왜냐하면 존재하지 않으니까……."

"제가 왜 존재하지 않습니까?" 그는 부르짖었다.

"존재하지 않아. 너는 단지 허구의 실체로서만 존재할 뿐이야. 불쌍한 아우구스토, 너는 단지 내 환상의 산물일 뿐이며, 내가 꾸며낸 너의 행운과 불행의 이야기를 읽는 내 독자들의 환상의 산물이야. 너는 소설 또는 소설, 아니면 다른 무엇으로 부르든 그 속의 인물일 뿐이야. 이제 네 비밀을 알겠지."

이 얘기를 들은 그 불쌍한 인간은 조준점을 관통하여 지나갈 것 같은 꿰뚫는 시선으로 나를 잠시 응시하고는 이내 책들 위에 걸려 있는 유화로 된 나의 초상화를 잠깐 쳐다보았다. 그러고는 안색이 돌아오고 호흡이 진정되면서 원래의 생기를 되찾았다. 이제 스스로에 대한 자신감을 회복한 듯 보였다. 그는 내 앞 가까이에 있는 작은 침대에 팔꿈치를 놓고 손바닥으로 얼굴을 받치며 눈으로 미소를 짓고 나를 쳐다보면서 천천히 말하였다.

"잘 생각해 보세요. 돈 미겔…… 선생님이 착각을 하고 있고 선생님이 믿고 말한 것과는 정반대의 일이 일어난다는 것은 아니지만 말이죠."

"정반대의 일이 무엇인데?" 나는 그가 자신감을 되찾은 것을 보고 경계하며 물었다.

"친애하는 돈 미겔," 그는 덧붙여 말했다. "허구의 실체가 아니고 죽어 있지도 살아 있지도 않고 실제로 존재하지 않는 자는 제가 아니라 선생님이 아닐지…… 선생님은 단지 내 이야기를 세상에 알리기 위한 도구에 지나지 않는 것은 아닌지……."

"전혀 그렇지 않아!" 나는 기분이 상해 소리쳤다.

"그렇게 흥분하지 마세요, 우나무노 선생님." 그는 내게 항변했다. "침착하세요. 당신은 내 존재에 대해서 의심하셨습니다……."

"의심이라고, 아니야." 나는 그의 말을 가로막았다. "네가 내 소설적 산물 밖에서 존재하지 않는다는 것은 절대적으로 확실한 사실이지."

"좋습니다. 그렇다면 이번엔 제가 당신의 존재에 대해서 의심하고 나 자신의 존재를 의심치 않는다고 해서 너무 언짢게 생각하지 마십시오. 다시 본론으로 돌아와서, 당신은 여러 번에 걸쳐서 돈 키호테와 산초는 이미 너무 실제적이기보다는 차라리 세르반테스보다도 더 실제적인 인물이라고 말하지 않았습니까?"

"그걸 부정하진 않겠어. 하지만 그런 말을 할 때 내가 한 생각은……."

"좋습니다. 그런 개인적 생각은 그만두고 다른 얘기를 해보죠. 침대에서 꼼짝 않고 잠들어 있는 사람이 꿈을 꿀 때 무엇이 더 존재하는 겁니까? 꿈을 꾸는 사람으로서의 그입니까? 아니면 그의 꿈입니까?"

"그렇다면 만일 그 자신이 존재한다는 꿈을 꾸는 사람은?" 나는 나대로 그에게 대응했다.

"그 경우에는 돈 미겔, 저대로 선생님께 질문을 하나 하겠습니다. 그는 어떤 방식으로 존재하는 겁니까? 꿈을 꾸는 사람으로서입니까? 아니면 자기 자신에 의해서 꿈꾸어진 사람으로서입니까? 그 밖에 선생님은 저와의 토론을 받아들임으로써 이미 선생님으로부터 독립된 저의 존재를 인정하고 있다는 것을 생각해 보세요."

"아니야! 그건 아니야! 그건 아니야!" 나는 그에게 격하게 반응했다. "나는 토론이 필요해. 토론 없이는 살 수가 없어. 반론 없이도. 그래서 나와 토론하고 나에게 반론을 제기할 사람이 내 바깥에 없으면 나는 안에서 토론할 사람을 만들어내지. 나의 독백은 대화야……."

"아마 선생님이 꾸며내는 대화는 단지 독백일 수도 있죠……."

"그럴 수도 있지. 하지만 다시 반복해 말하지만 너는 내 밖에선 존재하지 않아……."

"저는 오히려 선생님이 제 밖에서는 존재하지 않는다는 점과 선생님이 만들어냈다고 믿는 그 밖의 인물들에 대해서 제가 갖는 생각을 다시 말씀드리겠습니다. 돈 아비토 카라스칼과 저 위대한 돈 풀헨시오도 저와 같은 의견일 것을 확신합니다……."

"그자는 언급하지 마……."

"좋습니다. 하지만 그를 나쁘게 보지 마십시오. 그건 그렇고, 선생님은 저의 자살에 대해서 어떻게 생각하십니까?"

"다시 반복하지만, 너는 단지 나의 환상 속에서만 존재하기에 내 마음에 들지 않는 것은 해서도 안 되고 할 수도 없어. 그래서 말인데, 네가 자살한다는 것이 정말 내키지 않아. 너는 자살할 수 없을 거야. 내가 할 수 있는 말은 이 것뿐이네!"

"우나무노 선생님, '내 마음에 들지 않는'이라는 말은 매우 스페인적인 표현입니다. 그런데 매우 듣기 싫군요. 더구나 나는 실제로 존재하지 않고 선생님은 존재하며, 나는 단지 선생님의 소설적 혹은 소설적 환상의 산물이라는 선생님의 근사한 이론대로 가정하는 경우에라도 선생님 마음 내키는 대로의 그 변덕에 제가 귀속돼서는 안 될 것입니다. 허구의 실체라고 불리는 것들 속에서도 나름의 내적인 논리가 있는 것입니다……."

"그래, 나는 그 칸타타를 알고 있지."

"사실 소설가나 극작가는 절대로 자기 마음 내키는 대로 인물을 만들 수 없습니다. 소설적 허구의 실체는 예술의 훌륭한 법칙에 따라 독자가 그 실체에 대해 기대하지 않는 것을 할 수는 없습니다……."

"소설적인 존재는 아마도 그렇겠지……."

"그러면요?"

"그러나 소설적 존재라면……."

"저를 심하게 모욕하고 아프게 하는 그런 되지도 않는 말은 그만두시죠. 제가 믿는 대로 저 자신에 의해 갖게 된 것이든, 선생님이 믿는 대로 선생님이 제게 주셨던 것이든, 저는 나름의 성격과 존재 방식, 그리고 내적 논리를 가지고 있습니다. 이 논리는 제게 자살할 것을 요구하고 있습니다…….”

“그것은 네 생각이야. 그러나 너는 착각을 하고 있어!”

“어디 좀 봐요. 제가 왜 착각하고 있습니까? 어떤 점에서 제가 착각한다는 겁니까? 어디에 저의 잘못이 있는지 보여주세요. 세상에서 가장 어려운 학문이 자기 자신을 아는 것이니, 제가 착각하기도 쉽고 자살이 제가 처한 불행의 가장 논리적인 해결책이 아닐 수도 있습니다. 그러나 그걸 보여주십시오. 돈 미겔, 만약 자신에 대해 아는 것이 어렵다면 제가 보기에 그만큼 어려운 지식이 또 있습니다…….”

“그건 뭐지?” 나는 그에게 물었다.

그는 수수께끼 같은 음흉한 미소로 나를 쳐다보고는 천천히 말하였다.

“자기 자신을 아는 일보다 더 어려운 것은 어떤 소설가나 극작가가 만들어낸 또는 만들어냈다고 생각하는 인물들을 잘 아는 일입니다…….”

나는 아우구스토가 돌파구를 마련하자 초조해지고 인내심을 잃기 시작했다.

“그리고 선생님이 비록 제게 존재를, 그러니까 허구적 존재를 부여했다는 점을 인정하더라도 말씀하신 것처럼 선생님 마음 내키는 대로 제가 자살하는 것을 막을 수는 없음을 주장하는 바입니다.” 그는 덧붙여 말했다.

“좋아, 이제 그만! 됐어!” 나는 작은 침대를 주먹으로 내리치면서 소리쳤다. “입 닥쳐! 더 이상 건방진 소리 듣고 싶지 않다……! 그것도 내가 창조한 자에게! 그리고 이제 싫증도 나고 더구나 너를 어떻게 해야 할지 잘 모르겠으니, 네가 자살한다고 해서가 아니라도 지금 이 순간 나는 너를 죽이기로 결정했다. 너는 죽을 것이다. 그것도 빨리! 아주 빨리!"

"뭐라고요?" 아우구스토가 경악하며 소리쳤다. "당신이 나를 죽게 내버려둔다고요? 나를 죽게 한다고요? 나를 죽이겠다고요?"

"그래, 네가 죽도록 할 것이다!"

"아, 그건 절대로 안 됩니다! 절대로 안 돼요! 절대로!" 그는 소리쳤다.

"아!" 나는 연민과 분노에 차서 그를 바라보면서 말했다. "그러니까 너는 자살할 준비는 되어 있지만 내가 너를 죽이는 것은 싫다는 말이냐? 그러니까 너는 스스로 네 생명을 거두려고는 하지만 내가 네 생명을 거두려는 것에는 저항한단 말이지?"

"그렇습니다. 그건 다른 문제예요."

"실제로 나는 이와 유사한 이야기를 들은 적이 있어. 어떤 사람이 어느 날 밤 자살하려고 권총을 가지고 나갔는데, 강도 몇 명이 나타나서 그를 공격하였다는군. 그는 자신을 방어하다가 그들 중 한 명을 죽이게 되었고 나머지는 달아나 버렸대. 타인의 생명으로 자신의 생명을 살 수 있다는 것을 알게 된 그는 자살을 포기하였다는군."

"이해합니다." 아우구스토가 수긍했다. "문제의 핵심은 누군가의 생명을 끊는 데, 어떤 사람을 죽이는 데 있었죠.

이미 다른 사람을 죽였는데 무엇 때문에 자살하겠습니까? 자살한 사람들은 대부분 좌절당한 살인자들입니다. 다른 사람들을 죽일 용기가 없어서 자기 자신을 죽인 겁니다……."

"아, 이제 너를 이해하겠어! 아우구스토, 너를 이해하겠어! 네 말은 네가 에우헤니아나 마우리시오 또는 그 둘을 죽일 용기를 가졌다면 자신을 살해할 생각은 안 했을 거란 말이지? 그렇지?"

"꼭 그들만 생각했던 것은…… 아닙니다!"

"그럼 누가 있는데?"

"당신이요!" 그는 똑바로 쳐다보았다.

"뭐라고?" 나는 벌떡 일어서며 소리쳤다. "뭐라고? 그러면 네가 나를 죽이겠다는 생각을 했단 말이냐? 네가 나를?"

"앉으세요. 진정하시고요. 친애하는 돈 미겔, 당신은 당신이 저를 이르는 것 같은 허구의 실체가 자신에게 허구의 존재를 부여한 자를 죽이려는 것이 이번이 처음인 줄 아십니까?"

"이건 너무 지나치군!" 나는 서재를 거닐면서 말했다. "이것은 도를 넘는 얘기야! 이런 일은 단지……."

"단지 소설들에서나 일어나죠." 그는 딴전을 부리며 결론지었다.

"좋아, 그만 해! 그만 해! 그만 해! 이제 정말 참을 수가 없군! 너는 내게 상의하러 와서는 내 존재에 대해 논쟁하기 시작하고 나중에는 내 마음 내키는 대로, 그래 내 마음대로 너를 처리할 수 있는 권한까지 논하게 되었으니……!"

"지나치게 스페인 사람이 되지는 마십시오. 돈 미겔……."

"보자 보자 하니 점점 더하는군! 별 볼일 없는 놈이! 그래, 난 스페인 사람이다. 스페인에서 태어나고 교육받았으며 육체와 정신, 언어와 직업까지도 스페인적이다. 어느 무엇보다도 스페인적이다. 스페인주의는 나의 종교며 내가 믿기를 원하는 하늘은 천상의 영원한 스페인이다. 나의 신은 스페인의 신, 우리의 주인이신 돈 키호테 신이다. 스페인어로 사유하는 신은 스페인어로 말했다. '빛이 있을지어다!' 그리고 그 말씀은 스페인어였다……."

"그래서 어떻단 말입니까?" 그가 중간에 내 말을 가로막아 나는 다시 현실로 돌아왔다.

"그다음 너는 나를 죽이겠다는 생각을 내비쳤다. 나를 죽이겠다고? 나를? 네가? 내 창조물의 손에 내가 죽어! 난 더 이상 참을 수 없다. 나는 너의 무모함과 네가 내뱉는 터무니없고 무정부적인 주장을 벌하기 위해서 네가 죽도록 결정하고 선고한다. 너는 네 집에 도착하자마자 죽을 것이다. 다시 말하지만 너는 죽을 것이다! 너는 죽을 것이다!"

"그러나 제발!" 공포감으로 창백해진 아우구스토는 떨면서 이제 애원하며 부르짖었다.

"이제 어쩔 수 없어. 너는 죽을 것이다!"

"사실 저는 살고 싶습니다. 돈 미겔, 살고 싶습니다. 살고 싶어요……."

"너는 자살을 생각하지 않았어?"

"아! 그것 때문이라면 우나무노 선생님, 맹세합니다. 자살하지 않겠습니다. 신 또는 당신이 준 이 생명을 끊지 않겠습니다. 선생님께 맹세합니다. 선생님이 지금 저를 죽이려 하니 저는 살고 싶습니다. 살고, 살고 싶어요……!"

"딱한 인생이군!" 나는 소리쳤다.

"네, 어떤 인생일지라도. 비록 다시 조롱을 당할지라도, 비록 또 다른 에우헤니아와 마우리시오가 제 가슴을 발기발기 찢어놓는다 할지라도 저는 살고 싶습니다. 살고 싶습니다. 살고, 살고 싶습니다……"

"이제는 어쩔 수 없어…… 어쩔 수 없어……"

"나는 살고, 살고 싶습니다…… 그리고 내가 되고, 내가, 내가."

"그러나 너는 내가 원하는 대로밖에 안 돼……"

"나는 내가, 내가 되고 싶습니다! 나는 살고 싶습니다." 그의 목소리는 울고 있었다.

"그럴 수 없어…… 그럴 수 없어……"

"제 말 좀 들어보세요, 돈 미겔, 선생님의 자식들을 위해서라도, 사모님을 위해서라도, 그리고 선생님이 원하시는 그 무엇을 위해서도…… 두고 보세요. 선생님 역시 지속되지 않을 것입니다…… 죽을 것입니다……"

그는 내 발밑에 무릎을 꿇고 애원하며 부르짖었다.

"제발 돈 미겔, 살고 싶습니다! 내가 되고 싶습니다!"

"안 돼, 불쌍한 아우구스토." 나는 그의 한 손을 잡아 일으키면서 말했다. "어쩔 수 없어! 나는 이미 원고를 다 써놓았거든. 이제는 다시 돌이킬 수 없어. 넌 더 이상 살 수가 없다. 난 더 이상 너를 어떻게 해야 할지 모르겠어. 신도 우리를 어떻게 해야 할지 모를 때 우리를 죽이는 거야. 그리고 네가 나를 죽이겠다는 생각을 떠올렸다는 것도 나는 잊을 수가 없어……."

"그러나 돈 미겔, 만일 제가……?"

"상관없어. 나는 내가 무슨 말을 하는지 잘 알아. 실은 내가 너를 빨리 죽이지 않으면 네가 나를 죽이고 말 것이라는 사실이 두려워."

"그러나 우리는 합의를 봐야……?"

"안 돼, 아우구스토, 안 돼. 너의 시간이 왔어. 이미 그렇게 쓰여 있어. 다시 번복할 수가 없어. 너는 죽을 거야. 너에게 가치 있는 삶을 위해서……."

"그러나 제발……!"

"이젠 '그러나'나 '제발'이라고 간청해도 소용없어. 가봐!"

"그러니까 안 된단 말이죠, 네?" 그는 내게 말했다. "그러니까 안 된단 말이죠? 당신은 내가, 내가 되고, 안개로부터 벗어나고, 살고 살고 살고 나를 보고, 나를 만지고, 나를 느끼고, 아픔을 느끼며 내가 되도록 허락하지 않겠다는 거군요. 그러니까 안 된단 말이군요? 그러니까 허구의 실체인 나는 죽어야 하는군요? 그렇다면 좋습니다. 저를 창조해 주신 우나무노 선생님, 당신도 역시 죽을 것입니다. 당신 역시도 원래 있었던 무의 세계로 돌아갈 것입니다……. 신은 당신을 꿈꾸는 것을 중단할 것입니다! 당신은 죽을 것입니다! 네, 비록 원하지 않더라도 당신은 죽을 거예요! 당신은 죽을 거예요! 그리고 내 이야기를 읽는 모든 사람들도 죽을 것입니다! 모두가, 모두가 한 사람도 남김없이! 나와 같은 허구의 실체들! 나와 똑같이! 모두가,

모두가, 모두가 죽을 것입니다. 여러분과 마찬가지로 소설적 허구의 실체인 나, 아우구스토 페레스는 여러분들에게 말합니다. 나의 창조자 돈 미겔 당신도 하나의 소설적 실체에 지나지 않으며 당신의 독자들도 당신의 희생물인 나, 아우구스토 페레스와 똑같이 소설적 실체일 뿐입니다……."

"희생물?" 나는 소리쳤다.

"네, 희생물! 나를 죽게 하려고 창조한 것! 당신도 역시 죽을 것입니다! 창조한 자는 창조되고 창조된 자는 죽게 됩니다. 돈 미겔, 당신은 죽을 것입니다! 당신은 죽을 것입니다! 나를 생각하는 모든 사람들은 죽을 것입니다! 죽는 겁니다. 결국은!"

생명에의 열정과 불멸에의 갈망을 담은 이 최상의 노력은 불쌍한 아우구스토를 극도로 피곤하게 만들었다.

내가 그를 문밖으로 밀어내자 그는 고개를 숙인 채 나갔다. 그리고 이제 스스로의 존재를 의심하는 것처럼 자신의 몸을 더듬어보는 것이었다. 나는 흘러내리는 눈물을 닦았다.

32장

바로 그날 밤 아우구스토는 나를 보러 왔던 이 살라망카 시에서 떠났다. 그는 가슴에 사형선고를 담고 갔다. 자살을 시도할지라도 이제 실행하기 어려우리라는 것을 납득하고 있었다. 가련한 청년은 나의 선고를 생각하면서 될 수 있는 대로 자기 집에 돌아가는 것을 늦추려 했다. 그러나 어떤 신비스러운 인력이, 어떤 내적인 충동이 그를 집으로 끌어가는 것이었다. 그의 여행은 처참했다. 그는 기차 속에서 시간을 세면서 갔다. 그것도 일, 이, 삼, 사…… 이렇게 하나하나 정확히 세면서. 그의 모든 불운, 에우헤니아와 로사리오와 가졌던 사랑의 구슬픈 환상, 그의 좌절된 결혼의 모든 희비극적 이야기 등이 그의 기억에서 지워졌다. 아니 안개 속으로 용해되었다. 그는 앉아 있던 좌석의 감촉도 자신의 체중도 거의 느끼지 못했다. '내가 실제로 존재하지 않는 것이 사실일까?' 그는 혼잣말을 했다. '그

자가 내가 단지 그의 환상의 산물이며 순전히 허구의 실체라고 한 말이 맞는 것인가?'

최근에 와서 그의 인생은 너무나도 슬프고 고통스러운 것이었다. 그러나 그 모든 것이 꿈이었다는 것, 그것도 그의 꿈이 아니라 나의 꿈이었다는 것을 생각할 때 그의 슬픔과 고통은 한층 더했다. 자신이 아무것도 아니라는 사실은 고통보다도 더 무섭게 보였다. 살고 있는 사람을 꿈꾸는 것이라니……! 그것도 다른 사람이 그를 꿈꾸는 것……!

'왜 내가 존재하지 않는단 말인가?' 그는 혼잣말을 했다. '왜? 그 사람이 나를 꾸며냈고, 꿈꾸었고, 그의 상상 속에서 나를 만들었다는 것이 사실이라고 하자. 그러나 나는 이제 다른 사람들의 상상 속에서, 내 생애의 이야기를 읽는 사람들의 상상 속에서 살고 있는 것은 아닐까? 그리고 만일 내가 그렇게 여러 사람들의 환상 속에서 산다면 단 한 사람이 아닌 여러 사람에게 속하는 것이 아닐까? 나의 허구적인 삶의 이야기가 저장되어 있는 책 페이지에서 뛰쳐나와, 아니 나의 생애를 읽고 있는 사람들의 머리에서 ─지금 이 순간 내 생애를 읽고 계시는 독자 여러분의 ─뛰쳐나와 영원한 영혼으로써 영원히 고통받는 영혼으로써 내가 왜 존재할 수 없단 말인가? 왜?'

가련한 그는 휴식을 취할 수가 없었다. 그의 눈앞으로 카스티야의 황무지, 떡갈나무 숲, 소나무 숲들이 스치고 지나갔다. 그는 눈 덮인 산봉우리들을 바라보고 있었다. 점점 멀어져 가는 그곳에는 그의 인생에서 동료였던 이들의 모습이 운무(雲霧) 속에 휩싸여 있었다. 그는 죽음으로 끌려가는 것을 느꼈다.

그는 집에 도착하여 문을 두드렸다. 문을 열어주려고 나온 리두비나는 그를 보자 새파랗게 질리고 말았다.

"왜 그래? 리두비나, 왜 그렇게 놀라지?"

"아이고! 이를 어째! 도련님 모습이 살아 있다기보다는 죽은 사람 같아요……. 저세상에서 온 사람의 얼굴이군요……."

"나는 다른 세상에서 왔어, 리두비나. 그리고 다른 세상으로 가는 거야. 나는 죽어 있지도 살아 있지도 않아."

"그럼 도련님은 미치셨군요? 도밍고! 도밍고!"

"네 남편을 부르지 마, 리두비나. 그리고 난 미치지 않았어. 미치지 않았다고! 다시 말하지만 비록 곧 죽을 것이지만 나는 죽어 있지도 살아 있지도 않아."

"그런데 도련님, 대체 무슨 말씀을 하시는 거예요?"

"내가 존재하지 않는단 말이야. 리두비나. 내가 존재하지 않는다고. 나는 소설의 인물처럼 허구의 실체야……."

"그것은 책에나 나오는 일이죠! 강장제 좀 드시고 옷 갈아입고 주무세요. 그런 환상 같은 것에는 신경 쓰지 마세요……."

"그런데 리두비나, 넌 내가 존재한다고 생각하니?"

"제발, 제발 그런 터무니없는 말씀 그만 하세요, 도련님. 그만 저녁 드시고 주무세요! 내일은 다른 날이 될 거예요!"

'나는 생각한다. 고로 존재한다.' 아우구스토는 이렇게 혼잣말을 하고 덧붙였다. '생각하는 모든 것은 존재하고

존재하는 모든 것은 생각한다. 그래, 존재하는 모든 것은 생각하지. 나는 존재한다. 고로 생각한다.'

그는 당장은 저녁 생각이 없었으나, 습관대로 그리고 충실한 하인들의 간청에 따라 가볍게 삶은 계란 두 개를 청했다. 그러나 먹기 시작하자 그는 이상하게 식욕이 당기면서 더욱더 많이 먹고 싶은 격렬한 욕구를 느끼며 다시 계란 두 개를 시키고 뒤이어 비프스테이크를 청했다.

"그렇지요. 그렇게요." 리두비나는 그에게 말했다. "드세요. 드세요. 그건 약해서 생긴 병일 뿐이에요. 먹지 않는 자는 죽어요."

"먹는 자도 죽는 건 마찬가지지, 리두비나." 아우구스토는 슬프게 말했다.

"네, 그러나 배고파서 죽는 건 아니지요."

"배고파서 죽는 거나 다른 병으로 죽는 거나 뭐가 달라?"

그리고 나서 그는 생각했다. '그러나 안 돼! 안 돼! 나는 죽을 수가 없어. 단지 살아 있고 존재하는 자만이 죽는 것이다. 나는 존재하지 않기 때문에 죽을 수 없어……. 나는 불멸하는 존재야! 태어나지도 않고 존재하지도 않는 나와 같은 존재의 불멸보다 더한 불멸은 없지. 허구의 실체는 하나의 관념이다. 그런데 하나의 관념은 항상 불멸이지…….'

"나는 불멸한다! 나는 불멸한다!" 아우구스토는 부르짖었다.

"무슨 말씀이세요?" 리두비나가 달려왔다.

"먹을 것 좀 더 가져와……. 뭐지…… 달콤한 햄 요리,

피암브레*, 푸아 그라, 뭐든지 있는 대로…… 식욕이 왕
성하게 일어나는군!"

"도련님이 이렇게 잘 드시는 걸 보니 좋군요. 드세요!
드세요! 식욕이 있는 자는 건강한 거고 건강한 자는 사는
겁니다!"

"그렇지만 리두비나, 나는 살고 있지 않아!"

"뭐라고요?"

"내가 살고 있지 않단 말이야. 우리 불멸하는 사람들은
살고 있는 것이 아니야. 나는 살고 있지 않아. 나는 살아
남는 거야. 나는 관념! 나는 관념이야!"

그는 햄을 게걸스럽게 먹기 시작했다. '그러나 나는 먹
고 있는데—그는 혼잣말을 했다—어떻게 내가 살고 있
지 않단 말인가? 나는 먹는다. 고로 존재한다! 의심의 여
지가 없어. Edo, ergo sum!* 이런 맹렬한 식욕은 어디서 기
인하는 것일까?' 그러면서 그는 사형수들이 사형 집행을
기다리는 시간에 먹기에 전념한다는 이야기를 여러 번 읽
었던 것을 기억해 냈다. 그는 생각했다. '이건 전혀 내가
몰랐던 일인데…… 르낭이 『주아르의 여수도원장』에서 말
한 것은 이해가 가…… 사형을 선고받은 한 쌍의 남녀가
죽기 전에 번식해서 자식을 통해 살아남기 위한 본능을 느
낀다는 것은 이해가 가는 일이다. 그러나 식욕이라니……!
이것을 통해 방어되는 것은 육체이다. 영혼은 죽을 때를

★ 고기 같은 것을 한 번 요리한 뒤 식혀서 차갑게 먹는 요리.
★ 나는 먹는다. 고로 존재한다!

알 때 슬퍼하거나 흥분한다. 그러나 육체는 그것이 만일 건강한 육체라면 맹렬한 식욕을 갖게 된다. 왜냐하면 육체도 죽는 것을 알기 때문이다. 그래, 나의 육체다. 나의 육체가 자신을 방어하는 것이다. 걸신들린 듯이 먹고 그다음 죽는 것이다!'

"리두비나, 치즈와 파스타…… 그리고 과일 좀 더 가져와……."

"이젠 지나친 것 같은데요, 도련님. 너무 지나쳐요. 몸에 해로울 거예요!"

"먹는 사람은 산다고 말하지 않았어?"

"그래요. 하지만 지금 도련님이 드시는 양은 지나쳐요……. 도련님도 '아비세나는 병을 치료했고 세나는 병을 더 악화시켰다'*는 말 아시죠."

"저녁 식사가 나를 죽일 수는 없어."

"왜요?"

"왜냐하면 나는 살고 있지 않으니까, 나는 존재하지 않아. 벌써 말했잖아."

리두비나는 자기 남편을 부르러 가서 말했다.

"도밍고, 도련님이 미쳐버린 것 같아요……. 아주 이상한 얘기를 하세요……. 책에나 나오는 일들을…… 뭐, 존

★ 아비세나(980~1037)는 이슬람 지배하의 스페인에 지대한 영향을 준 11세기 페르시아의 유명한 의사이자 철학자이다. 인용된 말은 저녁 만찬을 의미하는 스페인어 세나(cena)와 어려운 병을 고치던 의사인 아비세나(Avicena)의 발음상의 유사성을 이용해서 저녁 식사를 지나치게 하면 건강에 해롭다는 뜻의 전래 속담이다.

재하지 않는다나……. 내가 알 게 뭐예요……!"

"도련님, 그게 뭡니까?" 도밍고가 들어오면서 말했다. "무슨 일이세요?"

"아아, 도밍고!" 아우구스토는 유령 같은 목소리로 대답했다. "별도리가 없구나. 잠이 들려는 공포감을 느낀다……!"

"그럼 주무시지 마세요."

"안 돼, 안 돼, 어쩔 수가 없어. 서 있을 수가 없어."

"제 생각에 도련님은 저녁을 가볍게 드셨어야 해요. 그런데 너무 지나치게 드셨어요."

아우구스토는 일어서려 했다.

"이것 봐, 도밍고, 이것 봐? 일어설 수가 없어."

"당연하죠. 위에 그렇게 많이 채워 넣었으니……."

"정반대지. 밑이 꽉 차야 더 잘 설 수가 있어. 사실 나는 존재하지 않아. 이봐, 지금은 조금 채워졌지만 저녁 먹을 때만 해도 내가 먹은 모든 음식이 입으로 들어가서 끝도 없는 통 속으로 떨어지는 것만 같았어. 먹는 자는 살아. 리두비나 말이 맞아. 그러나 오늘 저녁 내가 먹은 것처럼 절망적으로 먹는 자는 존재하지 않는 거야. 나는 존재하지 않아……."

"참 내, 도련님도, 그런 엉터리없는 얘기는 그만 하세요. 드신 음식이 꺼지고 소화가 되도록 커피와 술을 한 잔씩 드세요. 그리고 산책이나 하시죠. 저도 같이 갈게요."

"안 돼, 일어설 수가 없어. 이것 봐?"

"정말이네요."

"너한테 기댈 수 있게 이리 좀 와봐. 오늘 밤은 침대 하

나 더 갖다 놓고 내 방에서 자도록 해라. 나를 좀 지켜봐
다오……."

"도련님, 저는 자지 않는 게 좋겠어요. 저기 의자에 앉
아 있겠습니다……."

"안 돼, 안 돼, 난 네가 침대에 들어 잠자기를 바란단
말이야. 나는 네가 잠자는 것을 느끼고 코 고는 소리를 듣
고 싶어……."

"좋으실 대로 하세요."

"그럼 이제 종이 한 장만 가져와. 전보를 한 장 쳐야 겠
어. 내가 죽자마자 주소대로 보내도록 해……."

"도련님……!"

"내가 시키는 대로 해!"

도밍고는 복종하고 그에게 종이와 잉크를 갖다 주었다.
아우구스토는 다음과 같이 썼다.

살라망카
　우나무노
　　당신 뜻대로 되었습니다. 나는 죽었습니다.
　　　　　　　　　　　　아우구스토 페레스

"내가 죽는 즉시 전보를 치도록 해. 알겠지?"

"분부대로 하겠습니다." 하인은 주인과 더 이상 언쟁하
지 않으려고 대답했다.

두 사람은 방으로 갔다. 불쌍한 아우구스토는 옷을 벗으
려 하자 몸이 어찌나 심하게 떨리는지 옷가지조차 제대로

잡을 수가 없었다.

"내 옷 좀 벗겨다오!" 그는 도밍고에게 말했다.

"그런데 무슨 일 있으세요, 도련님? 악마한테 홀리신 것 같으니 말이에요! 눈처럼 희고 차갑군요. 의사를 부를까요?"

"아니야, 아니야, 쓸데없는 짓이야."

"그럼 침대를 따뜻하게 할게요."

"그건 왜? 내버려둬! 옷을 다 벗겨줘. 완전히. 우리 어머니가 나를 낳았을 때처럼 말이야. 내가 태어났을 때처럼……. 그래, 내가 태어났을 때로!"

"그런 말씀 하지 마세요, 도련님!"

"우선은 나를 침대에 눕혀다오. 난 움직일 수가 없구나."

가련한 도밍고도 공포감에 떨며 불쌍한 주인을 눕혔다.

"이제 도밍고, 내 귀에 주기도문과 아베마리아, 성모찬가를 천천히 들려주렴. 그렇게…… 그렇게…… 조금씩…… 조금씩……." 그는 마음속으로 그 말을 되풀이했다. "자, 이제, 내 오른손을 잡아 꺼내라. 꼭 잃어버린 것처럼 내 손 같지가 않아……. 그리고 성호를 긋게 좀 도와줘. 그렇지…… 그렇지……. 이 팔은 죽은 상태야……. 어디 맥박이 뛰고 있나 좀 보아라……. 이제 됐어, 잠을 좀 자도록 하자……. 이불 좀 덮어줘, 잘 좀 덮어줘……."

"네, 주무시는 게 좋을 겁니다." 이불의 깃을 올려 덮어주며 도밍고가 말했다. "주무시면 괜찮아질 겁니다……."

"그래, 잠자면 나아지겠지……. 그런데 말해 봐. 지금까지 내가 단지 잠만 자고 꿈만 꾸었단 말인가? 그 모든 것이 안개 이상의 것이었던가?"

"예, 예. 이젠 그런 얘기 그만 하세요. 그런 건 모두 우리 리두비나가 말하듯이 책에서나 있는 일이죠."

"책에서나 있는 일…… 책에서나 있는 일……. 그럼 책에 없는 일은 무엇이지, 도밍고? 이런저런 형태로 책이 있기 이전에, 이야기가 있기 이전에, 말이 있기 이전에, 생각이 있기 이전에 무엇이 있었는가? 생각을 다 끝낸 후에 무엇이 남는단 말인가? 책에서나 있는 일들! 누군들 책 속에 있는 일이 아닐 수 있겠어? 도밍고, 돈 미겔 데 우나무노를 알아?"

"네, 신문에서 그의 글을 조금 읽었습니다. 사람들이 별로 관심을 두지 않는 사실을 말하는 데 전념하는 조금 이상한 분이라고 하더군요……."

"그런데 그 사람을 알아?"

"제가요? 무엇 때문에요?"

"그렇다면 우나무노 역시 책에서나 있는 일이군……. 우리 모두가 그렇지……. 그는 죽을 것이다. 그래, 죽을 것이다. 그 역시 죽을 것이다. 비록 원하지 않는다 해도…… 죽을 것이다! 그것이 나의 복수가 될 것이다. 나를 살게 내버려두지 않겠다고? 그러나 그도 죽을 거야. 죽을 거야. 죽을 거라고!"

"됐어요. 신이 그분을 부를 때 죽도록 내버려두세요. 도련님은 그만 주무세요!"

"잠을 잔다……, 잠을 잔다, 꿈을 꾼다……. 죽는 것……, 잠자는 것……, 잠자는 것……, 아마도 꿈꾸는 것……! 나는 생각한다, 고로 존재한다. 나는 존재한다,

302

고로 생각한다……. 나는 존재하지 않는다. 존재하지 않아! 나는 존재하지 않는다……. 아, 어머니! 에우혜니아…… 로사리오…… 우나무노……." 그리고 그는 잠이 들었다.

잠시 후에 아우구스토는 얼굴이 흙빛이 되어 헐떡거리며 침대에서 일어나 앉더니 어둡고 공포에 질린 눈으로 어둠 저편을 응시하며 소리치는 것이었다. "에우혜니아! 에우혜니아!" 도밍고가 그에게 달려왔다. 그는 머리를 가슴 위에 떨어뜨리고 숨을 거두었다.

의사가 도착해서는 아직 그가 살아 있다고 생각하고 피를 뽑고 겨자 고약을 처방하려고 하였다. 그러나 이내 슬픈 사실을 알아챌 수 있었다.

"심장 때문입니다…… 심장의 수축 부전에 의한 발작입니다." 의사가 말했다.

"아니에요, 선생님." 도밍고가 대답했다. "소화가 문제였어요. 평소와는 달리 이상하게도 심하게 식사를 많이 하셨어요. 마치 뭔가를 원하는 것처럼……."

"그렇지요. 앞으로 먹지 못할 것을 보충이라도 하려고 했겠죠. 그렇죠? 아마 심장은 자신의 죽음을 예감했을 거고요."

"제 생각엔," 리두비나가 말했다. "머리가 잘못됐던 거 같아요. 저녁을 심하게 많이 드신 건 사실이에요. 그러나 자기가 무엇을 하는지 모르는 채 이상한 말씀만 하셨지요……."

"무슨 이상한 말을?" 의사가 물었다.

"자기는 존재하지 않는다는 뭐 그런 얘기를⋯⋯."

"이상한 얘기를?" 의사는 마치 자기 자신과 말하듯이 입속으로 중얼거렸다. "그런 이상한 얘기가 실제인지 아닌지 누가 압니까? 그가 존재했는지 안 했는지 누가 압니까? 그 자신은 더더구나 모르고⋯⋯ 사람은 자기 자신의 존재에 대해서 가장 모르는 법이죠⋯⋯. 다른 사람들에 의해서 존재되는 것이죠⋯⋯."

그리고 큰 목소리로 덧붙였다.

"심장, 위, 머리, 이 셋은 하나이며 동일한 것입니다."

"그렇지요. 그 모두가 육체를 이루지요." 도밍고가 말했다.

"그리고 육체는 하나며 동일한 것입니다."

"분명하지요!"

"그러나 당신이 생각하는 것 이상으로⋯⋯."

"선생님, 제가 얼마나 그 사실을 생각하는지 아세요?"

"그 역시 분명하군요. 당신이 어리석다고 생각되지 않아요."

"의사 선생님, 저는 제가 어리석다고 생각하지 않습니다. 그런데 저는 다른 사람을 바보 취급 하면서 그 증거를 대지 못하는 사람들을 이해할 수가 없습니다."

"좋아요. 아까 말한 바와 같이," 의사는 계속해서 말했다. "위는 피를 만드는 액을 정제하고, 심장은 머리와 위가 기능하도록 그 액을 공급하고, 머리는 위와 심장의 운동을 다스립니다. 그러므로 이 돈 아우구스토 선생은 이 세 가지로 사망한 것입니다. 종합해서 보면 온몸으로 사망한 것이지요."

"그런데 제가 보기엔," 리두비나가 끼어들었다. "도련님
은 죽는다는 생각을 머릿속에 집어넣고 있었다고 생각해
요. 당연하겠죠! 죽으려고 하는 자는 결국 죽게 되니까요."

"물론이지요!" 의사가 말했다. "사람이 죽는 것을 믿지
않으면 비록 죽음 직전의 고통 속에 있을지라도 죽지 않을
수도 있을 것입니다. 그러나 죽을 수밖에 없다는 의심이
조금이라도 든다면 그는 이미 끝난 겁니다."

"우리 도련님의 경우는 자살이에요. 그건 바로 자살이었
어요. 바로 자살이었어요. 자신의 뜻대로 된 것이었지요!"

"아마 안 좋은 일이……."

"심하게, 아주 심하게 안 좋은 일이었어요! 망할 여자들!"

"알겠습니다! 알겠습니다! 결국 이제는 장례식을 준비하
는 것 이외는 별도리가 없군요."

도밍고는 울고 있었다.

33장

불쌍한 아우구스토의 죽음을 알리는 전보를 받고 그의 임종 직전의 모든 상황을 알았을 때, 나는 그가 자살할 목적을 상의하고자 나를 방문했던 그날 오후에 내가 그에게 했던 말들이 잘한 것인지 아닌지를 골똘히 생각하고 있었다. 그리고 심지어 그를 죽인 것을 후회하고 있었다. 그의 말이 옳았고 그가 자기 뜻대로 자살하도록 내버려두었어야 했다고 생각하기에 이르렀다. 그리고 그를 부활시켜야 할 것인지를 생각해 보았다.

'그렇지.' 나는 혼잣말을 했다. '그를 부활시키고 자기 마음대로 행동하게 하여 그의 변덕대로 자살하게 하자.' 그를 부활시키려는 생각을 하며 나는 잠이 들었다.

잠든 지 얼마 되지 않아 꿈속에 아우구스토가 나타났다. 그는 하얀 구름처럼 하얬으며 그의 몸 주위는 석양빛처럼 빛나고 있었다. 그는 나를 뚫어지게 쳐다보며 말했다.

"제가 다시 왔습니다."

"뭐 하러 왔나?"

"돈 미겔, 당신께 작별을 고하려고요. 당신과 영원히 작별을 하려고요. 그리고 당신께 명령을, 그렇지, 저의 모험에 대한 소설을 쓰도록 명령을 하려고요. 당신께 간청이 아니라 명령을 하려고요……."

"난 이미 다 썼는데!"

"알고 있습니다. 모두 다 쓰였지요. 그런데 제가 다시여기 온 것은 당신이 제가 스스로 목숨을 끊도록 저를 부활시키려고 생각한 것은 터무니없으며 나아가 불가능한 일이라는 것을 주지시키기 위해서입니다."

"불가능하다고?" 나는 그에게 말했다. 물론 이 모든 것은 꿈속에서의 일이다.

"네, 불가능합니다! 선생님 서재에서 우리가 만나 이야기하던 그날 오후를 기억하십니까? 선생님이 지금처럼 잠들고 꿈꾸고 있는 상태가 아니라 깨어 있을 때에, 저는 선생님께서 주장하듯이 허구의 실체인 우리들은 우리 자신고유의 논리를 갖고 있기 때문에 우리를 꿈꾸는 자가 마음내키는 대로 어떻게 할 수 없다고 선생님께 말씀드렸습니다. 기억하시죠?"

"그래, 기억해."

"선생님은 대단히 스페인적이지만 이제는 아무 의욕도느끼지 못하십니다. 그렇죠, 돈 미겔?"

"그래, 아무 의욕도 느끼지 못해."

"그렇죠. 잠을 자거나 꿈을 꾸는 사람은 아무런 의욕이 없는 겁니다. 선생님과 선생님의 동포들은 잠을 자고 꿈을 꿉니다. 의욕을 가진 것처럼 꿈꾸지만 실제로는 그렇지 못하지요."

"내가 지금 자고 있는 게 다행이라고 생각해." 나는 그에게 말했다. "만일 그러지 않았다면……."

"마찬가지입니다. 그리고 저를 부활시키겠다는 생각에 대해서는 실현이 불가능하다는 것을 선생님께 말씀드리고자 합니다. 그걸 원하고 원하는 것을 꿈꾼다 할지라도 안 됩니다……."

"그러나 이 사람아!"

"그렇습니다. 허구의 실체는 살을 지닌 허구의 인간과 뼈를 지닌 허구의 인간이 아니라, 당신이 살과 뼈를 지닌 인간을 부르는 이름인 살과 뼈의 인간같이 누군가를 잉태할 수도 있고 죽일 수도 있습니다. 그러나 한번 죽인 것은 어쩔 수가 없습니다. 어쩔 수가 없어요! 다시 부활시킬 수가 없습니다. 공기를 호흡하는 살과 뼈의 인간, 유한한 육체의 인간을 만드는 것은 불행히도 쉬운, 매우 쉬운, 너무나도 쉬운 일입니다……. 공기를 호흡하는 살과 뼈의 인간, 유한한 육체의 인간을 죽이는 것은 불행히도 쉬운, 매우 쉬운, 너무나도 쉬운 일입니다……. 그러나 그를 부활시키는 것은? 부활시키는 것은 불가능합니다!"

"사실상 불가능하지!" 나는 그에게 말했다.

"그렇다면 똑같은 일이," 그는 내게 답했다. "정확하게 똑같은 일이 선생님이 허구의 실체라고 부르는 것에도 일어납니다. 우리에게 생명을 주는 것은 쉽습니다. 어쩌면 너무나도 쉬울 것입니다. 우리를 죽이는 것도 쉽고, 너무나 쉽습니다. 어쩌면 너무나도 지나치게 쉬울 것입니다. 그러나 우리를 부활시키는 것은? 지금까지 죽은 허구의 실체를 실제로 부활시킨 사람은 없습니다. 선생님은 돈 키호테를 부활시킬 수 있다고 믿으세요?" 그는 내게 물었다.

"불가능하지!" 나는 대답했다.

"그렇다면 우리 모든 허구의 실체들도 마찬가지입니다."

"그런데 내가 만일 다시 너를 꿈꾼다면?"

"똑같은 꿈을 두 번 꿀 수는 없습니다. 선생님이 다시 꿈을 꾸었을 때 나타나는 나라는 사람은 다른 사람일 겁니다. 그런데 지금 선생님이 잠들어 있고 꿈을 꾸고 있다는 사실을 인정하시죠. 저도 지금 하나의 꿈의 소산일 뿐이라는 것을 인정합니다. 이제 지난번 말씀드렸을 때 선생님께서 그렇게 흥분하셨던 그 이야기를 다시 말씀드리겠습니다. 들어보세요, 친애하는 돈 미겔, 선생님은 실제로 존재하지 않고 살아 있지도 죽어 있지도 않은 허구의 실체가 아닐지도 모릅니다. 선생님은 나의 이야기, 그리고 이와 같은 다른 이야기들을 세상에 알리기 위한 도구에 불과하지 않을지도 모릅니다. 그런데 나중에 선생님이 완전히 죽게 될 때, 우리들은 당신의 영혼을 데려갈 것입니다. 아닙니다. 아니에요. 동요하지 마십시오. 비록 잠들어 꿈을 꾸시지만 아직 살아 계십니다. 그러면 이제 안녕히 계세요!"

그리고 그는 어두운 안개 속으로 사라졌다.

나는 그러고 나서 내가 죽는 꿈을 꾸었다. 그리고 꿈속에서 마지막 숨을 내쉬는 바로 그 순간에 가슴에 어떤 압박감을 느끼며 깨어났다.

이것이 아우구스토 페레스의 이야기이다.

에필로그 형식의 추도문

소설의 끝 부분에는 영웅 또는 주인공이 죽거나 결혼한 후에 그 밖의 인물들이 걸었던 운명에 대한 소식을 전해 주는 것이 관례일 것이다. 그러나 여기서는 그러한 관례를 따르지 않으려고 한다. 따라서 에우헤니아와 마우리시오, 로사리오, 리두비나와 도밍고, 돈 페르민과 도냐 에르멜린 다, 빅토르와 그의 부인, 그리고 아우구스토 주위에 있었던 그 밖의 모든 인물들이 그 후에 어떻게 되었는지 이야기하지 않을 것이다. 또한 아우구스토의 엉뚱한 죽음을 이들이 어떻게 느끼고 생각하였나도 말하지 않을 작정이다. 다만 한 가지 예외가 있는데, 그것은 아우구스토의 죽음을 마음속으로부터 진실로 슬퍼했던 그의 개 오르페오를 위한 이야기이다.

사실상 오르페오는 고아 신세가 되었다. 오르페오가 침대에서 뛰면서 주인의 죽음을 냄새 맡았을 때, 암흑의 짙은 구름이 이 개의 정신을 휘감았다. 그는 이미 다른 죽음을 경험한 바 있었다. 죽은 개와 고양이의 냄새를 맡아보았고 직접 쥐를 죽이기도 했고 사람들의 죽음도 경험해 보았으나 자기의 주인은 불멸할 거라고 믿었다. 왜냐하면 주인은 그에게 신과 같은 존재였기 때문이다. 그런데 지금 그런 주인의 죽음을 느껴보니 세상과 삶에 대해 가졌던 믿음의 모든 근거가 마음속에서부터 산산이 무너져 내리는 것을 느꼈다. 형언할 수 없는 슬픔이 그의 가슴을 메웠다.

그는 죽어 있는 자기 주인의 발밑에 웅크리고 앉아서 생각했다. '불쌍한 나의 주인이여! 불쌍한 나의 주인이여! 죽었군요! 죽게 되었군요! 모두가 죽는군요. 모두가, 모두가, 모두가 죽게 되는군요! 내 주위에서 모두가 죽어가는 것은 내가 죽는 것보다 더 불행한 일입니다. 불쌍한 나의 주인! 불쌍한 나의 주인! 썩기 시작하는 냄새를 풍기며 여기 희고 차가운 모습으로 누워 있는 이것은 이미 내 주인이 아닙니다. 아닙니다. 내 주인이 아닙니다. 나의 주인은 어디로 가셨을까? 나를 애무해 주고 내게 이야기해 주던 그 주인은 어디로 갔습니까?

사람은 얼마나 이상한 동물인가! 결코 종잡을 수 없다. 어느 때에는 아무런 이유도 없이 우리를 애무해 주다가도 우리가 그를 더욱 애무하려고 하면 그는 애무를 중단해 버린다. 그리고 우리가 그에게 복종하면 할수록 우리를 뿌리치거나 벌을 준다. 그가 무엇을 원하는지 그 자신은 알지 몰라도 우리는 알 도리가 없다. 그는 항상 자기가 있는 곳이 아닌 다른 곳에 있는 것 같고 보는 것을 보지도 않는다. 그에게는 마치 다른 세계가 있는 것 같다. 다른 세계가 있다면 이 세계가 없는 것은 물론이다.

그리고 사람은 복잡하게 말하거나 혹은 짖는다. 우리는 본래 울부짖다가 사람을 모방하다 보니 짖는 것을 배웠지만 우리는 사람을 잘 이해하지 못한다. 우리는 오로지 그가 울부짖을 때 그를 진정으로 이해하게 된다. 사람이 울부짖고 소리 지르거나 위협할 때, 그 밖의 우리 동물들은 그를 매우 잘 이해하게 된다. 그때는 다른 세계에 정신을 팔지 않기 때문이다……! 그런데 그는 자기 방식에 따라 짖거나 말하는데, 이는 없는 것은 발명하고 있는 것은 주의를 기울이지 않도록 만든다. 그는 사물에 이름을 붙이자마자 그 사물을 보지 못하며 단지 붙였던 이름을 듣거나 쓰인 것을 볼 뿐이다. 언어는 거짓말을 하거나 없는 것을 발명하고 혼동시키는 데 이용된다. 모든 것은 다른 사람들, 또는 자기 자신과 말하기 위한 핑계일 뿐이다. 그런데 사람은 이것을 우리 개들에게까지 전염시켰다.

인간은 의심의 여지 없이 병에 걸린 동물이다. 항상 병들어 있다! 단지 잠잘 때만 건강을 누리는 것 같다. 그런데 항상 그런 것도 아니다. 왜냐하면 때로는 잠을 자면서까지 말하기 때문이다! 이것 역시 우리에게 전염되었다. 인간이 우리에게 얼마나 많은 것을 전염시켰는지!

그러고 나서 우리를 모욕한다! 세상 무엇보다도 위선적 동물인 인간이 파렴치하고 뻔뻔스러운 일을 표현할 때 견유주의(犬儒主義)라고 부르는데, 이것은 개 같은 짓을 의미한다. 언어는 인간을 위선자로 만들었다. 그들이 파렴치한

것을 견유주의라고 부른다면 위선을 인간주의라고 불러야
할 것이다. 인간은 우리를 위선자로 만들려고 했다. 말하
자면 우리 개들을 희극배우와 광대로 만들려고 했다. 우리
개들은 황소나 말처럼 강제로 가축이 되고 인간에게 굴복
한 것이 아니라 쌍무계약으로 사냥을 수행하기 위해서 자
유의사에 따라 인간과 결합했었다. 우리들은 사냥감을 찾
아내었고 우리의 몫을 받았다. 이렇게 사회적인 계약에 의
해서 우리의 공동 작업이 탄생했다.

그런데 인간은 우리를 광대, 원숭이 그리고 현명한 개로
만들면서 우리의 명예를 더럽히고 모욕하는 걸로 보답했
다! 현명한 개란 광대 짓을 연기하도록 교육을 받은 개를
말하는데, 인간들은 개들에게 옷을 입히고 뒷발로 서게 한
다음 수치스럽게 걷도록 조련한다. 이름하여 현명한 개들!
이렇게 광대 짓을 연기하고 두 발로 걸을 수 있는 것을 인
간들은 지혜라고 부른다!

물론 개가 두 발로 서면 음탕하고 냉소적으로 자신의 부
끄러운 부분을 정면으로 내보이게 된다! 인간도 두 발로
서는 직립 포유동물로 변할 때 이렇게 되었고, 인간은 즉
시 수치감과 밖으로 드러난 부끄러운 부분을 감출 도덕적
필요성을 느꼈다. 따라서 내가 사람들에게 들은 바에 의하
면 성경에서는 두 발로 서서 걷기 시작한 최초의 인간이
자기들 신 앞에 벌거벗은 채로 나타나는 것을 부끄러워했
다고 말한다. 그래서 그 음부를 가리려고 의복을 발명했던
것이다. 그러나 남자와 여자가 똑같은 옷을 입기 시작했기
때문에 서로 구별이 안 돼서 성을 알 수 없었다. 여기에서

인간의 포학한 짓이 수없이 나왔는데, 사람들은 이것을 개 같은 짓, 즉 견유주의라고 이름 붙이려 했던 것이다. 우리를 개 같은 짓을 하는 개로 타락시킨 것은 바로 그들 인간들이다. 그리고 우리를 개 같고 뻔뻔스러운 존재로 만들어 우리에게 위선이 있게 한 것도 사람들이다. 왜냐하면 사람에게 위선이 견유주의인 것과 마찬가지로 견유주의란 개에게는 위선일 뿐이다. 인간과 우리 개들은 서로에게 감염되었다.

처음에는 남자와 여자가 같은 옷을 입었었다. 그러나 서로 혼동되었기에 각각 상이한 의복을 만들어야만 했다. 결국 성을 의복으로 가져간 것이다. 그 바지라는 것은 사람이 두 발로 서게 된 결과일 뿐이다.

사람은 얼마나 이상한 동물인가! 있어야 할 곳에는 없고 거짓말하기 위해 말하며 옷을 입는다!

불쌍한 주인! 잠시 후면 예정된 장소에 묻힐 것이다. 사람들은 죽은 사람을 개나 까마귀가 먹지 못하도록 저장하고 보존한다. 그런데 인간, 그리고 모든 동물이 죽은 후에 세상에 유일하게 남기는 것은 몇 개의 뼈뿐이다. 송장을 보관한다! 말하고 옷을 입고 송장을 보관하는 동물! 불쌍한 인간!

불쌍한 나의 주인! 불쌍한 나의 주인! 그도 인간이었다! 그래, 단지 하나의 인간이었을 뿐이다! 단지 한 인간이었을 뿐! 그러나 나의 주인이었다! 그는 알 수 없었겠지만 얼마나 많은 것을 내게 빚지고 있었던가……! 얼마나! 그가 내게 말을, 내게 말을, 내게 말을 하는 동안 나는 침묵으로, 때론 핥아줌으로써 얼마나 많이 그를 가르쳤던가! '나를 이해하겠니.' 그는 내게 말하곤 했다. '물론, 나는 그를 이해했지. 그가 나와 상의하려고 내게 말을, 말을, 말을 하는 동안 나는 그를 이해했지. 그는 그렇게 상의하면서 내게 말을 할 때 자신 안에 있는 개에게 말했던 거지. 나는 그의 견유주의에 항상 깨어 있었다. 그는 개 같은, 매우 개 같은 인생을 산 사람이다! 그리고 그 두 사람이 우리 주인에게 한 짓은 최상의 개 같은 짓, 아니 최상의 인간다운 짓이다! 마우리시오가 우리 주인에게 한 짓은 남자다운 짓이었고, 에우헤니아가 우리 주인에게 한 짓은 여자다운 짓이었다! 불쌍한 나의 주인!

나의 주인은 지금 여기 옷을 입은 채 차고 하얀 모습으로 꼼짝도 않고 있다. 그러나 겉으로도 안으로도 아무런 말이 없다. 이제 당신의 오르페오에게 아무런 할 말이 없는 것이다. 오르페오도 침묵을 통해 당신에게 아무 말도 할 수가 없다.

불쌍한 나의 주인! 지금 그는 어떻게 됐을까? 말하고 꿈꾸던 그 사람은 지금 어디에 있을까? 아마도 저 높은 순수한 세계에, 지상에서 가장 높은 고원에, 플라톤이 본 것처럼 순수한 색들로 이루어진 청정한 대지에, 인간들이 신성하다고 부르는 세계에, 공기를 마시고 창공의 정기를 호흡하는 순수하고 정화된 사람들이 있는 곳, 즉 보석이 떨어지는 저 지상의 표면에 있을지도 모른다. 거기에는 또한 사냥꾼 산 우베르토의 순수한 개들이 있고, 입에 횃불을 문 산토 도밍고 데 구스만의 개, 그리고 산 로케*의 개가 있다. 어떤 설교자는 이 산 로케의 형상을 가리켜 이렇게 말했다. '저기 산 로케가 그의 개와 모든 것을 가지고 있다!' 거기 플라톤적인 순수한 세계에 현현된 관념의 세계에 순수한 개, 진실로 개 같은 개가 있다. 그리고 거기에 나의 주인이 있다!

나는 나의 정신이 이러한 죽음, 정화된 나의 주인과의 접촉에서 깨끗해지는 것을 느낀다. 나의 주인은 결국 그가 용해된 안개 속으로, 그가 자라난 안개 속으로, 그의 원천인 안개 속으로 돌아가길 갈망한다. 오르페오는 어두운 안개가 다가옴을 느낀다……. 그리고 뛰고 꼬리를 흔들면서 자기의 주인을 향하여 다가간다. 나의 주인! 나의 주인! 불쌍한 사람!'

후에 도밍고와 리두비나는 자기 주인 곁에서 주인처럼 어두운 구름에 휩싸인 채 정화되어 죽어 있는 불쌍한 개를 들어 올렸다. 불쌍한 도밍고는 그 광경을 보자 감동에 젖어 울음을 터뜨렸다. 그가 충성심과 성실성의 놀라운 본보기를 보고 울었으리라 추측되지만 그래도 이 울음이 자기 주인의 죽음 때문인지 아니면 개의 죽음 때문인지는 잘 알 수가 없다. 그는 말했다.

"사람들은 고통이 죽음을 가져오는 것은 아니라고 말할 것이다."

★ 산 우베르토는 6세기경 현재 벨기에의 영토에 살았던 사냥꾼들의 수호 성자이며, 산토 도밍고 데 구스만은 13세기경 산토 도밍고회를 창설한 스페인의 성자이다. 산 로케는 수많은 기적을 행한 14세기 프랑스의 성자다. 이들은 모두 항상 개를 데리고 다녔다.

작품 해설

우나무노의 삶과 문학

우나무노는 여러 면에서 포스트모더니즘에서 논의하는 제 문제를 선취했던 사상가이자 문학가이다. 그의 작품 『안개』, 『소설은 어떻게 쓰이는가』 등은 현대 소설의 주요 관심사인 자아 반영성의 문제나 메타 픽션의 논의에 초점을 맞춘다. 따라서 우나무노의 글은 1970년대 이후 인구에 회자되었던 보르헤스나 가르시아 마르케스의 새로운 글쓰기와 더불어 점점 주목의 대상이 되어왔다.

그러나 소설가일 뿐만 아니라 '남유럽의 키에르케고르'라고 불릴 정도로 삶의 문제에 대해 치열하게 고민했던 실존 철학자인 우나무노의 생을 돌이켜볼 때 그의 문학 속에 그가 생에 대해 치열하게 고민한 흔적으로써 포착되는 문맥이 있음을 간과할 수 없다. 우나무노의 글쓰기는 분명히 그의 삶의 궤적을 부단히 투영하고 있기 때문이다. 이것은 글쓰기가 삶의 구조를 역동적으로 반영하는 거울로써 기능한다는 것이다. 말하자면, 우나무노의 글에는 작가를 둘러싼 세계를 단순히 기술하는 것이 아니라 시간성을 가진 삶의 움직임을 어떻게 언어 구조로 형상화할 수 있느냐는 실존적 고민이 담겨 있으며, 이러한 맥락에서 우리는 그의 글쓰기가 갖는 개혁성을 생각해야 한다. 우나무노는 수필, 시, 소설, 연극 등 다양한 장르를 통해 그가 삶에 대해 가졌던 생각을 표현했다. 그런데 그러한 장르적 다양성은 그 자체로써 분류되며 엄격히 구분되는 것이 아니라, 삶에 대한 감정들을 여러 형식으로 표출해 보고자 했던 욕망의 구조로 생각해 볼 수 있다. 왜냐하면 우나무노는 기존의 체계화되고 정형화된 장르 형식으로는 동적인 삶의 메커니즘을 제대로 포착할 수 없다는 인식 아래 유형화된 장르 구분에 회의를 가졌기 때문이다.

이러한 맥락 아래 우나무노 문학에는 "살과 뼈의 인간"으로서의 구체적 인간을 어떻게 언어라는 구조로 형상화할 수 있느냐는 인식론이 담겨 있다. 1914년에 출간된 『안개』는 그 대표적인 예라 할 것이다.

체계화에 대한 부정

우리는 우나무노의 글쓰기가 언어적 재현, 주체와 역사에 대해 반성적 성찰을 보여준다는 점에서 역사적으로 니

체, 마르크스, 프로이트 등 기존 체계를 비판하며 새로운
지평을 제시한 이들 속에 그를 자리 매김할 수 있다. 그런
데 우나무노는 자신의 입장이 기존 철학자들과 출발점을
달리함을 분명히 한다.

내가 알고 있는 철학사는 원인만 불러일으키는 학설이
대부분이고, 정작 학설의 주창자인 철학자는 순수한 핑계로
만 등장할 뿐이다. 그러니까 철학자들, 즉 철학을 하는 사
람들의 내적인 전기는 제2차적인 위치를 차지하고 있다. 그
렇지만 우리에게 많은 것을 설명해 주는 것은 바로 이 내적
전기일 뿐이다.*

이러한 내적 전기에 대한 관심은 인간과 세계를 바라보
는 철학의 출발점을 이성이 아니라 삶 자체에 대한 감정으
로 옮겨놓는다. "흔히 인간은 이성의 동물이라고 한다. 그
런데 내가 아직도 몹시 궁금하게 여기고 있는 것은, 왜 인
간을 정서적인 또는 감정이 있는 동물이라고 말하지 않을
까 하는 점이다. 인간과 다른 동물들과의 차이는 이성에서
보다도 감정에서 더 뚜렷하게 나타나는 것 같기도 한데 말
이다. (……) 그러니까 한마디로 말해서 철학자에게 가장
중요한 것은 무엇보다도 인간인 것이다."* 여기서 그의

★ "내가~ 뿐이다." 미겔 데 우나무노, 장선영 옮김, 『생의 비극적 의
  미』(삼성이데아, 1988), 10쪽.
★ "흔히~ 것이다." 같은 책, 11쪽.

"살과 뼈의 인간"으로서의 출발점이 제시된다.

> "나는 인간이요. 그러므로 사람들은 나를 기이하다고 여기지 않을 거요."라고 어느 고대 로마의 희극배우는 말하였다. 그러나 나라면 차라리 이렇게 말하리라. "나는 인간이다. 그러니까 다른 사람을 나는 결코 이상하게 여기지 않는다." 왜냐하면 내게 '인간적'이라는 형용사는 추상명사의 '인간성'만큼이나 의심스럽기 때문이다. 그러니까 '인간적'이거나 '인간성'이거나 단순한 형용사거나 명사화된 형용사는 어디까지나 전부 애매한 것들이고, 구체성을 띤 명사는 오직 하나뿐인 것이다. 즉 인간이라는 것 말이다. 살과 뼈를 가지고 있는 인간이라는 것 말이다.[*]

태어나서 먹고, 자고, 놀고, 마시고, 때로 즐거워하고, 고통을 겪다가 죽는 인간의 구체적인 모습이 그의 사유의 출발점이다. 따라서 이러한 '내적 전기'의 감정들을 형상화하는 과정이 그의 글쓰기를 이루게 된다. 그런데 우나무노는 자신의 내부로부터 나오는 의지와 생생한 감정이 즉각적으로 언어로 표현될 수 없음을 고백한다. 『안개』에서 아우구스토 페레스의 개 오르페오는 인간의 말 자체가 사물의 본질을 표현하는 데 얼마나 부족한지를 말한다. "사람은 얼마나 이상한 동물인가! (……) 그는 사물에 이름을 붙이자마자 그 사물을 못 보며 단지 붙였던 이름을 듣거나

---

[*] 같은 책, 9쪽.

쓰인 것을 볼 뿐이다. 언어는 거짓말을 하거나 없는 것을 발명하고 혼동시키는 데 이용된다." 따라서 우나무노는 인간 이성으로 세워놓은 언어적 질서에 저항할 것을 말한다. 이성이 정의하면 그는 그것을 다시 혼동 속에 넣으려고 한다. 『안개』 속의 인물 빅토르 고티는 말한다.

부식시켜야지. 혼동시켜야 하고. 특히 혼동시키는 게 중요해. 모든 것을 혼동시켜야 돼. 꿈과 현실을 혼동시키고 허구와 현실을 혼동시키며 진실과 거짓을 혼동시켜야 돼. 단 하나의 안개 속에 모든 것을 혼동시켜야 돼.

따라서 체계화한다는 것은 어떤 사물의 본성에 대한 이해를 막는다는 것을 의미한다. 말하자면 체계화하는 것은 그 대상에 대해 거짓 증언하는 것이며, 나아가 죽이는 것을 의미한다. 『안개』에서 아우구스토는 다음과 같이 혼잣말을 한다.

나는 그녀에게 거짓말을 해왔고 또 나 자신에게도 거짓말을 해왔다. 항상 그랬었다! 모든 것은 환상이고 환상밖에 없다. 사람은 말을 하면 거짓말을 하고, 스스로에게 말할 때, 즉 생각하는 것이 의식되자마자 거짓말을 하게 된다. 자연 그대로의 생명보다 더한 진리는 없다. 언어라는 이 사회적 산물은 거짓말을 하기 위해서 만들어진 것이다. 나는 우리 철학자가 진리란 언어와 같이 사회적 산물이며 모든 사람이 믿는 것을 그렇다고 믿으면서 이해를 한다고 말한 것을 알고 있다. 사회적 산물이란 거짓이다.

이렇게 볼 때 체계적 사고 개념의 결정체라 할 수 있는 언어는 사물의 속성을 각인하는 것이 아니라 그것이 지칭하는 사물의 상이한 인상들의 총체를 자의적으로 가정하는 것에 지나지 않는다. 다시 말하면, 하나의 개념에 대응하는 단일한 물리적 실체는 현상세계에 존재하지 않는다는 것이다. 단지 존재하는 것은 각각의 관점에서 보이는 시각들뿐이다. 이러한 언어의 모호성과 불신, 한 사물을 지시하는 궁극적인 언어에 대한 부정은 언어처럼 차이를 배제하고 체계화와 유형화의 방법으로 틀을 형성한 장르적 구분에 대한 반성으로 나아간다. 언어가 생생한 실체를 포착하는 데 부적합한 도구라면, 정형화된 장르 역시 문제성이 있다는 것이다. 즉, 구체적이고 동적인 삶의 모습을 언어적 틀로 반영하려면, 장르가 갖는 추상적인 일반화를 거부하고 장르 자체를 끝없이 변화 생성시켜야 한다. 여기서 우나무노의 소설에 대한 이해가 나온다.

존재 의지로써의 글쓰기

『소설은 어떻게 쓰이는가』에서 우나무노는 지나온 삶을 되살리고 포착하기 위한, 그리고 삶 자체를 담기 위한 필요성으로써의 소설론을 제시한다. 이것은 소설이 삶처럼 시간과 공간 속에 노출되어 유기체처럼 성장하는 체계가 되어야 한다는 것이다. 즉, 하나의 정해진 형태가 아닌 끝없이 다른 것으로 변화될 가능성에 놓인 상태를 의미한다. 먼저 그러한 믿음의 결과는 『사랑과 교육』에서 "리얼리즘이 포착할 수 없는 인간 개인의 현실, 진정하고 영원한 현실을 내적으로 침투해 들어가 살아 움직이는 현실을 감지하는 극적인 이야기들"이라고 정의하며, 스페인어로 소설을 의미하는 '노벨라(novela)'의 개념을 전복하기 위하여 '니볼라(nivola, 우리말로 '소셜'이라고 번역하였다.)'라는 이름을 만들어냈다.

마찬가지로 『안개』의 등장인물인 빅토르 고티는 아우구스토와의 대화 중에 새로운 장르로써 '니볼라'에 관해서 다음과 같이 말한다.

실은 시인이며 안토니오 마차도의 동생인 마누엘 마차도에게 들은 이야기인데, 한 번은 안토니오 마차도가 자신을 돈 에두아르도 베놋에게 데려가 14음절인가 아니면 다른 이단적인 형식으로 된 소네트를 읽게 했다는 거야. 그가 그 시를 읽자 듣고 난 돈 에두아르도가 '그런데, 그건 소네트가 아닌데……!'라고 하자 마차도가 '예, 선생님. 소네트가 아닙니다. 소니테입니다.'라고 대답했대. 내 소설도 바로 그런 거야. 소설이 아니라 내가 뭐랬지? 소슬……, 수설, 아니, 아니야. 소셜. 그래 바로 소셜! 이렇게 어느 누구도 소설 장르의 법칙에 어긋난다고 말할 권리가 없어지는 거야……. 나는 장르를 발명하지. 장르를 발명하는 것은 단지 새 이름을 붙이는 것일 뿐이야. 내 마음대로 법칙을 세우는 거지.

우나무노는 실제로 이러한 소설의 형태가 어떻게 쓰이는 가를 빅토르 고티를 통해 다음과 같이 설명하고 있다.

내 소설은 줄거리가 없어. 다시 말하면 펜 가는 대로 쓰는 거야. 줄거리는 자기 스스로 만들어지지. (……) 일반적인 소설이 아니라 사람이 앞으로 다가올 시간을 모른 채 현재 살아가는 모습 그대로를 종이 위에 옮기려고 해. 나는 앉아서 종이 몇 장을 꺼내어 줄거리에 대한 어떤 계획도 없고 그것이 어떻게 전개되어 갈지도 모른 채 내게 떠오른 생각을 그대로 쓰기 시작했어. 등장인물들은 자신들의 말과 행동에 따라서 만들어질 거야. 특히 말에 의해서 말이야.

여기서 우리는 19세기 사실주의 소설에서 말하는 삶에 대한 기계적 반영과는 다르게 새로운 장르(소설)로써 삶의 구조를 언어의 구조로 구현하려는 작가의 사고를 엿볼 수 있다. 말하자면 '살과 뼈의 인간'이 태어나서 시간 속에 스스로의 삶을 이어가는 것처럼, 소설 속의 인물이 자신의 삶을 스스로 전개하는 것이다.

이러한 '소설'로의 우나무노의 생각은 그의 수필 「글 가는 대로」에서 글쓰기 방법으로 제시한 "태생적 방법"으로 구체화된다. 이 방법은 미리 계획에 따라 도식을 세우고 형태를 갖추어 알을 낳게 하는, 즉 이미 정해진 결정체를 낳는 '난생적 방법'과 대조를 이루어, 미리 글의 윤곽을 정하는 것이 아니라 출산의 고통을 느낄 때, 펜을 들고 글을 쏟아내기 시작한다. 그 후의 전개는 글 자체의 내적 논리에 맡겨지는 것이다. 실제로 이러한 방식의 글쓰기 예는 작품 『안개』 속에서 살라망카 대학교에 있는 우나무노의 서재에서 발견된다. 자신의 의지로 자살을 결심하여 그 사실을 알리러 작가를 찾아온 아우구스토에게 우나무노는 그가 단지 허구의 실체에 불과할 뿐이라는 사실을 일깨우며, 스스로의 운명을 결정할 수 없음을 환기시킨다. 이에 대해 아우구스토는 다음과 같이 대답한다. "침대에서 꼼짝 않고 잠들어 있는 사람이 꿈을 꿀 때 무엇이 더 존재하는 겁니까? 꿈을 꾸는 사람으로서의 그입니까? 아니면 그의 꿈입니까?" 즉, 꿈속의 인물들이 그 자체의 내적 논리를 갖듯이, 소설 속 자신도 자율적 논리에 의해서 행동할 권리를 주장하는 것이다. 이러한 아우구스토의 모습은 현실 세계에서 유한한 삶을 살아가는 우나무노의 또 다른 모습이다. 아우구스토는 말한다.

저를 창조해 주신 우나무노 선생님, 당신도 역시 죽을 것입니다. 당신 역시도 원래 있었던 무의 세계로 돌아갈 것입니다……. 신은 당신을 꿈꾸는 것을 중단할 것입니다! 당신은 죽을 것입니다! 네, 비록 원하지 않더라도 당신은 죽을 거예요! 당신은 죽을 거예요! 그리고 내 이야기를 읽는 모든 사람들도 죽을 것입니다! 모두가, 모두가 한 사람도 남김없이! 나와 같은 허구의 실체들! 나와 똑같이! 모두가, 모두가, 모두가 죽을 것입니다. 여러분과 마찬가지로 '소설적' 허구의 실체인 나, 아우구스토 페레스는 여러분들에게 말합니다. 나의 창조자 돈 미겔 당신도 하나의 소설적 실체에 지나지 않으며 당신의 독자들도 당신의 희생물인 나, 아우구스토 페레스와 똑같이 소설적 실체일 뿐입니다······.

자신을 창조한 작가 우나무노 앞에서 아우구스토 페레스의 항변은 창조자 신 앞에서 느끼는 유한한 존재 우나무노 자신의 모습을 나타낸다. 즉, 아우구스토 페레스가 우나무노에 의해 창조되고 소멸된다면, 우나무노 역시 신에 의해 그 존재가 결정될 것이다. 우나무노나 허구적 인물은 그 차원에 차이가 있을 뿐, 동일한 메커니즘에 의해 그 존재 방식이 결정되기 때문이다. 그런데 이러한 글쓰기의 형식과 내용은 우나무노가 출발점으로 삼았던 '살과 뼈'로 정의되는 인간의 유한성을 일깨우며, 그러한 한계를 어떻게 극복할 것인가라는 문제의식을 담고 있다.

우나무노가 초기 글쓰기에서부터 일관되게 제기한 문제는 불멸을 갈망하는 인간이 자신의 유한성 앞에 느끼는 비극적 감정이다. 그는 "모든 사물이 그 실체 내에서 보전하기 위하여 기울이는 노력은 다름아니라 사물 자체에 현존하는 본질이다."*라고 스피노자를 인용한다. 그런데 우나무노는 존속에의 노력이 육체적 혹은 물리적 지속에 의해 이루어질 수 없음을 안다. 인간의 육체적 삶은 시간 속에서 끊임없이 변화하다 소멸되기 때문이다. 여기서 우나무노는 인간이 지속할 수 있는 두 가지 방법을 생각해 낸다. 하나는 동물들처럼 자식을 통해 자신의 어떤 모습을 계속

★ 앞의 책, 14~15쪽.

이어가게 하는 것이다. 그런데 이것은 동물로서의 인간의 모습일 뿐이다. 따라서 그는 보다 근원적이고 본원적인 존속에의 가능성을 기억으로 이루어진 정신의 역사에서 찾는다. 우나무노는 그 기원을 찾아 성경으로 거슬러 올라간다. 성경에는 인류의 역사를 사물(res)을 토대로 한 물리적 세계관이 아닌 정신과 기억의 역사로 본다. 그 예로 카인과 아벨의 이야기를 든다. 여호와가 아벨의 제물은 받으시고 카인의 제물은 거부한 이유는 선택의 기준이 제사하는 자의 제물에 있는 것이 아니라 그 제물을 바치는 자의 인격에 관계된다는 것이다. 그래서 카인은 아벨을 질투하고 죽인다. 이 이야기를 우나무노는 인류의 기원에서 인격과 재현의 싸움으로 본다. 그것은 인류의 역사가 보존과 재생산이라는 물리적, 물질적인 요구에 의해서 전개된 것이 아니라, 역사라는 무대에서 생존하고 영원성을 획득하려는 재현에 관계된 심리적, 정신적인 필요성에 의한 것이라는 점이다. 다시 말하면 창조자의 기억 속에 살아남으려는 방식인 것이다. 여기서 우리는 영속성에 관한 우나무노의 관심이 정신적인 영역으로 표출됨을 알 수 있다. 말하자면, 인간의 역사는 물리적 사물이 아닌 기억과 재현 가능성의 역사로 구성되는 것이다.

이렇게 재현되고 기억되는 것이 존재한다고 볼 때, 이러한 세계에서는 허구적 인물과 실제 인물 사이의 경계가 사라진다. 실재했던, 그러나 이미 육체적으로 소멸해 버린 세르반테스나 셰익스피어가 살아남는 방식도 돈 키호테나 햄릿과 별반 다를 바가 없기 때문이다. 세르반테스는 죽은 후 생전에 그를 알았던 사람들에 의해서, 그들의 기억을 통해 자신의 어떤 부분을 유지시킬 수 있을 것이다. 그런데 그 당대를 벗어나면 세르반테스는 그의 창조물 돈 키호테와 같은 차원으로 남는다. 나아가서 그는 이제 돈 키호테라는 인물에 의해서 기억되고 지속된다. 우나무노가 「아우구스토 페레스와의 대화」라고 쓴 글에서 "세르반테스의 붓을 움직였던 사람은 돈 키호테"라고 말한 것은 태어날 때부터 재현의 역사에서 당당히 존재하는 돈 키호테를 염두에 둔 것이다. 이렇듯, 우리는 하나의 인물——실제로 생존했든 허구적으로 창조되었든——이 부단히 재현되고 기억될 때 그 인격이 계속 형성되는 맥락에서 인간 존재의 유한성을 극복하는 길을 얻었다고 볼 수 있다. 보르헤스는 「어떤 무덤에 있는 비문」이라는 시에서 이러한 타자에 의한 지속을 다음과 같이 표현한다.

> 너 자신은 너와 함께 시간을 공유하지 못했던
> 사람들에 의해서 실현되어진 연속이고
> 타인들은 지상에서의 너의 불멸일 것이다.

나라는 존재는 시간 속에서 소멸되어 버리지만, 다른 사람의 기억과 재현 속에 나의 목소리는 계속된다는 것이다. 이렇듯, 불멸과 영원성에 대한 갈망은 존재 자체의 지속을 가능하게 하는 끝없이 반복 생성되는 타자들의 재현 속에서 구해질 수 있다. 이것은 보르헤스가 「불멸」에서 그리스도, 셰익스피어, 단테 등이 어떻게 불멸을 얻는가를 말하는 것과 동일한 선상에 있다.

  누군가 적을 사랑할 때마다 그리스도의 불멸을 드러낸
다. 그런 순간에 그는 그리스도이다. 우리가 단테나 셰익스
피어의 시구를 반복할 때마다 우리는 어떤 의미에서 그 시
구를 창작했던 순간의 단테나 셰익스피어이다. 결국 불멸은
다른 사람들의 기억 속에 있으며 우리가 남겨놓은 행위 속
에 있다.

이것은 존재의 생물학적인 지속을 의미하는 것이 아니
며, 한 인물이 이루어놓은 전기에 대한 타자들의 반복된
재현을 말한다. 이러한 의미에서 우나무노가 소설이란 항
상 개인으로서 작가의 개인적인 그리고 주관적인 표현이
며, 그러기에 자전적이라고 한 맥락으로 연결된다. 이러한
가정은 1929년에 출판된 전설적 인물인 '돈 후안' 신화를
바탕으로 한 희곡 작품 『또 다른 돈 후안』에 오면 그 모습
이 분명해진다. 이 작품의 서문에서 우나무노는 인간의 존
속은 "생물학에 대한 것이 아니라 전기에 대한 것이다. 물
질에 관한 것이 아닌 정신에 관한 것이며, 물리적인 것이
아닌 형이상학적인 것이다."라고 말한다.
  여기서 세르반테스가 돈 키호테를 통해서 살아남는 방식
처럼, 작가의 유한성은 허구적 인물을 통해 극복될 수 있
는 길이 열린다. 그것은 시간의 흐름 속에 나타나는 타자
를 전제로 할 때 가능한 것이다. 이런 점에서, 우나무노와
아우구스토 페레스 사이의 대화는 유한한 삶의 실존을 허

구화의 과정을 통해 구원해 내려는 일면으로 해석해 볼 수 있을 것이다.

　그런데 하나의 실체로서의 지속에서 벗어나 시공간 속에서 타자의 형태로 끝없이 되살아나려는 존재 방식을 모색했던 우나무노의 이러한 사유는 실체적 사고를 거부하는 '소설'의 정신에 다름 아니다. '소설적' 사유가 표현된 작품인 『안개』는 제목에서부터 단일하고 명확한 실체에 대한 회의를 드러내며, 우리가 고정되고 단일한 실체라고 간주했던 것에 대한 반성을 촉구한다.(스페인어로 안개를 뜻하는 니에블라(niebla)는 니볼라(nivola, 소설)적 사유를 발음이나 의미의 내용으로 표현하기 위한 가장 적절한 낱말로 보인다.) 따라서 작품 『안개』의 구조는 내적인 혼돈을 내포한 사물로써의 안개 자체처럼, 작가 우나무노와 등장인물 아우구스토 페레스가 상호 병치되고, 또 다른 등장인물인 빅토르 고티는 작품의 서문을 쓰는 실제 인물처럼 등장한다. 말하자면, 하나의 실체 속에 이미 자기가 자신의 실체를 유지하기 위하여 배제하려고 했던 타자적 요소가 들어 있는 것이다. 아니 오히려 타자는 자신의 모습을 끝없이 이어가게 하는 적극적인 요소이다. 따라서 작품 속의 이러한 실제와 허구의 병치와 갈등은 늘 타자로 변하는 실제 삶의 구조를 작품의 구조로 반영하려는 작가의 치열한 몸짓으로 볼 수 있는 것이다.

2005년 초여름
조민현

작가 연보

1864년 9월 29일 스페인 빌바오에서 바스크 인 부모 아래
서 태어남.

1880년 빌바오의 인스티투토 비스카이노에서 중고등학교
과정을 마치고 철학과 문학을 공부하기 위해 마드
리드 대학교 입학.

1884년 우수한 성적으로 철학 및 문학 박사 학위를 받음.

1891년 콘차 리사라가와 결혼.
몇 개월 후 살라망카 대학교의 그리스어 교수가 됨.

1896년 첫 번째 소설 『전쟁에서의 평화 *Paz en la guerra*』
출간.

1900년 살라망카 대학교의 총장으로 임명됨.

1902년 두 번째 소설 『사랑과 교육 *Amor y pedagogía*』 출간.

1905년 『돈 키호테와 산초의 생애 *Vida de don Quijote y
Sancho*』 출간.

1913년 "뼈와 살의 인간"이라는 생의 출발점에서 종교와 철학에 대해 사유한 『삶의 비극적 감정 *Del sentimiento trágico de la vida*』 출간.

1914년 『안개 *Niebla*』 출간.
제1차 세계대전 중 연합군에 공식적 지지를 표명하였다는 이유로 살라망카 대학교 총장직에서 해임됨.

1917년 성경에 나오는 카인과 아벨 이야기를 현대적으로 재구성한 소설 『아벨 산체스: 욕망의 역사 *Abel Sánchez: una historia de pasión*』 출간.

1920년 정신적 방황기를 겪던 어느 날 마드리드 프라도 미술관에 걸려 있는 벨라스케스의 그림 「십자가에 못 박히신 예수 그리스도」를 보고 그 감동을 시로 옮긴 『벨라스케스의 예수 *El Cristo de Velázquez*』를 출간.

1923년 프리모 데 리베라의 독재가 시작되면서 군사정권에 반대하여 교수직에서 해임됨.

1924년 푸에르테벤투라로 추방된 지 4개월 만에 사면됨.
프랑스로 망명을 떠나 그곳에서 『그리스도교의 고뇌 *La agonía del cristianismo*』 저술.

1925년 『소설은 어떻게 쓰이는가 *Cómo se hace una novela*』 저술.
망명지 파리를 떠나 스페인과의 접경 지역인 엔다야로 이주.

1930년 프리모 데 리베라 독재가 종말을 고함에 따라 6년

간의 망명 생활을 접고 살라망카로 귀환.

살라망카 대학교에 그리스어 대신 스페인어 문학 교수로 복직.

1931년 스페인에 제2공화국이 성립되고 우나무노는 다시 살라망카 대학교 총장직에 오름.

『순교자 산 마누엘 부에노 *San Manuel Bueno, mártir*』 출간.

1936년 스페인 내전이 발발하자 프랑코가 이끄는 팔랑헤 당원을 비난하여 모든 직책에서 해임되고 가택 연금을 당함.

내전의 와중인 12월 31일 살라망카에서 타계.

세계문학전집 121

안개

1판 1쇄 펴냄   2005년 6월 30일
1판 26쇄 펴냄   2023년 3월 14일

지은이   미겔 데 우나무노
옮긴이   조민현
발행인   박근섭, 박상준
펴낸곳   (주)민음사

출판등록   1966. 5. 19. (제 16-490호)
서울특별시 강남구 도산대로1길 62(신사동) 강남출판문화센터 5층 (우편번호 06027)
대표전화 02-515-2000 팩시밀리 02-515-2007
www.minumsa.com

ISBN 978-89-374-6121-7 04800
ISBN 978-89-374-6000-5 (세트)

* 잘못 만들어진 책은 구입처에서 교환해 드립니다.

세계문학전집 목록

세계문학전집은 계속 간행됩니다.